히치하이커
교습 사육기

히치하이커 교습 샤웅기

초판 1쇄 찍은 날 § 2005년 5월 27일
초판 1쇄 펴낸 날 § 2005년 6월 7일

지은이 § 이윤아
펴낸이 § 서경석

편집장 § 문혜영
편집책임 § 이종민
편집 § 한지윤

펴낸곳 § 도서출판 청어람
등록번호 § 제1081-1-89호
등록일자 § 1999. 5. 31
어람번호 § 제5-0043호

주소 § 경기도 부천시 원미구 심곡1동 350-1 남성B/D 3F (우) 420-011
전화 § 032-656-4452 팩스 § 032-656-4453
http://www.chungeoram.com
E-mail § eoram99@chollian.net

ⓒ 이윤아, 2005

ISBN 89-5831-560-1 03810

히치하이커 교습 사육기

이윤아 지음

도서출판
청어람

contents_

Prologue

1990년 4월 20일.

"제이슨……."

핏기가 모조리 빠져나간 헤일리의 바싹 마른 입술이 달싹였다.

"나…… 부탁이 있어."

지난 다섯 달 동안 17kg이라는 무게가 몸에서 빠져나간 헤일리는 벌써 박물관에 갇혀 있는 미라가 된 듯했다. 그녀의 가느다란 몸에 꽂혀 있는 수십 개의 튜브가 오히려 그녀보다 더 역동적으로 보였다.

헤일리, 나의 헤일리.

그녀는 죽어가고 있었다.

제이슨이 병원 침대로 걸어가 그 위에 얹혀져 있는 헤일리의 마른 손을 살짝 움켜잡았다. 세게 쥐면, 그가 원하는 만큼 세게 쥐면 헤일리의 손은 그대로 바스라져 흘러내릴 것만 같았다.

"말해."

"제이슨, 나……."

헤일리의 힘없는 손가락이 제이슨의 손을 가늘게 긁어내렸다.

"나…… 가보고 싶어."

"어딜?"

"이젠 하나도 생…… 각이 안 나서…… 그래서…… 가봐야 할 것…… 같애. 가보고 싶어."

"그러니까 어디."

"어떤 곳…… 일까. 가보고…… 싶어……."

"어디냐고."

헤일리가 제이슨으로부터 힘없이 고개를 돌렸다. 벌써 허물 어져 버린 시력으로는 제이슨이 지금 어떤 표정을 짓고 있는지 또렷하게 보이지 않았기 때문이다. 이제는 바라봐도 소용이 없었다.

"너랑…… 나랑 태어난…… 곳."

이제야 생각이 나는 모양이다, 그들이 함께 그곳에 가기로 했다는 것이.

제이슨이 천천히 고개를 저었다. 투명하고 가벼운 은테 너머의 눈이 헤일리의 지금 모습을 솔직하게 바라보며 혼자만 느낄 수 있는 고통으로 무감히 빛나고 있었다.

"너무 늦었어, 헤일리."

"제이슨……."

"너무 늦었어."

왜냐하면, 너는 곧 죽을 테니. 우리는 더 이상 함께할 수 없어.

헤일리가 식어가는 목소리로 대꾸했다.

"알아, 내가…… 내가…… 너한테……."

꺼지듯 그렇게 식어가는 목소리.

"너, 너무 잘…… 못……."

늦었다고, 헤일리.

"미, 미안……."

늦었어.

제이슨은 이만 돌아가야겠다고 느꼈다. 이제 더 이상 그에게는 헤일리를 볼 이유가 없다.

"갈게."

제이슨이 돌아섰다. 그 순간, 등 뒤에서 헤일리의 마지막 목소리가 들려왔다.

"사랑해……."

뚝. 제이슨의 발걸음이 멈췄다.

"너무 늦게 말…… 해서…… 미안…… 사, 사랑…… 해…….”

“…….”

“사랑…… 해…….”

“…….”

“사랑…….”

그 말을 마지막으로 더 이상 아무 소리도 들려오지 않았다. 잠시 그곳에 더 머물러 있던 제이슨이 병실 문을 박차고 나갔다. 헤일리의 병실을 나서자 문밖에서는 애딩턴 부부가 굉장히 낯선 얼굴을 하고 서 있었다. 저도 모르게 어깨가 들썩였다. 제이슨은 그 순간 울고 있었다.

미스터 애딩턴이 제이슨의 어깨에 손을 올려놓았다. 그는 이 순간 정말로 아버지 같은 얼굴을 하고 있었다.

“미안하다. 네게 힘든 일을 시켰구나.”

제이슨이 뿌옇게 흐려진 시야로 그를 올려다보았다. 며칠 동안 병원에서 밤을 샌 그는 수척하게 야윈 얼굴을 하고 있었다.

“고맙다. 덕분에 헤일리가 좀 더 편해졌을 거야.”

그는 제이슨의 어깨를 잠시 더 두들기더니 아내를 부축해 헤일리의 병실 안으로 들어갔다. 잠시 후 헤일리 어머니의 찢어지는 흐느낌이 병실 밖으로 번져 나왔다.

“아가! 오, 맙소사. 아가! 내 딸!”

그리고 그 아버지의 통곡과 다를 것이 없는 낮은 음성도.

“여보, 이제 됐어요. 이제 이 애도 편해진 거야.”

그의 목소리를 들으며 제이슨은 병원 바닥에 스르륵 주저앉았다. 그가 양손에 얼굴을 파묻고 흐느껴 울기 시작했다.

헤일리 K. 애딩턴의 장례식은 그로부터 며칠 뒤에 치러졌다. 열여섯, 아직 죽음을 실감하기에는 본인에게도, 가족에게도 너무 어린 나이였다. 사인은 중추신경 자극 계열의 약물중독으로 인한 급성 백혈병이었다.

십일 년 전 헤일리와 함께 애딩턴 부부에게 입양된 제이슨 애딩턴은 장례식이 다 끝날 때까지 모습을 나타내지 않았다.

No. 1

히치하이크 성공 요령 첫 번째

: 가능한 절박한 상황에 빠진 순진함을 연출한다

노스 캐롤라이나 주 하이웨이 no. 13.

끔찍한 비였다. 다른 건 제쳐 두더라도 절대 야간 드라이브는 금지해야 될 날씨였다. 이런 길은 시속 75마일만 밟더라도 목숨을 내놓는 행위라고 욕을 들어먹어도 싸다.

그러나 이런 미친 짓거리를 제이슨 애딩턴은 태연히 저지르고 있었다. 더구나 손에는 작은 위스키 병도 들고 있었다. 이런 시간, 이런 악천후 속에서 하이웨이를 순찰하는 성실—바보—경찰이 없다는 것을 잘 알기에 저지르고 있는 '계획적 지능 범죄'였다.

분위기 상으로는 캐니벌 콥스의 거친 음악이 꽝꽝대며 빗소리와 박자를 맞출 듯도 한데 뜻밖에도 제이슨의 코르벳을 채운 것은 레너드 핸콕의 졸릴 만큼 감미로운 음성이다. 시를 읊는지 노래를 하는지 가끔 헷갈리기도 하는 포근한 노래는 기묘하게 도 이 범죄 현장과 착 달라붙은 듯 어우러져 있었다.

범죄를 저지르고 있는 남자는 감각적일 정도로 무표정한 얼굴을 하고 있었다. 깎은 듯한 턱 선과 단호해 보이는 콧망울이 언뜻 매혹적인 페이스 라인을 그려내고 있지만 검은 두 눈은 섬뜩할 정도로 차갑게 빛나고 있어 전체적인 인상을 위협적으로 만들고 있었다.

한 손으로 병을 기울여 위스키를 입 안으로 넘긴 제이슨은 다시 핸들을 손에 쥐고 스피드에 온 감각을 집중하기 시작했다. 차갑게, 마치 유리처럼 차갑게 빛나는 검은 눈과는 어울리지 않는 미소가 입가에 떠올랐다.

살다 보면 가끔 미치는 날이 있다. 제이슨에게는 오늘 같은 날이 그랬다. 하늘이 미쳐 버린 것처럼 비가 쏟아지는 날, 특히 그로 인해 슬금슬금 다가오던 따뜻한 기운이 갑자기 맥을 못 추는 사월 봄 즈음이면 증상은 한층 더 심각해진다. 그럴 때면 우주 밖으로 튀어나갈 것 같은 두뇌 속에 '멈춤' 신호가 필요하다. 그 신호가 되는 것이 제이슨에게는 스피드와 액셀러레이터였다.

코르벳이 빗길 위를 미끄러지는 아찔하고 위험한 감각을, 혈관을 타고 도는 위스키와 함께 뒤섞어 즐기던 제이슨이 갑자기 눈가를 찌푸렸다.

"저기 뭔가……."

얼핏, 헤드라이트 불빛에 뭔가가 스쳐 지나간 것 같았다. 물론 말도 안 되는 일이긴 하지만.

혹시라도 몰라 제이슨이 슬쩍 속력을 줄였다. 그리고,

끼익!

"꺄아악!"

급브레이의 반동으로 제이슨의 몸이 코르벳의 푹신한 시트에서 튕겨지듯 앞으로 쏠렸다. 푸식, 하는 소리와 함께 에어백이 작동했고, 시야가 온통 막힌 제이슨은 방금 전 울린 비명이 과연 무엇을 뜻하는 것인지 도무지 파악할 수 없는 공황 상태에 직면하게 되었다. 저 미친 듯이 쏟아지는 비를 각오한 채 차 문을 열고 밖으로 나가지 않는다면 말이다.

누군가를 친 것일까? 그렇다고 하자니 차에 뭔가 부딪친 느낌은 전혀 없었다. 브레이크도 급격하긴 했지만 이상없이 작동했다. 이런 빗길에 미끄러지지 않은 것만 해도 엄청난 행운이었다. 그렇다면 저 비명 소리는 대체…….

"제길."

작게 욕설을 내뱉은 제이슨은 대충 에어백을 수습하고 밖으로 나갔다. 그의 코르벳에서 약 이 미터 정도 떨어진 곳에 무언가 시커먼 것이 웅크리고 있었다.

"Who is it?"

제이슨의 목소리를 들었는지 시커먼 것이 고개를 들었다. 사람이었다.

"흑……."

그것도 섬뜩한 목소리로 울고 있는 사람이었다.

난감했다. 어차피 치이지도 않은 것 같으니 그대로 두고 떠나자는 마음이 90%였고, 최소한의 도의적 책임감으로 괜찮냐고 한번 물어봐 주기나 하자는 생각이 나머지의 절반을 차지했다. 그 나머지는 마음 내키는 대로 실컷 욕설을 퍼부은 다음 그대로 두고 떠나고 싶은 욕구였다.

제이슨이 만족할 만한 해답을 고르기 전에 그 섬뜩한 인간이 중얼거렸다.

"흑, 무릎 까졌잖아. 개자식, 천천히 좀 몰지. 죽는 줄 알았네……."

아마도 누군가에게 들으라고 한 말은 아니었을 것이다. 왜냐하면 섬뜩한 인간이 내뱉은 것은 영어가 아닌 한국말이었기 때문이다.

한국어를 쓰지 않은 세월이 한국어를 쓰던 짧은 세월의 몇 배나 더 길었다. 이제는 기억 한구석에 처박혀 몽땅 잊을 줄 알았는데, 느닷없이 하이웨이 위에서 튀어나온 낯선 누군가의 낯선 한국말은 또렷하게 머리 속을 파고들고 있었다.

"아야야……."

그러면서 기우뚱, 일어섰다.

제이슨과 그 인간—아마도 한국인인 게 확실한—의 눈이 자동차 헤드라이트 빛에 의존해 서로 마주쳤다.

젊은 여자였다. 아니, 어리다는 말이 더 어울릴 정도로 풋내가 나는 여자였다. 무릎 위로 올라온 데님 스커트에 어딘가의 캐주얼 브랜드 로고가 찍힌 알록달록한 나일론 점퍼를 입고 있었다. 스커트 밑으로는 종아리에 헐렁하게 걸쳐진 양말과 밑창이 두꺼운 스니커즈를 신고 있어서 십 마일 정도는 너끈히 걸을 수 있을 것 같았다.

비에 젖어 찰싹 들러붙은 검은 머리카락이 목덜미 근처에서 느슨하게 묶여 있었고, 역시 온통 젖은 얼굴은 창백할 정도로 하얗게 질려 있었다. 동양인답게 밋밋한 얼굴이었다. 눈도 작고, 코도 낮고, 입술도 작았다. 저 튼튼한 스니커즈 밑창을 고려하더라도 160㎝를 간신히 넘을까 말까 한 키였다.

그녀가 제이슨을 향해 악센트가 그닥 구분이 안 가는, 밋밋한 칼리지 영어로 말을 시작했다.

"Mmm…… 에, 그러니까…… could you give me a ride to a near city? 아, 이거 맞나? 암튼, I'm a visitor from another country. 에에, 또……."

더는 들어줄 수가 없었다.

제이슨이 딱 끊어지는 목소리로 입을 열었다.

"지금 뭐 하는 거지?"

기억 속에 차곡히 접혀져 있던 한국말이 튀어나왔다. 그리고 그에 따른 반응도.

"세상에! 한국 사람이었어요?"

낯선 한국인이 제이슨을 향해 펄쩍 뛰어오르듯 다가왔다.

"아아, 살았다. 좀 태워주세요! 비는 오지, 차는 한 대도 안 다니지. 정말 무서워 죽어버리는 줄 알았어요! 아아, 살았다. 살려주세요!"

글쎄. 그에게 그래야 할 의무가 있을까.

어쨌거나 자신은 사람을 친 것도 아니고, 아무리 따져 봐도 잘못은 하이웨이 위를 걷는 정신 나간 짓을 저지른 상대방에게 있었다.

"아아, 다행이다. 정말 죽으라는 법은 없나 봐요. 누군가 오지 않았으면 정말 여기서 죽었을지도 몰라요."

그 잠깐 사이 제이슨은 벌써 흠뻑 젖어 통째로 물탱크에 갇혀 있다가 빠져나온 사람 같은 몰골이 되어 있었다. 그러니 이 정신 나간 놀이에 동참해 줄 마음이 들지 않는 건 당연한 일일지도 몰랐다.

"한밤중에 하이웨이를 걷는 비상식적인 인간을 태워줄 의무는 없어."

상대방이 즉각 대꾸를 했다. 무릎이 아프다고 징징대던 때와는 판이하게 다른 싱싱한 음성이다.

"히치하이킹."

"……뭐?"

"히치하이킹을 하던 중이라구요. 걷고 있던 게 아니에요."

제이슨이 망설이지 않고 몸을 돌렸다.

"미쳤군."

정신이상자, 아니면 변태, 아니면 감당할 수 없을 정도로 철이 덜 든 십대. 비에 떠내려가든 다른 차에 부딪쳐 병원으로 실려가든 그가 알 바 아니다.

"잠깐만요! 이렇게 가시면 전 죽어요!"

돌아서는 제이슨의 팔꿈치를, 정신이상자이거나 변태이거나 철없는 십대일 게 뻔한 히치하이커가 붙들었다.

"내가 죽으면 어떻게 하시려고요. 그러지 말고 좀 태워주세요."

제이슨이 비딱하게 고개를 돌렸다.

"그쪽 말대로 개자식이라서, 남이 죽는 일 따위는 신경 쓰지 않는."

덧붙여 그 남이 제멋대로 넘어져 무릎이 까지는 일도.

이쯤 되면 떨어져 나갈 줄 알았다. 제이슨은 남을 배려하는 인간이 아니었고 무엇보다 그렇게 될 생각도 없었다. 더구나 이유도 없이 개자식이라는 욕을 듣게 된 정신이상자한테라면 더더욱 그렇다. 그러나 얼굴을 붉힐 줄 알았던 그녀는 눈 하나 깜짝 안 하고 배시시 웃었다.

"그러니까 날 살려주는 것으로 갱생의 기회를 가지세요. 이렇게 수고스럽지 않게 남에게 자비를 베풀 수 있는 기회가 살면서 매일 오는 건 아니라구요."

제이슨이 꼭 '너한테 친절한 행위를 베푸는 것은 자비가 아니라 자기 학대야' 라고 말하는 듯한 눈빛으로 그녀의 손을 뿌리쳤다.

"자선이라면 남부럽지 않게 하고 있어."

제이슨이 홱 몸을 돌렸다. 이대로 차에 올라타 잽싸게 문을 잠그고 그대로 차를 출발시킬 계획이었다.

그런데,

"어어? 잠깐만! 술 냄새다! 음주 운전이다!"

제이슨에게서 바싹 붙어선 정신 나간 히치하이커가 외쳤다.

"그쪽이야말로 제정신이 아니잖아요! 음주 운전이라니!"

제이슨과 바싹 붙어 있는 사이에 술 냄새를 맡은 모양이다. 그가 잠시 멈춰 있는 사이, 히치하이커는 제이슨이 달아나지 못하게 재빨리 그를 붙잡은 뒤 고개를 옆으로 빼 휘황찬란하게 빛나고 있는 헤드라이트 아래를 응시했다.

"5BUG704. 외우기 쉬운 번호판이네."

어둠 속에서 둘의 눈이 마주쳤다.

차갑게 가라앉은 제이슨의 눈을 빤히 들여다보면서 미지의 히치하이커가 씨익 웃었다.

"Trick or treat?"

"……Shit!"

제이슨이 홱 팔을 잡아 뺐다. 그리고 성큼성큼 걸어가 코르벳의 문을 열었다.

"타."

"와아!"

문제의 히치하이커가 환호성과 함께 잽싸게 달려와 흠쩍 젖은 몸을 제이슨의 코르벳 안에 구겨 넣었다.

탕! 문이 닫히고 제이슨이 운전석에 앉았다.

"본의 아니게 협박까지 갔지만 그래도 진짜 고맙습니다. 덕분에 살았어요!"

옆 좌석에 앉은 히치하이커가 배시시 웃으며 말을 건넸다. 그 얼굴을 힐긋 바라보며 제이슨이 역시 세 번째 방법대로—물론 욕설은 영어로—할 걸 그랬다는 표정을 얼굴 가득 드리운 채 차를 출발시켰다. 제이슨의 표정은 아랑곳없이 히치하이커가 방실방실 잘도 웃으며 얘기를 건넸다.

"이름 물어봐도 돼요? 저는 독립이에요, 이독립."

2003년 4월, 뭐라도 밟지 않으면 그대로 미쳐 버릴 것 같던 그런 날 제이슨은 독립과 만났다.

＊

"……움, 그래서요…… 뭐, 그렇게 된 거죠."

입을 꾹 다물고 운전에만 열중하는 제이슨을 바라보며 독립이 끊임없이 종알거렸다. 아무래도 이 숨 막히는 침묵이 거슬리는 모양이었다.

"어쨌거나 그래도 너무했다고요. 짐 내릴 시간이라도 달라고 사정했는데 통 들은 척도 안 하고. 개자식."

독립의 얘기는 왜 이런 정신 나간 날에 정신 나간 히치하이킹을 하고 있었느냐는 제이슨의 비난에 대한 해명이었다.

그녀의 말에 따르면 '아무 문제 없이' 뉴욕에서 어학연수 중이었던 그녀는 '아무 문제 없는' 방학을 맞이해 노스 캐롤라이나에 '아무 문제 없이' 살고 있는 친척을 만나려고 '아무 문제 없이' 뉴욕에서 그린스보로행 버스를 탔지만 중간에 버스표를 분실했기에 운전사로부터 쫓겨나고 말았다는 것이다. 그것도 이런 하이웨이 한복판에서.

"그래서 이런 빈털터리 꼴로 히치하이킹이라도 하려는 거였어요. 사실 버스가 떠난 지는 한 삼십 분 정도 된 것 같고 버스가 다니니까 다른 차들도 다니는 줄 알았죠."

종알종알. 독립이 계속 떠들든 말든 제이슨은 여전히 말없이 전방을 응시하고 있었다.

시끄럽군.

그게 독립에 대한 제이슨의 생각이었다. 비에 젖은 채 드러나는 허벅지와 차갑게 빛나는 피부 따위는 별도로 치고 말이다.

"그쪽은요? 왜 이 시간에 술 마시고 운전을 해요?"

독립이 눈을 돌려 제이슨을 바라보았다. 여전히 그 눈은 생글생글, 재미있다는 듯 웃고 있었다.

"저런, 마시고 운전한 게 아니라 마시면서 운전한 거였구나."

제이슨이 마시던 술병을 발견한 모양. 제이슨이 독립을 향해 차가운 눈을 돌렸다.

"그래도 얌전히 내 차를 탈 마음이 들어?"

독립이 어깨를 으쓱했다.

"달리 방법이 없잖아요. 내 상황이 이렇게 더럽게 꼬인 거고 신세지는 쪽도 나니까 그쪽이 미안해할 필요 없어요."

말도 잘한다. 그가 미안해할 게 아니라 당연히 독립이 미안해해야 하는 것 아닌가?

"미안하면 지금이라도 내려."

"어마, 한국말 잘하시는 것 같더니 그렇지도 않은가 봐. 미안해하지 않아도 된다는 말이었어요."

"미안해할 것 같으면 태우지도 않았어."

"어마, 그러니까 우리 서로 감정 쌓지 말자구요."

이건 단순히 말이 많은 게 아니다. 정도가 넘게 뻔뻔스러운 것이다. 제이슨이 다시 시선을 전방으로 돌렸다.

"시트 세탁비를 청구하는 순간까지는 그래야겠지."

그 말에 독립이 움찔했다.

"설마요. 고작 조금 젖은 것뿐인데. 말리면 괜찮아질 거예요."

"절대 그렇지 않아."

"왜요?"

"진짜 가죽이거든."

"……"

독립이 다시 배시시 웃었다. 억지로 웃느라 입가가 어색하게 비틀리는 게 눈에 보이긴 했지만. 그리고 재빨리 화제를 돌렸다.

"그런데 몇 살이세요? 여행? 아니면 이민?"

뭔가 곤란한 상황에 닥치면 억지로 웃어버리는 희한한 버릇을 가진 여자였다.

"여기는 오래 계셨어요?"

뭐, 그렇다고 해서 제이슨이 굳이 그녀에게 맞춰줘야 할 필요는 없다. 그가 아직까지 낮게 떠돌고 있던 음악의 볼륨을 높였다.

"입 좀 다물지. 시끄럽군."

"그런……"

독립이 입을 삐죽하더니 다시 배시시 웃어버렸다.

"그럴게요. 신세지는 입장이니까."

그리고 얌전한 침묵. 이상한 일이다. 그렇게 기세등등하게 떠들던 그녀가 얌전히 침묵하니 뭔가 어색했다. 정확히 말하면 시답잖은 죄책감이 느껴지고 있었다.

잠시 고개를 돌려 독립의 옆모습을 바라본 제이슨은 그 이유를 알 수 있었다. 지금 독립의 표정은 딱 울기 직전이었던 것이다. 이유를 알 수가 없기에 더 곤혹스러웠다. 왜 저런 표정을 짓는 걸까.

마침내 제이슨이 침묵을 깼다.

"둘 중 하나만 해."

독립이 눈을 땡그랗게 뜨고 고개를 돌렸다.

"뭐라구요?"

"둘 중 하나만 하라고, 울든지 웃든지."

제이슨의 그 말에 독립은 둘 다를 동시에 해버렸다. 폭소를 터뜨리며 울어버린 것이다. 나중에는 두 개가 묘하게 뒤섞여 전혀 알 수 없는 소리가 되어버렸다.

"아니, 죄송해요. 사실 아까부터 울고 싶었는데 억지로 참았거든요."

그러면서 또 다른 이유로 젖은 얼굴을 들어 또 배시시 웃는다.

"운전사가 정말로 쫓아낼 줄은 몰랐어요. 차를 세우고 당장 내리라고 막 소리를 지르는데, 비가 너무 많이 내려서 고막이 터질 것 같은 거예요. 내가 여기서 내리라면 죽으라는 소리나 다름없다고 말했는데도 그 어마어마한 덩치로 막 미는 거 있죠. 인종차별주의잔 게 확실해. 아무튼 정말로 그때는 막막 울고 싶었는데 뭐, 가뜩이나 나쁜 상황에 청승까지 더할 필요는 없을 것 같아서 꾹 참았어요. 그런데……"

"그런데 기껏 만난 은인이 개자식이었다는 소리야?"

독립이 고개를 저었다.

"아뇨."

"그럼?"

"개자식보다 더 나쁜 거요."

그냥 울게 내버려 둘 걸 그랬나 보다.

"그게 뭔데?"

"우리 할머니."

할머니라는 말에 제이슨이 저도 모르게 얼굴 선을 구겼다.

"할머니?"

"예, 우리 할머니랑 비슷해요. 말하는 게, 아니, 성격이, 아니 아니, 둘 다."

"할머니가 어떻길래?"

독립이 양쪽 손 집게손가락으로 눈가를 치켜 올렸다.

"언제나 이런 표정을 하고 있어요. 내가 옆에서 막 떠들어대면 중간에 말을 끊고 이렇게 말해요. '시끄럽다. 골 흔들려. 입 다물어라'. 처음 그런 말을 들었을 때는 너무 놀라서 내 방에 숨어 막 울었어요. 지금은 좀 다르지만."

아무리 좋게 들어줘도 할머니라는 핑계를 들어 제이슨을 흉 보는 말이었다.

"좀 더 자신의 처지를 살펴보는 게 어때? 남을 흉보려면 최소한 대등한 입장에서 해야 되지 않아?"

그 말에 독립이 깔깔대고 웃었다.

"지금 그 말도 똑같아요. '내가 좋아서 널 데리고 있는 줄 아

니? 그나마 핏줄이 아니었으면 너 같은 것 진작에 버렸을 게
다'. 그 말을 처음 들었을 때도 내 방에 숨어서 한참을 울었어
요. 지금은 아니지만."

지금은 우는 대신 웃는다는 건가.

"아, 그렇다고 그쪽 욕하는 거 아니에요. 그냥 내 말은, 하필
이면 왜 할머니를 닮았냐는 거죠. 그것도 이런 날에."

그 말이 그 말이다.

제이슨이 저도 모르게 피식 웃었다. 이렇게 엉망진창인 캐릭
터는 간만이다. 레너드 코헨만 가득하던 코르벳 안에 사람 목소
리가 더 높이 울리는 것도 처음이었다.

"말을 하는 재주가 없는 사람이군. 몇 살이지?"

그리고 타인과 이런 종류의 일상적이고, 그래서 쓸모가 하나
도 없는 대화를 나누게 된 것도.

"스물하나."

"거짓말."

"정말이에요. 지금 십대처럼 보인다고 말하려는 거였죠? 근
데 정말 스물하나예요."

제이슨이 다시 독립의 얼굴을 살폈다. 화장기가 없어서 그런
지 더 어려 보였다. 새삼 그녀의 피부가 얼마나 고운지 눈에 들
어왔다. 하얗고, 손가락을 대고 문지르면 뽀득뽀득 소리가 날
것 같은 그런 피부.

속으로 말려 들어간 쌍꺼풀 라인은 아주 작았다. 그 위로 촘

촘히 난 속눈썹은 마치 방수 마스카라를 잔뜩 칠한 것처럼 작은 물방울이 묻어 있었다. 작다고 생각한 코는 생각보다 아주 귀여운 모양을 하고 있어서 저도 모르게 꼭 움켜쥐고 살짝 비틀고 싶은 충동이 일어났다.

그리고 입술. 자세히 뜯어보지 않으면 평범한 그녀의 생김새 중에서 입술만큼은 눈에 띄는 모양새를 하고 있었다. 통통한 하트 같은 그 입술은 아주 싱싱한 과일 색깔이었다. 핑크와 오렌지가 묘하게 뒤섞여 있는 듯한 달콤한 색상이었다. 한 번쯤 깨물어 먹고 싶다는 생각이 들 정도로.

"그렇게 빤히 봐도 내가 십대라는 증거는 못 찾을걸요."

독립의 목소리가 그 달콤한 상상을 깼다. 제이슨이 피식대며 시선을 옮겼다.

"십대가 아니라는 증거도 못 찾았어."

"흥. 그거야 눈이 나빠서 그렇죠."

"오늘 같은 날씨에 운전할 만큼은 좋아."

"그래도 난 십대가 아니죠."

"그래도 믿기지 않는 거고."

"흥. 그거야 못 믿는 사람이 문제죠."

"못 믿게 하는 사람이 문제일 수도 있지."

"아우, 정말. 고집은."

독립이 고개를 흔들었다.

"이제 됐어요. 안 믿으려면 말아요. 뭐, 중요한 것도 아니고."

그리고는 화제를 바꿀 요량인지 또 배시시 웃었다.

"그쪽은 몇 살이에요?"

"스물아홉."

"에, 거짓말. 더 들어 보이는데요?"

"피차일반이지. 계산법이 다를 테니까."

"그게 무슨?"

"한국은 나이 세는 법이 다르지 않나? 넌 고작 열아홉이라는 얘기야. 네 말이 맞다고 쳐도."

"쳇."

독립이 '당했군' 이라는 얼굴로 시선을 돌리다가 제이슨이 기어 스틱 옆에 놓아둔 작은 위스키 병의 존재를 기억해 냈다. 새로운 표정이 그 얼굴에 스멀스멀 기어올랐다.

"호오. 그럼 서른한 살씩이나 드신 훌륭한 성인께서 이런 밤중에 '음주 중 운전'을 하고 있던 이유는 뭔데요? 양식있는 사람이라면 자신이 무슨 짓을 하고 있는지 정도는 알고 있어야 하는 것 아닌가요? 책임져야죠. 한밤중의 히치하이킹보다 몇백 배는 더 위험하겠다."

그때 갑자기 코르벳의 차체가 옆으로 홱 꺾였다.

"엄마야!"

안전벨트를 하고 있지 않은 독립의 몸이 풀썩 들려 제이슨의 어깨에 부딪쳤다.

"Shit!"

끼이익!

독립의 엉덩이가 기어 스틱을 건드리고, 독립의 무게에 잔뜩 떠밀린 제이슨이 순간 브레이크에서 발을 떼었다.

쾅!

두 사람의 몸이 동시에 풀썩 움직였다. 물리적인 충격 자체는 강하지 않았지만 일단 사고가 생겼다는 것 자체가 충격이었다. 제이슨이 독립으로부터 고개를 돌리고 작게, 들리지 않을 정도로 작게 뭐라고 중얼거렸다. 들으나마나 욕설이다. 차마 들리게 말할 수 없을 정도의.

"저, 저기…… 아, 음…… 미안, 미안해요……."

독립이 새파랗게 질린 얼굴로 작게 중얼거렸다.

"저기, 갑자기…… 그러니까, 갑자기 차가 꺾이는 바람에……."

제이슨이 별다른 말이 없자 독립이 조심스럽게 손을 뻗어 그를 슬쩍 건드렸다.

"그러니까, 정말 미안해요……."

그런 독립의 손을 제이슨이 휙 낚아챘다. 헤드라이트에 반사된 빛이 통과하는 그의 두 눈은 아주 끔찍해 보였다. 저도 모르게 움찔한 독립이 뒤로 몸을 뺐다.

"물론 정말 미안한 일이지만 어쩔 수 없었다구요. 갑자기 그쪽이 말도 없이 핸들을 꺾으니까 이렇게 된 거잖아요……."

"……."

"이씨! 사람이 말을 하면 좀 들어요! 미안하다잖아요! 그러게
왜 갑자기……."

틱!

그 순간 갑자기 조수석의 문이 열렸다.

"내려."

제이슨이 그 끔찍한 표정으로 독립에게 말했다. 당황한 독립
이 얼굴을 붉히고 목소리를 낮추기 시작했다.

"아니, 저기…… 그러니까 내 말은 미안하다구요. 그래도 갑
자기 내리라고 하는 건 정말 비신사적이고 비인간적이고 비인
도적인 짓 같은……."

한층 떠들어대는 독립을 내버려 두고, 제이슨이 비가 쏟아지
는 밖으로 나간 후 반대편 조수석으로 돌아 독립을 끌어 내렸
다.

"으악! 놔! 치사해!"

독립이 힘껏 버둥거렸지만 제이슨의 힘을 당해낼 수는 없었
다. 결국 꽤 보기 안 좋은 모양새로 차 밖으로 끌려 나온 독립을
제이슨이 일으켜 세워 획 소리가 날 정도로 거칠게 고개를 두
시 방향으로 돌려주었다.

"엑! 이거 놔!"

눈앞에 보이는 것은 환한 불빛이었다. 버둥대던 독립이 동작
을 멈추었다.

"에?"

귓가에 제이슨의 목소리가 울렸다.

"보이지? 오십 미터만 걸으면 그레이하운드 터미널이야. 끝까지 태워다 주고 싶지만 차가 이 모양이 되어서 어쩔 수 없겠어. 오십 미터만 걸어가도록."

"저, 저기요."

"그럼 good luck."

제이슨이 붙들고 있던 독립의 얼굴을 놓아주고 다시 차 안으로 미끄러지듯 들어갔다.

"저기요오!"

독립이 서둘러 그를 쫓아 닫힌 차 문을 두들겨 보기도 전에, 제이슨은 그 늘씬한 코르벳을 놀랄 만한 속도로 후진시켜 어둠 저편으로 사라져 버렸다.

No. 2

히치하이크 성공 요령 두 번째

: 순진함에서 실패하면 머리를 쓸 것

중간에 강제 동석했던 정신 나간 십대 히치하이커를 재주 껏 떨궈내고 온 제이슨이 향한 곳은 두 달 전에 구입한 이층짜 리 집이었다. 정확한 주소는 제이슨도 몰랐다. 며칠 전 새로 산 코르벳을 몰고 무작정 달리기 시작했는데 어느샌가 주 경계를 넘어 이곳을 지나치게 되었다. 듀크 컬리지를 지난 지 얼마 되 지 않아 발견한 집이었기에 대충 그 부근이라고 생각할 뿐이었 지만, 아무래도 좋았다. 그는 그저 이 지긋지긋한 계절을—사월 을 포함해서—무사히 넘길 곳이 필요했을 뿐이다.

마침 적당해 보이는 집이었다. 이층에 자리한 세 개의 베드 룸은 크지도, 작지도 않았으며 집을 지은 자의 취향 탓인지 욕실이 널찍했다. 일층을 정확히 이 등분 한 거실과 식당도 마음에 들었다. 채광이 좋은 키친 너머로는 뒷마당으로 이어지는 포치가 연결되어 있었다. 십 인용 부루마블을 할 수 있을 정도로 탄탄하고 넓은 포치였다.

그가 처음 봤을 때는 약간 먼지가 쌓인 모습이었지만, FOR SALE이라는 작은 나무 팻말은 제이슨의 새 코르벳을 멈추게 하는 데 충분했다.

현관문을 연 제이슨이 물에 흠뻑 젖은 진즈와 셔츠를 벗었다. 이 진즈는 사 년 전 이탈리아에 갔을 때 구입한, 상표를 일부러 겉에 붙여야 될 정도로 어마어마하게 비싼 디자이너의 제품이었지만 지금은 그런 상표 따윈 닳아 없어진 지 오래였다. 셔츠는 얼마 전 주 경계를 넘을 때 갈아입을 요량으로 산, 근처의 개스 스테이션에서 파는 오 달러짜리 싸구려였다. 바느질 선 하나까지 다른 의상들이었고 그것을 우연히 같은 사람이 구입했다는 것 외에는 같이 입혀질 일도 전혀 없을 법한 의상들이었지만 꼭 그다운 느낌이었다.

집도, 옷도, 차도, 사람도 제이슨이 특별히 집착하고 의미를 부여하는 것이 없었다. 이 집도 사월 한 달을 넘기고 나면 미련 없이 팔려 나갈 것이다. 그리고 그의 기억에서 사라질 것이다.

현관에서 옷을 벗은 제이슨이 이층으로 올라갔다. 베드 룸보다 널찍한 이층의 욕실은 이 집에서 가장 마음에 드는 곳이기도 했다.

뜨거운 물이 몸에 닿자 증기처럼 피로가 빠져나갔다. 생각해보면 꽤나 피곤한 하루였다. 제이슨은 억지로 독립이라는 이상한 이름을 가진 히치하이커와 망가진 코르벳 따위는 생각하지 않으려고 애썼다. 충분히 엉망인 하루였다. 사월이 시작되었다는 것만으로도 충분히 끔찍해질 날들이었다.

"망할……."

그런데 왜 쉽게 떨쳐지지 않는 걸까.

하트 모양의 입술이라든지 젖은 채로 싱싱하게 빛나던 피부라든지, 아니면 폭소와 함께 우는 얼굴이라든지. 몸 안에는 아직 알코올처럼 미묘한 열기가 씻겨 내려가지 못하고 그대로 머물러 있었다. 아무래도 여자가 필요한 모양이었다.

샤워를 마친 제이슨은 일층으로 내려갔다. 커다란 벽난로를 주변으로 길게 늘어서 있는 일렉트로닉 제품들 중에서 일순위로 오디오를 골랐다. 불이 꺼진 채 춥게 내버려져 있던 거실에 곧 음악이 감돌기 시작했고, 그의 거실은 혼자 있기에 훨씬 더 괜찮은 공간이 되어갔다.

그 다음으로 제이슨이 고른 것은 노트북보다 더 가뿐해 보이는 최신형 PC였다. 전원이 들어온 PC에서 프로그램과 파일들을 불러오자 모니터를 가득 채우는 것은 새카만 글자들이 되었다.

이번 작품의 제목은 〈눈 뜨는 시간의 비례〉. 팔 년 전에 발표되었던 그의 처녀작처럼 고급 범죄 스릴러물이었다. 매달 쏟아져 나오는 그렇고 그런 하드보일드형 스릴러에 비해 그의 작품이 조금 다른 것은, 평론가들에게 기괴할 정도로 후한 점수를 받고 있다는 것이다.

'인간이 구성할 수 있는 가장 완벽한 범죄', '천재가 만들어 낸 또 다른 천재의 초상', '이 글을 통해 나는 진실로 천재가 존재한다는 것을 깨달았다' 등등이 그의 책이 만들어낸 찬사였다. 법학, 의학, 심리학 등의 정통한 전문적 지식들과 아리스토텔레스에서부터 들뢰즈에 이르기까지 현존하는 철학들에 대한 유연한 해설을 적용시킨 그의 글은 전문가들조차 허점을 발견해 내지 못했다. 하버드 출신이라는 매력적인 학력은 그의 책에 더해지는 우아한 포장지가 되었다. 이 모든 찬사들은 그 뒤로 출간된 두 편의 책이 팔릴 때마다 한층 더 수위를 높여가 이제는 그의 이름이 들어 있는 평론이나 서평을 보아도 대체 누가 쓴 글인지—심지어는 과연 인간이 쓴 글인지도—알 수 없을 지경에 이르러 있었다. 할리우드에서 보내오는 끊임없는 러브 콜도 식상해질 판국이었다.

제이슨의 열 손가락이 키보드 위에 올려졌다. 그리고 잠깐의 침묵. 기억 속에 저장된 범죄들을 다시 글로 표현할 수 있도록 세팅하는 시간은 대략 오 분 정도 걸린다. 이 오 분 동안 완전히 외부와 차단되어 자신만의 세계에 틀어박히게 된 제이슨은 나머지 시간 동안 원하는 글을 쓸 수 있는 상태가 된다.

"그녀는 죽는다. 열 두 시간이 지나면."

이윽고 키보드가 달칵대는 기계음을 뿌려대기 시작했다. 서서히 주위가 가라앉아 들어가기 시작했다. 어둠처럼 모든 것이 침묵을 지켰고 제이슨의 시야에는 오로지 행동하는 두 주인공만이 남았다.

"그 시체에서 테일러의 손가락만이 사라진 이유는……."

그때였다.

쾅, 쾅쾅!

거실과 오 미터도 채 떨어지지 않은 현관문이 요란하게 두들겨 맞는 소리가 들려왔다.

쾅! 쾅쾅쾅!

"문 여세요! 경찰입니다!"

제이슨이 험악하게 눈매를 구겼다. 이 시간에 경찰이라니.

쾅쾅쾅!

"어서 여세요!"

경찰이 한밤중에 문을 두드리는 이유야 그의 소설 속에서처럼 많다. 그의 집 쓰레기통에서 누군가가 처넣은 토막 시체가 나왔을 수도 있고, 원래 이 집 주인이 탈옥한 연쇄 살인범일 수도 있다. 어쨌거나 그 수많은 가능성을 넘어 제이슨은 집필 시간을 방해받은 것에 대해 충분한 짜증을 느끼고 있었다.

그가 샤워가운 차림으로 현관까지 걸어가 체인을 풀었다. 그의 일을 방해할 만큼 타당한 이유가 아니라면 기꺼이 '꺼져'라는 말을 날려줄 참이었다.

휙!

잡아채듯 문이 열리자 우락부락한 인상의 남자 둘이 경찰 뱃지를 꺼내 든 채 그를 험악한 얼굴로 노려보고 있었다.

"무슨 문제라도?"

제이슨이 묻자 개중 피부가 좀 더 하얀 키 작은 경찰이 뭔가를 읊어댔다.

"5BUG704. 제이슨 애딩턴. 맞습니까?"

"맞습니다."

제이슨의 대답에 둘이 서로 시선을 교환했다. 제이슨이 한층 더 짜증 섞인 목소리를 높였다.

"무슨 일이죠?"

"아, 신고가 들어와서 말입니다."

"신고?"

"hit—and—run 말입니다."

제이슨이 다시 얼굴을 구겼다.

뺑소니? 그게 무슨 말도 안 되는…….

"잘못 알았군요."

제이슨이 가볍게 내뱉고는 다시 문을 닫으려 했다. 그러자 좀 더 키가 큰 경찰이 제이슨의 팔을 턱 붙들었다.

"밖에 주차된 차를 보니까 상처가 있더군요. 어디서 그렇게 됐습니까?"

이런, 제길.

"말씀 안 하시면 저희가 조사하는 수밖에 없습니다. 물론 강제력이 동원되고요."

그의 코르벳 안에는 절반쯤 비운 위스키 병이 남아 있을 것이다. 재수없으면 술 냄새가 남아 있을지도 몰랐다. 그게 발견되면 뺑소니는 문제도 아니다.

"제대로 살피면 내 차에 난 상처는 사람을 친 자국 따위가 아니라는 걸 알 수 있을 텐데……."

"차에 치었다는 사람이 있어서요."

"……뭐?"

경찰들이 등 뒤로 시선을 돌렸다.

"미스, 이 사람이 확실합니까?"

그들 뒤에는 한 사람이 더 있었다. 역시 쫄딱 젖은 몰골의 정신 나가 보이는 한 여자가. 제이슨과 시선이 마주치자 여자가 빙긋 웃었다.

"어마, 글쎄요. 어두워서 잘 모르겠는걸요."

순간 제이슨은 이 가는 소리를 내지 않으려 안간힘을 써야 했다. 음절마다 딱딱 끊어지는 한국어 억양이 어쩔 수 없이 묻어나는 이 발음, 그리고 이 목소리.

독립이었다.

제이슨과 눈이 마주치자 독립이 방긋 웃었다. 물론 둘 정도만 알아볼 수 있는 그런 종류의 미소였다.

"차를 보면 알 수 있을 것 같아요. 꼼꼼히요. 그리고 차 안도

뒤져 보면…….”

독립의 말에 경찰들이 몸을 돌렸다.

“그게 순서 같군요. 그럼 일단 차를 먼저…….”

정신 나간 여자 같으니라고!

선택의 여지가 없어진 제이슨이 독립을 향해 외쳤다.

“Treat!”

방긋. 순간 독립의 웃음이 더 커졌다.

“예? 뭐라고 하셨습니까?”

경찰들이 제이슨을 향해 돌아섰다. 무지무지 수상쩍다는 눈
빛.

나도 좋아서 이런 정신 나간 소리를 내뱉고 있는 게 아니라
고!

제이슨과 경찰들이 용의자 심문에서나 주고받을 수 있는 험
악한 눈초리를 교환하고 있을 때 독립이 능청스럽게 호들갑을
떨기 시작했다.

“어머, 이 차가 아니에요!”

자연 주의가 그쪽으로 쏠렸다.

“어머나, 번호판을 잘못 외웠나? 제가 본 차는 빨간색이었거
든요. 근데 이건 검은색이네요.”

“…….”

“어머나, 미안해라.”

“…….”

"죄송해요, 이런 실수를 저질러서."

"……."

"생각해 보니까, 뺑소니라고 해도 크게 다친 곳도 없고 그냥 좀 놀랐을 뿐이니 굳이 고소까지 할 필요는 없을 것 같아요. 아무래도 그게 낫겠죠? 서로…… 음…… 귀찮은 일 안 생기구요."

"……."

독립이 배시시 웃었다.

"그럼 두 분 다 살펴가세요."

제이슨이 눈앞의 경찰들을 향해 안됐다는 눈빛을 보냈다. 독립이 여자만 아니었다면 한 대 때려줬을지도 모를 일이었다.

"방해해서 죄송합니다, 미스터 애딩턴."

간신히 이어지는 키 작은 경찰의 말에 제이슨이 이해한다는 눈초리로 손을 들어 올렸다.

"괜찮습니다."

"그게 저희도 신고를 받은 거라 어쩔 수……."

제이슨이 현관문을 내려가는 계단을 손가락으로 가리켰다.

"실례지만 일을 하던 중이라 마저 하고 싶군요."

"아, 알겠습니다."

두 명의 경찰이 즉각 몸을 돌렸다. 더 있어봤자 민망하기만 할 뿐이라는 사실은 서로 다 잘 알고 있는 얘기였다.

그들이 타고 온 패트롤카가 침울한 모양새로 어둠 속으로 사라지자 독립이 냉큼 제이슨이 지키고 서 있는 현관문으로 들어

왔다. 제이슨의 목덜미에 닿을락 말락 하는 작은 머리통을 바싹
치켜든 독립이 배시시 웃으며 말했다.

"내가 어떻게 쫓아왔는지 궁금하죠?"

"……."

"마침 터미널 안에 공중전화가 있었어요. 그쪽도 알다시피 나
는 동전 한 푼 없는 상황이었잖아요. 그래서 emergency call
버튼을 눌렀죠. 여기 경찰들, 친절하던데요? 도시가 작아서 그
런가?"

"……."

"으아, 춥다. 샤워는 어디서 하면 돼요?"

"……."

＊

제정신이 아냐.

넉살 좋게 쳐들어와 태연하게 남의 욕조를 점령하고 느긋하
게 샤워 따위를 하고 있다니. 아무리 생각해도 저 히치하이커는
제정신이 아니었다.

제이슨이 얼굴 선을 구겼다.

혹시라도 다른 목적이 있어 거짓 핑계를 만들어대고 온 여자
가 아닐까.

그렇다면 왜? 기자? 출판사 직원? 파파라치?

누구지? 목적이 뭐지?

달칵.

그때 일층의 욕실 문이 열렸다. 제이슨과 비슷한 샤워 가운을 걸친 독립이 종종걸음으로 밖으로 나왔다.

"여기 앉으면 돼요?"

제이슨이 앉아 있는 커다란 소파로 다가와 끄트머리에 걸터 앉은 독립에게서는 제이슨과 똑같은 샴푸 냄새가 났다. 입고 있는 가운도, 신고 있는 슬리퍼도 제이슨의 것이다. 만약 정말로 목적이 있어서 일부러 접근한 여자라면 보통내기가 아닐 것이다. 적진 한복판에서 무방비 상태로 적을 맞이할 준비를 하고 있다는 소리니까.

"헤에, 또 본의 아니게 협박까지 갔지만 그래도 고마워요. 받아줘서요."

이렇게 말하며 빤히 제이슨의 얼굴을 들여다보는 독립의 얼굴은 순진해 보이기까지 했다.

'위험해.'

제이슨이 마음의 결단을 내렸다. 그가 모니터에서 시선을 떼고 독립을 돌아보았다. 팔짱을 끼고, 입가에 주름을 만들어 넣은 다음 턱 선을 비딱하게 들고 입을 열기 시작했다.

"여기는……."

여기는 무슨 목적으로 왔지?

제이슨이 그렇게 물으려는 순간이었다. 갑자기 독립이 굉장한 기세로 제이슨의 말을 끊었다.

"우와! 이거 〈용의 혈통〉! 이 책 봤어요?"

독립의 손이 아무렇지도 않게 제이슨의 어깨를 짚고, 소파 뒤 벽장으로 손을 뻗어 두툼한 양장본 책을 하나 뽑아 들었다. 자그마한 키로 낑차 손을 뻗느라 가운 앞섶이 살짝 벌어져 가슴팍이 들여다보이는 것도 모르는 모양이었다.

제이슨이 고개를 돌려 그녀의 가슴을 피하며 대꾸했다.

"응."

"아아, 이 책 미국판은 표지가 이랬구나. 한국판보다 훨씬 멋지다."

독립의 발개진 얼굴 위에서 두 눈이 반짝반짝 빛났다. 그가 쓴 두 번째 소설 〈용의 혈통〉을 정말로 못 견디게, 죽을 만큼 좋아한다는 듯한 얼굴이었다.

"내가 고1때 나온 책이에요. 너무 근사해서 죽는 줄 알았죠. 이 작가는 정말 천재야."

고1짜리가 읽을 만한 내용은 아니었는데.

제이슨이 이런 생각을 할 동안 독립의 눈이 옆으로 돌아갔다.

"우왓! 이거이거…… 이거 해석하면 〈셔벗랜드의 백야〉 맞죠? 이거 이 작가 처녀작이잖아요! 이거 한국에서는 출판 안 되어서 내가 얼마나 애석해했는데. 나 영문과 간 게 이 책 원본 어떻게든 구해서 읽어보려는 게 목적이었다니까요. 이 작가 책이 다 있는 걸 보니까 그쪽도 팬인가 봐요?"

독립은 〈셔벗랜드의 백야〉를 뽑아 들기 위해 소파 위로 올라가 발돋움을 해야 했다. 〈셔벗랜드의 백야〉는 〈용의 혈통〉보다 훨씬 더 구석진 자리에 꽂혀 있었기 때문이다.

폭신한 소파 위에서 낑낑대며 발돋움을 하는 행위는 명백히 가족이 아닌 누군가, 좀 더 정확히 말해 몇 시간 전에 처음 보게 된 위험한 느낌의 낯선 독신남 앞에서 할 만한 짓은 아니었다. 깡총하게 당겨지는 샤워 가운 덕분에 제이슨은 독립의 엉덩이 라인과 드러나는 맨살의 종아리를 감상할 기회를 얻게 되었다.

보기 좋을 정도로 통통히 살집이 오른 엉덩이였다. 종아리 역시 가늘다기보다는 모양이 예뻤다. 보드랍고, 하얗고, 말캉한 느낌. 얼굴은 척 봐도 '철없는 십대 애송이'라고 써붙이고 있는 듯한 주제에 미치도록 만지고 싶은 몸을 가진 이상한 여자였다.

결국 진 쪽은 제이슨이었다. 저 엉덩이와 종아리를 더 보고 있다간 정말로 손을 댈지도 모를 일이었다.

"내가 꺼내지."

제이슨이 소파에서 몸을 일으켰다.

"끙. 아니, 괜찮아요. 조금만 더…… 어머, 엄마얏!"

제이슨이 일어나고, 그 바람에 소파가 출렁대고, 균형을 잃은 독립이 버둥대다가 결국 제이슨 쪽으로 넘어진 것은 순간의 일이었다. 가뜩이나 느슨해진 가운 끈이 어딘가에 걸려 주르륵 풀리며 독립은 나체나 다름없는 모습으로 제이슨의 가슴팍에 안기게 되었다. 그나마 흉한 몰골로 나뒹굴기 전에 제이슨이 알아서 붙들었지만, 곧 독립의 상태를 깨달은 그는 어딘가에 나자빠져 코가 깨지도록 내버려 둘 걸 그랬다고 후회하기 시작했다. 그의 손 바로 아래서 독립의 나체가 흔들리고 있었다.

"엄마얏!"

독립이 다시 비명을 지르며 가운을 홱 낚아채듯 여몄다. 하지만 양손에 책을 들고 있다 가운 자락을 잡은지라 오른손에 들고 있던 책을 놓쳐 두터운 432페이지짜리 양장본 〈셔벗랜드의 백야〉의 모서리가 제이슨의 발등을 찍었다.

"욱!"

당연한 일이었지만, 제이슨이 비명을 질렀다.

"엄마야! 괜찮아요?"

독립이 재빨리 뒤로 돌아 허둥지둥 제이슨의 발을 살폈다. 물론 가운 자락은 다시 벌려진 상태였다.

"엄마야!"

네 번째로 엄마야라고 외치며, 독립이 다시 가운을 여며 쥐느라 몸을 일으켰다. 그 바람에 독립의 작고 단단한 머리통이 제이슨의 턱에 부딪쳤다.

퍽!

"윽!"

제이슨의 고개가 홱 뒤로 젖혀졌다.

"엄마야!"

그리고 다섯 번째. 독립이 제이슨의 턱을 양손으로 붙들며 어쩔 줄 모르는 표정으로 그를 올려다보았다.

"괜찮아요? 괜찮아요? 미안해서 어떻게 해. 괜찮아요?"

"괜찮아. 손 치워."

"아니, 엄청난 소리가 났잖아요. 그리고 지금 피 나요."

"혀를 좀 깨물었어. 괜찮다고."

"피 난다니깐! 손 좀 저리 치워봐요."

독립이 제이슨에게 거의 달려들 기세로 입을 가리고 있는 그의 손을 치워냈다. 독립의 손을 피하느라 제이슨이 삐딱하게 고개를 돌리자, 독립이 다시 바싹 들러붙었다. 자꾸만 피하려는 제이슨의 행동에 자극을 받은 모양인지, 그가 다쳤다는 사실을 잊은 독립의 손길이 거칠어졌다. 손을 올려 제이슨의 이마를 홱 뒤로 밀고는 턱을 붙들어 앞으로 잡아당겼던 것이다.

쾅!

그 바람에 제이슨의 뒤통수가 벽장 모서리에 부딪쳤다.

"억!"

"엄마야! 괜찮아요? 괜찮아요? 괜찮아요?"

사실을 말하자면 전혀 괜찮지 않았다.

"빌어먹을! 입 좀 다물어!"

결국 제이슨이 소리를 질렀다. 독립이 움찔, 동작을 멈췄다. 이제야 좀 머리가 제대로 돌아갈 듯했다.

제일 먼저 할 일은 독립의 가운이 제 모양새를 갖추도록 하는 일이다. 제이슨이 가운을 여미고는 목을 조르는 기세로 가운 끈을 동여맸다. 이번에는 독립이 비명을 질렀다.

"윽! 이건 가운이라구요! 코르셋이 아니에요!"

제기랄, 차라리 코르셋이었으면. 그렇다면 벗기기도 어려울 텐데.

독립의 깩깩대는 비명은 들은 척도 안 하고 제이슨이 가운 끈을 연달아 세 번 바싹 당겨 묶은 다음 손을 놓아주었다.

"자러 들어가기 전까지는 이렇게 있어. 그리고 그만 소파에 앉아. 벽장에 있는 책은 건드리지 말고 얌전히 내가 묻는 말에 대답해."

제이슨의 험악한 표정에 독립이 얌전히 수그러들며 소파에 앉았다. 양손을 가만히 무릎 위에 올려놓는 폼이 제이슨이 지금 헛말을 하고 있지 않다는 것을 알아서 깨달은 눈치였다.

"네에. 저기, 미안해요……."

아무리 미안해도 타협은 없었다. 제이슨은 저 사고덩어리의 정체가 뭔지 확실히 캐물을 생각이었다. 그가 짐작한 세 종류의 인간 중 하나라면 기꺼이 발가벗겨서 내쫓을 것이다. 차라리 음주 운전이 발각되는 쪽이 훨씬 더 마음 편할 듯했다.

그가 타협 불가, 라는 표정으로 팔짱을 꼈다. 그 정도 표정이라면 학생들이 스패너와 권총으로 무장하고 다니는 할렘 지역 하이스쿨의 교장 선생님도 훌륭히 해낼 수 있을 것이다.

"첫째, 정체가 뭐지?"

독립이 순진하게 눈을 치켜 올렸다.

"네?"

"내게 접근한 목적이 뭐냐고."

"그 시간 하이웨이에는 그쪽 차밖에 없었잖아요. 내가 억지로 엉겨붙지 않았으면 난 그대로 도로 위의 변사체가 됐을걸요."

아무래도 순순히 실토할 것 같지는 않다.

"좋아. 그렇다면 여기는 어떻게 알고 왔지?"

"나는 물론 몰랐죠. 경찰들이 차량 등록번호를 조회해서 친절히 이 주소를 찾아낸 거예요."

빌어먹을.

"순진한 척하지 마. 목적을 밝히면 상황에 따라 충분히 협조해 주겠어. 내게 이러는 목적이 뭐지?"

순진한 얼굴로 방심을 유도하고, 실제로 읽었는지 안 읽었는지 알 수 없는 그의 책에 열광하는 척하며, 그 위에 엄청난 육탄 공세까지. 대체 무얼 원하는 걸까.

독립이 가운 안으로 손을 집어넣어 목덜미를 긁어댔다.

"저기, 내가 좀 뻔뻔하게 굴고 있다는 건 아는데…… 또 그게 마음에 들지 않는다는 것도 아는데 말이죠……."

스륵.

의도한 건지, 의도하지 않은 건지 파악할 수 없는 가운데 독립의 목덜미가 슬며시 드러났다.

"그래도 어쩔 수 없어요. 지금 날 내쫓으면 이 집 앞에서 얼어죽는 수밖에 없거든요. 나중에 기회가 되면 신세는 꼭 갚을 테니까 하룻밤만 재워주세요."

귀에 염증이라도 생긴 모양이다. 갚는다와 재워달라는 말이 이렇게 색정적으로 들릴 수도 있을까.

제이슨이 아무 말 없이 팔짱을 낀 고자세로 계속 쳐다보고만 있자 독립이 목을 긁던 손을 꺼내 다시 뒤통수를 긁기 시작했다. 그리고 이어지는 꽤나 난감한 표정.

"저기…… 눈치챘다니 말인데……."

흠. 또 무슨 얘기가 나올까.

"사실 이렇게 절박하게 매달리는 목적이 있긴 했어요."

빙고.

"저기, 부탁할 게 있는데……."

곤란해하는 표정. 그녀의 손짓, 발짓.

이제는 그러한 것들이 하나하나 유혹이 되었다. 제이슨이 고개를 흔들었다.

"요즘은 그런 일에 부탁이라는 표현을 쓰나? 차라리 속 편하게 비즈니스라고 하면 듣기 덜 거북하겠군."

"비즈니스? 으음, 거래를 하자는 말이에요? 뭐, 나야 부탁을 들어준다면 나중에라도 대가를 지불할 생각이 기꺼이 있긴 해요. 근데 지금으로서는……."

"나중에, 무엇으로 어떻게 지불할 생각인데?"

"뭐든요, 돈이든 아니면…… 음, 그런데 그쪽은 잘사는 거 같으니 별로 돈으로 받고 싶어하진 않을 거 같은데요?"

제기랄. 돈이 아니면?

"으음, 뭐가 좋을까……."

대가. 그녀가 줄 수 있는 대가.

제이슨이 알기로 그것은 딱 하나였다.

"잘 봤어. 돈은 필요없어."

"아, 그럼요?"

눈앞에 있는 그녀. 사실 지금이라면 그녀가 누구든 상관없다는 생각이 들 정도였다. 그녀가 그에게서 무얼 원하든 상관없었다. 돈하고 명예 따위라면 지금도 충분하다고 생각했다. 어느날 아침, 그가 더 이상 글을 쓰지 않겠다고 마음먹어도 지금처럼 살고 싶은 대로 사는 데 별다른 지장은 없을 것이다. 지금 이순간 더 이상의 돈이나 명예보다도 그에게 필요한 것은, 그런 것은…….

"이것."

제이슨이 고개를 숙였다. 아직 무슨 일이 벌어지고 있는지 모른다는 식의 순진함으로 살짝 벌어져 있는 독립의 입술을 향해.

＊

올해 스물한 살 처녀 이독립의 일생은 평탄하진 않지만 나름대로 안일하고 평범했다. 부모님의 이혼, 이어진 아버지의 죽음으로 사촌들이 득시글대는 할머니 댁에 무전취식하게 되었지만 고작 그 정도 가지고 스릴 넘치는 독특한 삶이라고 하기에는 약간 어폐가 있었다.

스릴 넘치고 독특한 점을 굳이 발견하자고 한다면, 오히려 그녀의 성격 쪽에서 찾아야 했다. 단순히 철이 덜 든 것인지 아니면 원래 그렇게 보헤미안 기질을 타고난 것인지 독립은 꽤나 충동적이고 감정적이며 직선적인 성격이었다. 일명 일수놀이를 통해 한재산을 끌어 모은 욕심 많고 속물적이며 보수적이기까지 한 할머니가 유독 독립을 미워하는 이유 중에는 반드시 그러한 성격도 포함되어 있을 것이다.

아마 독립이 국내에서 가장 레벨이 높은 국립대학인 한진대학교에 찰싹 붙지 않았다면, 그래서 남들에게 자랑할 거리가 하나도 없었다면 기필코 쫓아냈을지도 모를 일이었다. 독립 역시 그 점을 잘 알기에 기를 쓰고 한진대학교에 들어갔다. 눈치와 잔머리에는 좀 둔한 독립은 순수 학문 쪽으로는 유달리 두뇌 회전이 빠른 편이어서 다른 사촌들처럼 할머니 눈에 드는 것은 애시당초 글러먹은 대신, 그 상냥하고 애교스럽고 예쁜 데다가 잘 빠지기까지 한 사촌들 중에서는 가장 하이레벨의 학력을 소지하게 되었다.

그렇게 죽자고 공부에만 파고든 지 이 년. 말로 하자니 무슨 학문에 대한 투철한 사명 정신을 가지고 이 땅에 태어난 사람 같다. 하지만 어림 반 푼어치도 없는 소리였다. 독립이 죽자고 공부에 파고든 것은, 그것 외에는 별다른 애착이 없는 인생이었기 때문이다.

그러던 어느 날, 그녀의 척박하고 삭막한 인생에 마치 선물처럼, 무언가가 뚝 하고 떨어졌다. 학교 행사의 일환으로 마련된 이 주간의 짧은 교환학생 프로그램이 그것이었다. 행선지는 뉴욕이었고 참가 인원은 모두 열둘. 그리고 동행하는 교수는 영문과의 늙어 빠진 할아버지, 할머니 단둘. 절호의 기회라고 생각했다. 아니, 생각 따위는 없었다. 독립은 그저 움직였을 뿐이다.

교환 대상 대학인 스토니브룩 대학 쪽에서 제공해 준 차편으로 JFK공항에서 뉴욕 시내로 돌아오는 길에 독립은 시내의 교통 체증을 이용해 일행에게서 이탈했다. 일단 롱아일랜드에 있는 대학 부지 내에 들어서면 차가 없는 그녀로서는 이동할 방법이 전무했기 때문이다. 나름대로 철저한 사전 조사와 정보 수집을 바탕으로 면밀히 검토한 탈주 계획이었다. 일행을 이탈한 다음에는 도로에 길게 늘어서서 달리는 차들 사이를 비집고 미친 듯이 달렸다. 목적지는 그랜드 센트럴. 그곳에서 노스 캐롤라이나로 가는 버스를 탈 생각이었다.

독립이 저질렀던 유일한 실수는 여권과 현금을 따로 챙겨놓은 가방을 너무 서두르고 긴장한 나머지 차 안에 두고 내렸다는 것이다. 막 출발하려는 버스를 쫓아 헉헉대며 숨 가쁘게 오른 시점에서 독립의 손에 쥐어진 것이라고는 아버지의 죽음과 관련했던 법적인 서류 절차 문제로 할머니가 이혼한 엄마에게 연락을 취했던 주소를 베껴 쓴 쪽지가 달랑이었다. 노스 캐롤라이나, 셜로트라고 적혀 있는.

그 다음부터는 제이슨에게 말한 것과 크게 다르지 않았다. 그녀는 지금 누군가의 도움이 절실히 필요한 상황이었고, 나중이야 어떻게 되든 엄마를 만나보고 싶다는 생각밖에 없었다. 사실 부모님이 이혼한 것은 독립이 여섯 살로 막 접어들 때의 일이라 자세히 기억나는 것은 없었지만, 미국 어딘가로 이민 가서 살고 있다는 친엄마의 존재는 혹독한 사춘기 내내 그녀를 용케도 지탱해 주는 단 하나의 버팀목이었다.

언젠가는 만날 수 있어, 언젠가는 찾을 수 있어.

난 고아가 아니야, 내겐 엄마가 있어.

그러한 생각이 그 끔찍한 할머니와 저주받을 사촌들 사이에 부대끼는 삶을 이어나가게 하는 유일한 것이었다.

학교에서 사단이 나든 말든, 이 일로 충격받은 할머니가 노망이 들든 말든 독립은 꼭 엄마를 만날 생각이었다. 그러기 위해서는 한밤중에 정신 나간 히치하이킹 따위는 얼마든지 할 수 있었다. 생판 처음 보는 낯선 남자에게 함께 엄마를 찾아달라는 부탁을 하는 것 따위는 아무것도 아니었다.

다만 그 남자가, 범상치 않은 외모 및 그녀가 유일하게 사랑하는 영문학 작가 제이슨 H.의 책을 몽땅 소유할 정도로 훌륭한 취향을 지니고 있어 마음이 제멋대로 쿵덕쿵덕거리게 될 줄은 미처 몰랐지만 말이다.

뺨을 움켜잡은 제이슨의 손은 뜨거웠다. 맞닿은 입술 사이로

움직이는 혀는 생전 처음 해보는 키스가 어떤 것인지 음미할 시
간도 주지 않을 만큼 격정적이었고 코르셋처럼 꽉 졸라맨 가운
사이를 비집고 들어오는 그의 숨결 역시 독립이 제어할 수 없을
정도로 빠르고 단호했다.

'이거, 말려야 되는 거 아냐?'

하지만 왜?

독립은 입술로 전해지는 제이슨의 감각을 음미하며, 하룻밤
의 로맨스가 되어버릴 이 우연한 만남에 대해서 꽤나 진지하게
생각하기 시작했다.

그러나 말리고 싶다는 생각은, 솔직한 양심에 귀를 기울였을
때 조금도 들려오지 않았다. 운전하는 내내 계속 훔쳐보았던 제
이슨의 손은 커다랗고 섬세한 모양새를 하고 있어서 눈앞에서
흔들리는 것만으로도 꽤나 자극적이었다. 종종 시니컬하게 비
틀리는 입꼬리는 여성들의 판타지라는 '위태로워 보이는 남자'
의 전형이었다. 제이슨은 안정되고 건실한 것과는 거리가 멀어
보였다. 낡은 청바지에 평범한 반팔 셔츠, 그에 반해 값비싸 보
이는 날렵한 스포츠카의 전혀 안 어울리는 조합은 그를 위험하
고, 야생적이며, 흔들리고 위태로운 사람처럼 보이게 만들었다.

사실 생각해 보면 꽤나 낭만적인 전개였다. 절박한 상황에 빠
진 여자와 도움의 손길을 뻗친 남자. 그리고 이어지는 하룻밤의
사랑. 그동안 생각해 본 적이 없어서 모르겠지만 당신의 이상형
은 누구? 라고 묻는다면 당장 '저렇게 생긴 사람이요' 라는 대답

이 나올 정도로 제이슨은 근사했으니.

'아, 내가 이렇게까지 얼굴을 밝히는 사람이었구나.'

순간 제이슨의 입술이 턱을 따라 미끄러져 목덜미로 내려왔다. 아무래도 꽁꽁 동여매 놓은 코르셋 같은 샤워 가운이 문제가 되는 모양인지 목덜미를 움켜쥐던 그의 손이 가운의 끈을 풀고 있었다.

'잠깐! 이게 풀리면 어떻게 되는 거야?'

꽤나 고생할 줄 알았는데, 제이슨은 의외로 손쉽게 매듭을 전부 풀어버렸다. 가운 자락이 벌어지고 스스로가 생각할 때 '썩 괜찮다고는 할 수 없는' 몸매가 드러났다. 제이슨의 고개가 한층 더 숙여졌다. 하얗게 드러나는 맨가슴 위에서 그의 검은 머리카락이 움직이는 모습은 굳이 망치고 싶지 않을 정도로 괜찮은 그림이었다. 아니, 괜찮은 느낌인가.

"저기……."

독립이 몸을 꼬기 시작했다.

그러나 아직은 아무래도 좀 빠른 것 같다.

"저기요……."

제이슨이 고개를 들었다.

"왜?"

그 틈을 노려 독립이 더듬더듬 가운 자락을 낚아챘다.

"저기, 우리 나중 일은 좀 생각해 봐야 되지 않겠어요? 순간의 기분으로 이러면……."

충동적으로 남자랑 자면, 그러면 큰일이 생기나?

어차피 여자로 태어난 이상 살면서 남자랑 자는 일은 앞으로 무수히 많을 것이다. 이것은 그 시작일 뿐이다. 제이슨이 아니더라도, 독립은 누군가와는 처음으로 자게 될 것이다.

그 사람이 제이슨이라서 문제될 게 있을까?

제이슨이 독립의 입술을 입으로 막았다.

"피임이라면 걱정하지 않아도 돼. 내가 알아서 할 테니까."

응? 뭐라고?

"아니, 물론 그것도 걱정해야 하긴 하지만, 그래도 말이죠, 내 말은……."

제이슨의 입술이 입술을 간질이는 느낌에 말을 제대로 할 수 없었던 독립이 힘껏 제이슨의 머리를 옆으로 밀고 힘들게 말을 꺼냈다.

"그러니까 내 말은……."

제이슨이 밀린 고개를 다시 힘껏 제자리로 되돌렸다.

"일부러 애를 태울 생각이라면 그만둬. 어차피 믿지도 않을 테니까. 너는 목적을 달성했고, 그것에 대해 다른 말은 하지 않겠어. 그러니 힘 빼라고."

응? 그게 그런 거였어?

부탁, 대가. 그 대가를 제이슨은 이렇게 받아들인 모양이었다.

갑자기 몸에서 기운이 쭉 빠져나갔다. 독립은 신중히 이것이

'실망'이라는 결론을 내렸다. 최소한 그녀가 매력적이고, 예쁘게 보여서 같이 자려는 시도를 하고 있는 줄 알았는데. 고작 부탁에 대한 대가라니. 정말 무드없다.

독립이 저도 모르게 입을 비죽 내밀었다.

"그런 거라면 싫어요."

싫고말고!

올해 스물하나의 처녀, 이독립. 이제껏 좋다는 남자도, 좋아하는 남자도 다섯 손가락을 사용할 정도는 있었지만 할머니와 사촌들의 비웃음이 무서워 섣불리 교제를 시작한 사람은 없었다. 아마도 그들의 기준에 맞추려면 공부 좀 잘한다는 것 외에는 별다른 재주나 재력이 없는 대학생 따위는 어림없었을 것이다. 물론 아직 어리다는 이유로 진짜 사랑에 대한 환상 같은 것도 조금은 있는 편이었고.

그래서 지금 이 상황은 무조건 싫다는 생각이었다. 상대가 저렇게 잘생겼다는 것과는 별개로 독립은 최소한 거래가 아닌 자신을 정말 원하는 사람과 자고 싶었다.

"난 물론 처음에는 잘하는 사람과 하고 싶다고 생각해요. 그렇지만 그거랑은 별개로 내가 좋아서…… 음, 그러니까 내가 정말, 아, 이런 말 하기는 쑥쓰러운데. 아무튼 그냥 같이 자는 게 아니라 나랑 같이 자고 싶어서 자는 사람이랑 하고 싶어요. 그리고 그런 사람이랑 할래요."

의미 전달이 제대로 되긴 한 걸까?

    제이슨이 뭐라고 아주 작게 중얼거렸다. 너무 작은 소리라서 그게 어떤 종류의 말인지 도무지 알아들을 수가 없었다.

    "그것도 걱정하지 않아도 돼."

    응? 뭐라고요?

    "지금 내 상태를 설명하자면, 너랑 자고 싶어서 돌아버릴 정도니까."

    얼굴에 확 열기가 번졌다. 그보다 더 빠르게 심장 쪽에서 열기가 터져 나왔다.

    "그럼 됐지?"

    제이슨이 독립의 등과 엉덩이 밑으로 손을 넣어 그녀를 안아 들었다.

    "끅! 어, 어디 가게요?"

    당황한 독립이 그의 목덜미를 꼭 부둥켜안으며 외쳤다. 들려온 대꾸는,

    "베드 룸."

    아주 간단했다.

No. 3

히치하이크 성공 요령 세 번째

: 가끔은 그대로 인생을 즐겨라. 어차피 차도 없고 돈도 없으니

앞으로의 인생은 누구의 차에 타느냐에 달린 것이다

설령 차를 세워준 고마운 사람이

패트롤카 앞에서의 과속을 즐기는 무모한 스피드광이라고 하더라도

일단 그의 차에 올라탄 이상 다른 방법은 없다

해마다 사월이 되면 찾아오는 게 있었다. 헤일리의 기일과 악몽이 그것이었다.

기일은 해마다 돌아온다. 악몽 역시 이제는 익숙해질 지경이었다. 헤일리가 죽는 날의 꿈. 애딩턴 부부의 절규, 바싹 마른 미라 같던 헤일리. 결국 아무것도 해주지 못했던 자신에 대한 끔찍한 분노.

그렇게 밤새 헤일리의 잔상에 시달리다 보면 아침에 눈을 떴을 때 시트가 젖어 있는 일이 다반사였다. 코피가 흘러내릴 때도 있었고, 어딘가 찢긴 부위에서 피가 새어나오기도 했다. 대부분 자신이 모르는 사이에 물어뜯거나 긁어댄 상처들이었다.

NO. 3 59

사춘기를 막 지났을 때는 잠들기가 무서워 약으로 버틴 적도 있었다. 꼬박 삼 일간 잠을 자지 않은 그 다음날 제이슨은 그대로 혼절해 응급실로 실려갔다. 헤일리의 죽음과 관련해 약물중독의 의심을 받은 것도 그 무렵의 일이었다.

억지로 악몽을 되새김질하려는 것은 아니었다. 억지로 헤일리를 기억하는 것도 아니었다. 그저 헤일리는 아직 그로부터 완전히 떠나지 않았을 뿐이다. 악몽도, 헤일리의 죽음도, 그 기억에 대한 고통도 이제는 익숙했다. 그의 팔뚝에 스스로 만든 이빨 자국들이 즐비한 것도 익숙한 일이었다.

그래서 침대에서 눈을 떴을 때 제이슨은 스스로를 의심했다. 아침이었던 것이다. 그가 기억하는 한 이렇게 순조로운 아침이 찾아온 것은 아주 오랜만의 일이었다.

"……?"

그의 옆에는 누군가가 새카만 눈으로 또렷이 고개를 돌려 그를 바라보고 있었다. 아니, 정확히 말하면 옆에 있는 게 아니었다. 제이슨의 양팔 안에 꽉 안겨 있었다. 말랑말랑하고 따뜻한 느낌이 베개보다 훨씬 더 좋았다.

머리가 욱신거렸다. 이 여자는…….

"아, 살아 있네요."

정신 나간 히치하이커.

"어젯밤에는 죽는 줄 알았어요."

쏟아지는 아침 햇살 사이로 보이는 얼굴이 정신 나갈 정도로

예쁘게 느껴지는 괴상한 히치하이커. 제이슨의 미간에 주름이
잡혔다.

"어제 무슨 일이 있었던 거지?"

마치 가운데 토막이 잘려 나간 것처럼 뚝 잘려 버린 어젯밤과
느닷없이 찾아온 아침.

이게 다 뭐지?

"악몽을 꾸는 것 같더라구요."

그럼 그렇지.

"음. 뭐, 조금 무섭긴 했지만 그래도 결국 잠들었으니 다행이
죠. 헤헤."

말을 마친 독립이 작게 웃었다. 그 웃음에 왠지 비밀이 들어
있는 것 같아서 제이슨은 본의 아니게 또다시 인상을 구겼다.

"뭔가 숨기는 것 같은데……."

이번에는 그녀의 웃음이 좀 더 커졌다. 낄낄, 하고.

"히히. 그쪽 말이에요, 잠버릇이 아주 고약해요."

"뭐?"

"이곳저곳 막 깨물었단 말이에요. 처음에는 변태인 줄 알았다
니까요."

독립의 말에 제이슨이 시선을 돌려 자신의 팔뚝을 바라보았
다. 무의식 중에 가장 상처 내기 쉬운 곳. 군데군데 찢긴 상처와
멍투성이였지만 새로 만들어진 상처는 없어 보였다. 대신 상처
가 난 곳은 희고 말랑말랑해 보이는 독립의 어깨와 목덜미 근처

였다.

"어쩐지 야한 생각이 더 많이 들어서 그렇게 아프진 않았어요. 그러니까 너무 자책하지 마세요."

순간 혈관 속에 피가 확 몰리는 느낌이 들었다.

대체 뭐지, 이 여자는?

벌써 인생의 일부분이 되어버린 악몽은 제이슨을 사회로부터 단절시키는 가장 큰 원인이었다. 날마다 잠을 자는 일이 마라톤처럼 지쳐 떨어질 정도로 힘든 일이 된다면 당연히 낮 동안의 시간도 엉망진창이 되어버린다. 술을 마시며 무리한 과속을 즐기는 것 따위는 약과다. 마리화나 따위로는 껌 정도의 기분 전환도 되지 못했다. 살아 있고, 살아서 숨을 쉬고, 글을 쓰고, 글을 쓰면서 살고, 그 모든 일은 고통받고 달아나고 필사적으로 발버둥 치는 것과 조금도 다르지 않았다. 그런데 저 여자는 그저 재미난 농담거리인 것처럼 웃어버린다.

제이슨이 시트를 확 들추고는 그 아래 감춰져 있던 맨몸을 일으켰다. 그제야 어젯밤 잠이 들기 전까지의 일이 대충 기억났다.

독립을 안고 침실로 들어온 후에, 그대로 침대에 눕혀 그녀의 말랑한 맨몸과 섹스를 즐겼다. 아니, 즐겼다고 하기에는 뭔가 무리가 있다. 일반적인 의미로 서로 즐기는 섹스를 한 게 아니라, 어쩐지 굉장히 피곤한 섹스를 했다. 독립은 굉장히 협조적이다가도 어느 순간 태도를 돌변해 굉장히 비협조적으로 나오기도 했고, 키스만으로도 흥분해 주다가도 갑자기 그를 밀쳐 내려 애쓰기도 했다. 찌르면 찌르는 대로, 밀어붙이면 밀리는 대로 반응하던 독립이 너무 재미있어서 결과로 보자면 섹스가 아닌 다른 무언가를 즐긴 듯한 기분이 되어버렸다. 마치 우유를 고형화시켜 놓은 듯 말랑하고 부드러운 그녀의 맨살은 손을 대는 것만으로도 못 견디게 즐거웠다. 정신이 나갈 것처럼 황홀했던 밤은 아니었지만 여자의 몸이란 게 그렇게 재미있을 수도 있다는 것을 깨달았다는 점에서 후한 점수를 주고 싶은 밤이었다.

그리고 그게 전부였다. 어젯밤의 러브 어페어는, 아니, 섹스는 그것으로 끝이 났다.

그가 차갑고, 지극히 사무적인 얼굴이 되어 내뱉었다.

어차피 밤은 끝났어. 그러니까 너도 필요없어. 그 누구도 내겐 필요없어.

"그랬다면 다행이고. 그럼 이제 거래를 끝내도록 하지. 원하는 건 뭐지? 인터뷰나 저작권의 독점 계약 같은 거라도, 말하는 것은 해주겠어. 약속했던 대로."

잠깐, 침묵이 생겨났다. 독립이 순간 아주 멍한 얼굴을 해버렸기 때문이다.

"인터뷰? 저작권? 그게 다 뭐예요?"

"어젯밤 섹스의 대가로 말했던 것 말이야. 뭐든 해주겠다고 약속했잖아."

"……?"

"이제 와서 발뺌할 생각은 없으니까 편하게 얘기해."

갸우뚱대는 독립의 머리.

"저기요, 그러니까 말이죠. 내가 그렇게 순진하다거나 아니면 멍청하다고는 생각하지 않는데 말이죠, 그러니까 그쪽 말은 내가……."

"거래 조건으로 섹스를 제공하려는 여자에게 순진함을 기대하지는 않아. 당신 말대로 거래가 일단 성립했으니 멍청한 여자가 아니라는 것도 알고."

독립이 얼굴을 붉혔다. 마치 핑크색 우유 푸딩 같다. 그런 게 있다면 말이지만.

"저기, 내 기억대로라면 '같이 자고 싶어서 돌아버릴 정도'라는 굉장한 고백을 했던 사람은 그쪽인데요?"

"그러니까 머리를 잘 썼다는 얘기야. 네가 제시한 비즈니스는 성공했잖아."

"아니, 저기! 어디 좀 태워다 달라는 게 그렇게 큰 비즈니스예요? 어차피 이 시간까지 푹 잘만 자고 있었다는 건 그쪽도 칼같이 출근할 곳 없는 띵가띵가 팔자라는 소리잖아요. 여기서 그리 먼 곳도 아닌 것 같고, 넉넉잡아서 한 시간 정도만 태워다 주면 된다고요. 내가 고작 그만한 일로 내 몸을 바쳤다는 거예요, 지금?"

고개를 갸우뚱해야 되는 사람은 누구?

"그게 무슨 소리지?"

"무슨 소리라뇨! 어제 그렇게 누누이 말했잖아요! 셜로트라는 곳에 사는 친척을 만나러 왔다구요! 사정이 이러저러해서 콜택시를 타고 갈 만한 입장이 아니니까 좀 태워달라구요!"

분명 거짓말은 아닐 것이다. 그가 '뭐든 해주겠다'고, 다른 업체와는 비교도 안 될 정도로 호의적으로, 친절하고도 남을 정도로 말하는데도 꿋꿋하게 저 입장을 고수하는 것을 보면.

머리가 띵해졌다. 그리고 눈앞에 보이는 독립의 얼굴은 점점 더 빨갛게 달아올랐다.

"내 말은 하나도 안 들었죠, 어제! 믿지도 않았던 거죠! 그리고 혼자서 엉뚱하게 이상한 사람으로 착각했던 거죠!"

안…… 들었던가?

"뭐라고, 비즈니스? 그쪽은 만날 이런 식으로 비즈니스를 해요? 침대 위에서?"

설마.

"진짜 개자식이잖아! 날 뭐라고 생각한 거야!"

얼굴 위로 무언가가 날아올랐다. 눈부시게 새하얗고 네모진 그것은,

퍽!

깃털 베개였다. 아마도 그의 괴팍한 취향을 가장 잘 알고 있는 인테리어 전문가가 돈 따위는 상관없이 가장 마음에 드는 걸로 구입했을 게 뻔한 깃털 베개.

제이슨의 그것을 낚아채자 곧바로 들이닥친 또 다른 베개가

그의 얼굴을 강타했다. 푸드득, 하는 소리와 함께 깃털이 하늘하늘 침실 안을 날았다.

"먼저 덤벼든 건 그쪽이었잖아! 자고 싶어서 돌아버릴 정도라고 했던 것도 그쪽이고! 아프다고 하는데도 억지로 밀어붙인 것도 그쪽이잖아! 그래 놓고 뭐라고?"

퍽!

세 번째 베개. 제이슨이 아슬아슬하게 그것을 잡아챘다. 물론 어깨를 먼저 얻어맞았기에 흩날리는 깃털이 한층 더 많아진 것도 사실이지만.

"그런 주제에 비즈니스? 어차피 입 안으로 굴러 떨어진 감이어서 냉큼 삼켜 버렸다고? 비겁하지 않아? 먼저 매달린 건 그쪽이었잖아!"

그러면서 독립은 네 개째의 베개를 집어 들고 있었다. 그의 침대 위에 놓여 있는 베개는 모두 네 개였고, 제이슨은 그것까지 망치고 싶지 않았다. 당장 베개가 없으면 혼자서 쇼핑을 해야 하기 때문이다.

독립이 베개를 집어 던지기 전에 제이슨이 그녀의 양 손목을 붙들었다.

"빌어먹을! 그래서 내가 강간이라도 했다는 거야?"

이렇게 돌아버릴 정도로 화가 나는 일은 꽤 오랜만의 일이었다. 정확히는, 이렇게 그를 자극할 만한 인간을 만난 지 오래되었다는 소리지만.

"이유가 조금 다르지만 그래도 거짓말한 건 없잖아. 자고 싶으니까 거래라고 생각했던 그걸 받아들인 거야. 몸으로 거래하자고 덤볐던 여자가 너뿐인 줄 알아? 갖다 댄다고 넙죽 받고서 팔 만큼 내 글은 싸구려가 아니라고. 자고 싶으니까 같이 잤던 거야. 그건 너도 마찬가지 아냐? 남을 비난할 정도라면 자기가 어떻게 오해받게 굴었는지나 먼저 생각해 봐."

제이슨에게 붙들린 독립이 버둥버둥거렸다.

둘 다 잠에서 깨어난 지 얼마 되지 않았고, 아직 아무것도 걸치지 않은 맨몸에는 어젯밤의 흔적이 고스란히 남아 있었다. 육탄전을 하기에 썩 좋은 상황이 아니라는 얘기다.

독립이 이리저리 몸을 틀면서 외쳤다.

"오해? 자기 멋대로 착각했던 거잖아! 남한테 뒤집어씌우기는!"

"애초에 가운 자락이 벌어지지만 않았으면 그런 오해는 하지도 않았어!"

"그건 실수였잖아!"

"실수인지 고의인지 그걸 어떻게 알지?"

"뭐야, 그럼 내가 정말 일부러 그랬다는 거야? 기가 막혀서! 자기가 대체 뭔 줄 아는 거야?"

손바닥 안에 잡힌 포동한 손목 살의 느낌, 버둥대느라 발갛게 달아오른 얼굴, 달콤한 사탕 맛이 나는 그녀의 하트형 입술. 저런 것들을 유혹이 아니라고 한다면, 대체 뭐라고 해야 하는 걸까.

그가 독립에게서 손을 뗐다. 그리고 반항의 의사가 전혀 없다는 표시로 양손을 들어 올렸다.

"별다른 소득도, 의미도 없는 싸움 같아. 그만두겠어."

그러나 독립은 전혀 그럴 마음이 없는 것 같았다.

퍽!

제이슨이 손을 떼는 순간, 독립이 마지막 베개로 그의 옆통수를 후려쳤던 것이다.

"그만두긴 뭘 그만둬? 누구 마음대로? 난 당신을 유혹하지 않았다고! 누굴 매춘부로 보는 거야!"

하아, 제기랄.

"그쪽이 먼저 키스했고, 먼저 같이 자자고 했잖아! 내가 언제…… 내가 언제!"

피곤하다. 그리고 이해할 수 없었다. 십대를 막 벗어난 여자들이란 으레 이렇게 비상식적인 행동을 해대는 걸까.

"그래서, 대체 내가 뭘 어떻게 해주길 원하지?"

독립이 얼굴만큼이나 새빨개진 눈으로 그를 노려보았다. 씩씩대는 작은 숨소리가 느껴져 왔다. 뭐, 나름대로 지금의 비상식 상태를 벗어나려는 시도 같으니 확실히 조금은 희망적이다.

"나한테 반해서 나랑 같이 자려고 한 거잖아요."

반했다, 라고?

"그쪽 말대로 갖다 바친다고 다 받아먹는 싸구려가 아니라면, 그럼 내가 마음에 드는 구석이 있었다는 거잖아."

이제 보니 눈이 빨개진 건 꼭 화가 나서가 아니었다. 이유는 모르지만 독립은 울고 있었다.

"그럼, 좋았다는 거잖아. 좋다는 얘기잖아."

아니, 희망적이라는 말은 취소다.

"그건……."

더 이상 듣고 있을 가치가 없었다. 이 정신 나간 히치하이커는 하룻밤의 섹스가 그것과는 전혀 별개의 영역인 소녀적인 로맨스로 발전해 나가는 관문이라고 믿는 철없는 바보인 것이다. 요즘은 십대들도 저런 생각은 하지 않을 것이다.

제이슨이 침대에서 내려서며 바닥에 떨어진 가운을 주워 들었다. 느닷없이 노출된 그의 맨몸에 놀란 독립이 홱 고개를 옆으로 돌리는 것이 느껴졌지만 별로 그녀를 배려하고픈 마음은 들지 않았다. 제이슨이 느릿한 동작으로 가운을 입고, 끈을 묶었다.

"네 옷, 세탁해 줄게."

그리고 침대 위로 독립이 어젯밤 걸쳤던 가운을 던졌다.

"주소를 말해. 태워다 줄 테니까."

제이슨이 그 말을 내뱉는 그 순간, 제이슨의 베개가 네 개였던 것은 둘 모두에게 불행이 되었다.

퍽!

더 이상 두들겨 팰 베개가 없다는 것을 깨달은 독립이 망설이지 않고 제이슨의 턱을 주먹으로 갈겼던 것이다.

딱!

"악!"

제이슨의 턱에서는 이들이 부딪치는 소리가 들렸고, 독립의 입에서는 비명이 튀어나왔다. 그의 턱이 아픈 만큼 독립의 말캉한 주먹도 아팠던 것이다.

어쨌거나 아픔을 꾹 눌러참고, 독립이 결연한 태도로 일어섰다.

"필요없어, 개자식아."

* ✻

"개자식."

문짝이 부서져 나갈 정도로 기세 좋게 제이슨의 현관문을 쾅 닫고 밖으로 나선 독립이 퉁퉁 부운 얼굴로 중얼거린 첫 마디였다.

이곳은 아주 따뜻한 편이었다. 하늘은 아주 새파랬고 몽실한 구름들은 만두처럼 보일 정도로 예뻤다. 담이 없는 제이슨의 집 앞 잔디들은 아침 햇빛 아래서 싱그러운 봄 색깔을 한 채 반짝반짝 빛이 났다.

"잘생기면 다냐!"

세탁은커녕, 어젯밤 그대로 홀딱 젖어서 냄새까지 나려고 하는 퀴퀴한 옷을 꿰어 입은 독립은 딱 죽기 직전의 심정이 이럴 거라는 기분이었다. 문짝을 때려 부술 듯 집 밖으로 나올 때만 해도, 저 얼굴이 눈앞에서 보이지 않는다면 뭐 저따위로 생겨먹은 게 있냐고 욕을 한 다발 해줄 참이었는데—그의 눈앞에서 한다면 또 한바탕 싸워야 할 듯한 분위기였으므로— 그를 욕하기에는 자신이 너무 비참했다.

뭐랄까, 완전 엉망진창.

저 잘생긴 얼굴에 껌뻑 죽은 자신이 비참했다. 너무도 순진하게 이 우연한 만남에는 뭔가 있을 거라고, 단박에 그와 그리고 이 특수한 상황과 사랑에 빠졌다고 믿은 스스로가 비참했다.

스스로 이렇게 비참해지기 전에 한 마디 더 해주고 나올 걸 그랬다. 고작 악몽 따위로 질질 짜는 남자 따위 이쪽에서도 끔찍하다고. 절대 사절이라고.

"아냐, 그건 비겁해. 거짓말이잖아."

그러나 독립은 곧 마음을 고쳐먹었다. 제이슨은 어젯밤 질질 짠 게 아니었다. 진심으로 괴로워하고 고통스러워했다. 신음을 뱉어가며 자해를 하려고도 했다. 너무 놀라서 마구 두들기며 흔들어 깨웠더니, 그 커다랗고 섬세한 손으로 그녀를 바싹 끌어안고서야 겨우 잠이 들었다. 그 과정을 밤새도록 반복했다. 영문도 모른 채 밤새 그를 깨우고, 밤새 그에게 안겨 있어야 했던 독립은 왠지 그가 가엾다는 생각이 들었다.

"개자식이긴 하지만."

독립이 주먹으로 얼굴을 슥 문질렀다.

언제까지 제이슨의 집 앞에서 알짱대고 있을 수는 없었다. 그녀에게는 이런 거지꼴로 이곳을 헤매야 할 이유가 있었다.

"걸어서라도 가자."

그냥 성질 한번 꾹 죽이고 태워다 달라고 할 걸 그랬나.

독립이 스커트의 주머니에 손을 넣어 무언가를 꺼냈다. 흠뻑 젖다 반쯤 마른 작은 종잇조각이 딸려 나왔다. 다행히도 유성매직으로 써놓아서 글씨가 번지지는 않았다.

"23—9, Cherryroad street, Charlotte, NC……."

썅, 여기가 대체 어딜까.

"일단은……."

가보자.

독립은 젖어서 뻑뻑대는 운동화 소리를 내며 걸음을 옮겼다. 무작정 차에서 뛰어내린 자신의 어리석음이 못 견딜 정도로 절절하게 가슴 안에서 메아리를 만들어냈다.

다시는 돈 한 푼 없이 달리는 차에서 뛰어내리지도 않을 것이다. 다시는 돈 한 푼 없이 모르는 동네에서 히치하이킹을 하지도 않을 것이다. 다시는 돈 한 푼 없이 낯선 사람 집으로 따라가지도 않을 것이다. 다시는 돈 한 푼 없이 처음 보는 남자와 자지도 않을 것이다. 다시는 돈 한 푼 없이 처음 본 누군가를 사랑하게 됐다는 생각도 하지 않을 것이다.

"에이씨."

독립이 다시 주먹으로 눈가를 문질러 댔다. 코끝으로 전해져오는 어젯밤의 비 냄새 따위를 무시하려 애쓰면서.

마침내 독립은 제이슨의 집 마당을 모두 벗어나, 그와는 전혀 어울리지 않는 작고 예쁜 우편함을 지나, 까마득할 정도로 길게 늘어져 있는 차도로 나왔다. 길 양옆에는 종류를 알 수 없는 키 큰 나무들이 주욱 늘어서 있었고 그 사이사이를 비집는 눈부신 아침 햇살은 사막의 태양보다 훨씬 더 따가운 느낌이었다.

"아, 배고프다."

생각해 보니 노스 캐롤라이나행 버스를 탄 뒤로부터 꼬박 스무 시간이 넘게 아무것도 먹지 못했다. 비행기를 탈 동안 반도 먹지 못했던 기내식을 생각한다면 만으로 하루하고도 반나절 이상 굶었다고 봐야 했다.

"만나면…… 무사히 만나면 우리 엄마한테 맞난 거 사달라고 해야지."

그 말을 내뱉는 순간 갑자기 가슴이 욱신거려 독립은 그대로 입을 꾹 다물고 걸음만 걸었다.

그런 독립의 모습을, 제이슨은 현관문 옆의 커다란 유리창을 통해 지켜보고 있었다. 그리고 말했다.

"빌어먹을."

독립이 가는 방향은 셜로트와는 정반대 방향이었기 때문이다. 설사 방향을 제대로 잡았다고 해도 저 걸음으로 걷는다면 족히 이틀은 걸릴 만한 거리였다. 돈 한 푼 없다는 그녀의 말은 진짜인 모양이었다. 그리고 그런 상황에서도 꼭 만나야 할 만큼 절박한 누군가가 있다는 말도.

제이슨이 한 번 더 말했다.

"빌어먹을!"

이라고. 그 말을 내뱉는 순간 그는 현관문을 열고 뛰쳐나가 코르벳의 시동을 걸고 있었다.

부웅—

생김새만큼이나 날렵하게 움직이는 차가 느려 터진 독립의 걸음을 재빨리 따라잡았다. 속력을 늦춘 제이슨이 창문을 내리고 외쳤다.

"타."

독립이 힐긋 고개를 돌렸다. 또 운 모양이다. 지금 그녀는 꽤나 재미있는 얼굴을 하고 있었다.

"타."

"흥."

독립이 홱 고개를 돌렸다. 재미있는 건 그녀의 얼굴뿐만이 아니었다. 툭 하고 건드리면 펄쩍 뛰어오르는 저놈의 성질머리도 재미있었다.

"타라고. 태워다 준다고 했잖아."

"흥."

끼익. 동시에 차가 섰다. 보고 있으면 속 터질 만한 속도였지만 그래도 계속 걷고 있던 독립이 조금 더 앞으로 나가게 되었다. 그 모습을 삼 분쯤 지켜보던 제이슨이 차 밖으로 고개를 내밀고 느긋하게 외쳤다.

"싫으면 할 수 없지만, 뭐 하나 알려줘도 될까?"

벌써 저만치 앞서 가게 된 독립이 홱 고개를 돌려 다시 외친다.

"흥!"

어쩐지 웃음이 나올 것 같았다.

"그 방향, 전혀 아니다야. 셜로트는 반대쪽으로 가야 해."

말을 마친 제이슨이 미련없이 차를 돌렸다. 그러나 차를 돌린 그는 벌써 웃음을 터뜨리고 있었다. 사이드미러를 통해 얼굴을 발갛게 달구고 헥헥 달려오는 독립의 모습이 보였기 때문이다. 잠시 후 독립이 조수석의 문을 홱 열고는 그의 옆 자리에 올라탔다.

"헥헥……."

숨소리가 많이 거친 것을 보아 운동 부족인 모양이었다. 하긴 근육이라고는 눈을 씻고 찾아봐도 없는 몸매가 그냥 나올 수는 없을 것이다. 여기까지 생각이 미치자 조금 전까지 눈앞에 보이던 그녀의 우유 푸딩 같은 맨살이 떠올랐다.

"23—9, Cherryroad street, Charlotte. 헥헥……."

주소를 부른 독립이 잠시 숨을 고르다 그를 홱 돌아보았다. 자존심을 구기고 그의 차에 올라타긴 했지만 전혀 기죽은 눈이 아니었다.

"나쁜 놈!"

역시나 깔끔한 마무리. 싱긋 웃은 제이슨이 차를 출발시켰다.

히치하이크 성공 요령 네 번째

: 가능한 동승자의 비위를 맞춰준다

이럴 경우, 진심인 척 보이는 것이 가장 중요하다

"누구를 만나러 가는데?"

제이슨이 물었다. 독립이 즉각 톡 쏘아붙였다.

"그쪽이 알 거 없잖아요."

"물론 알 거 없지. 혹시라도 만나는 상대가 조심스러운 사람이라면 지퍼를 좀 더 올리는 게 어떻겠냐고 말하려는 거야."

"지퍼는 왜요? 내 옷차림이 불량스럽다고요? 오지랖도 넓지."

"아니, 목덜미에 멍이 보여서."

꽤나 속 편하게 들리는 제이슨의 말투에 독립이 지끈 달아올랐다.

"누가 만든 건데!"

"누가 만들었든 간에 일단 보인다는 게 중요하겠지."

독립이 이 가는 소리를 뱉어내면서 재킷의 지퍼를 목 끝까지 올렸다. 생김새가 화려하지 않은 탓에 불량 십대로는 보이지 않았지만 그래도 철없어 보이는 모습이 강조되긴 했다. 아마도 이런 몰골의 여자가 찾아온다면 퍽이나 열렬하게 두 팔을 벌려 환영해 줄 것이다.

독립이 열심히 입을 삐죽이다가 말을 꺼냈다.

"이거, 어떻게 만든 건지 기억나요?"

그로서도 유감스러운 일이었다.

"아니."

제이슨이 신중히 표지판을 보며 대꾸했다. 독립이 그런 그를 향해, 죽어도 눈을 맞춰야겠다는 듯이 고개를 바싹 들이댔다. 그녀로부터 어젯밤의 비 냄새가 고스란히 묻어나왔다.

"정말 기억 안 나요? 그때 그쪽 막 울었잖아요."

제이슨의 표정이 홱 바뀌었다.

"어머나? 시침 뗄 표정이네? 근데 진짜로 그랬어요."

사실 지금 독립이 심통을 부리는 것이긴 했다.

"막 여기저기 물어뜯질 않나, 소리도 막 지르고 그랬다구요. 때문에 얼마나 무서웠는데요."

기억이 안 난다고는 하지만 대충 어땠을지는 상상이 갔다. 평소처럼 땀을 흠뻑 흘리면서 소리 지르고, 내뱉고, 몸부림치면서 어떻게든 그 악몽에서 벗어나려고 닥치는 대로 상처를 만들어 냈을 것이다.

끔찍했다, 그 모습을 생각하는 것만으로도.

그 모습을 남이 보게 된다는 생각은, 그것보다 몇 배는 더 끔찍했다. 생각만으로도 이렇게 온몸에 소름이 돋을 정도로 끔찍한데 실제로는 어떨까. 그는 이 끔찍함을 어떻게 견뎌야 하는 것일까.

"……그래서, 넌 어떻게 했는데?"

그런 남자 옆에서 태연하게 퍼져 잘 여자는 없다. 무서워 소리치거나 한심한 경멸을 내뱉거나 둘 다를 동시에 하면서 뒤도 안 돌아보고 달아났을 것이다.

"음? 아, 일단 그렇게 순순히 인정하니까 재미없잖아요."

독립이 또 입을 비죽거렸다. 장난감을 빼앗긴 어린아이의 표정이 저럴까.

"뭘 어떻게 하긴요. 두들겨 패서 깨웠어요."

그리고 느닷없이 홍조가 피어올랐다, 그녀의 얼굴에서.

"난 맞은 기억이 없는데?"

"어머, 그럼 잠에서 깨는 대신 날 베개처럼 깔아뭉개던 기억은 나요?"

눈을 뜨자마자 느껴졌던 포근함이라면 기억할 수 있었다. 무서움이라든지 회피, 경멸 같은 게 아니라.

"나 같으면 그런 상황에서 '베개처럼 깔아뭉개지고' 있느니 차라리 다른 방으로 갔을 것 같은데. 아니면 아래층의 소파로 가든지."

"흥! 붙들고 안 놔준 게 누군지 모르는 모양이지?"

제이슨의 눈이, 그리고 목소리가 진지해졌다.

"뿌리칠 수 있었어. 충분히. 난 잠든 상태였으니까."

말해 봐. 넌 내게 무얼 했지? 기피? 경멸? 도주?

"못했어요!"

"아니, 마음만 먹는다면 못할 것도 없었지."

"못했다니까요!"

화르륵, 불이 붙은 것 같은 눈으로 독립이 제이슨을 바라보았다.

"가위에 눌려 있었잖아요! 그쪽 같으면 나 몰라라 그냥 팽개쳐 두고 내빼요? 옆에 누구든 있는 게 낫죠!"

그녀는 무얼 했을까. 기피, 경멸, 도주…… 그리고 동정?

"그렇게 흔들어 깨웠는데도 안 일어났던 게 누군데 지금 책임 회피예요?"

독립이 반대편으로 휙 고개를 돌렸다. 고개가 약간 기울어지고 턱 선이 자그맣게 흔들리는 것으로 보아 울고 있는 것 같았다.

왜, 대체 왜 우는 걸까.

제이슨의 목소리가 낮아졌다.

"왜 우는데?"

독립의 목소리도 낮았다.

"울렸잖아요."

"사실 네가 우는 이유를 잘 모르겠어."

"모르긴 뭘 몰라요."

주르륵. 그렇게 뺨 위를 구르는 눈물.

"아우, 정말…… 자존심 상해서……."

주르륵, 주르륵. 독립은 잘도 울어댔다. 제이슨은 가만히 그녀의 대답을 기다리고 있었다.

"그쪽이 뭐라고 하든 그쪽 어제 정말 가위 눌렸잖아요. 그래서 되게…… 되게 힘들고 엉망으로 보였다구요. 그래서 옆에 있었어요. 사실 다른 데 갈 생각도 못했지만요. 어쨌거나 나도 나름대로 신경 써…… 준 거고 내 딴에는 호의였어요. 흔들어 깨우면 좀 진정이 되는 것 같았단 말예요. 다시 잠들면 또 가위에 눌리는 것 같았지만, 깨우니까 괜찮아졌어요. 날 베개처럼 깔아 뭉개긴 했지만. 우씨, 어쨌거나 왜 그쪽이 하나도 기억 못하는지 모르겠지만 아무튼 난 그러느라 잠도 한숨 못 잤다구요. 그러니까…… 그러니까 따지지 말고 그냥 고맙다고 해주면 안 돼요?"

독립이 부비부비 눈을 문질렀다.

저 눈물. 저 눈물이 흐르는 얼굴. 그런 얼굴의 그녀.

"고맙다고 해줘도 되잖아. 흐윽……."

미처 다 가리지 못한 울음소리가 새어나왔다. 그리고 그것을 듣는 제이슨의 마음 한구석에서도 소리가 새어나왔다.

제이슨이 운전대에서 한 손을 뗐다. 그 손이 조심스럽게 독립의 머리에 올려졌다.

"그런 모습을…… 타인이 안다는 게 싫었던 거야."

독립이 홱 고개를 틀어 그의 손을 떨쳐 냈다.

"이씨, 되게되게 불쌍하게 있던 게 누군데…….."

"남들이 그렇게 볼까 봐, 그래서 싫었던 거야. 미안하다."

"씨……."

"고마워."

제이슨이 다시 독립의 머리를 톡톡 두들겼다.

"그만 울어."

"그런 말 하면 금방 안 울 줄 알죠!"

"아니, 꼭 그런 건 아니고."

"그럼 뭔데요?"

끼익.

어느 순간, 차가 멈췄다.

"아무래도 저 집 같아서."

주눅이 들 정도로 우아한 집이었다.

제이슨의 집과 비교해 볼 때 적어도 서너 배는 더 컸다. 그 커다란 집보다 훨씬 더 큰 앞마당의 잔디는 전문가의 손길로 깔끔하게 다듬어져 마치 엘라스틴이라도 한 듯 반딱반딱 빛을 뿜고 있었고 집 옆의 차고에는 값비싼 차들이 정확히 세 대 주차되어 있었다. 우아한 아치형으로 돌출된 창문마다 턱에 아름다운 화분들을 드리우고 있었고 온통 하얀색으로 빛나는 집은 삼층짜리였다. 마당에서 현관으로 이어지는 반층짜리 계단의 난간은 작가의 작품이라고 해도 될 정도로 근사한 느낌이었다.

"근사한 집이로군."

독립보다 앞서 제이슨이 그렇게 말했다. 이 정도면 어마어마한 부자 정도는 아니더라도 이곳에서 꽤나 이름이 알려진 유지일 것이다. 독립이 대체 무슨 이유로 이곳을 그토록 절박하게 찾아오고자 했는지가 궁금해졌다.

독립이 미간을 찡그리며 말했다.

"사람이 살고 있긴 할까요?"

"사람을 만나러 온 게 아니라 집을 보러 온 거야?"

"에, 설마요. 나는 그냥…… 집이 너무 비현실적으로 예뻐서요. 그래서 사람이 안 살 것 같기에 하는 말이었어요."

말은 그렇게 해도 독립은 좀 전의 기세와는 정반대로, 우물쭈물 차에서 내리기를 망설이고 있었다.

대체 누구를 만나려고 하는 걸까.

그때 하얀 현관문이 열리며 엄마와 딸로 보이는 두 여성이 밖으로 걸어나왔다. 둘 다 검은 머리, 자그마한 체구의 동양인이었다. 전체적으로 우아하고 세련되게 차려입은 두 사람은 이 집과 똑같은 분위기의 사람들이었다.

"아······."

독립이 제이슨의 옆 자리에서 그들을 빤히 바라보았다. 그들은 차고로 이동해 클래식한 느낌의 메르세데스에 오르고 있었다. 분위기상 두 모녀가 아침을 먹고 함께 쇼핑이라도 가는 모양이었다.

"저 사람들이야?"

제이슨이 묻자 독립이 혼란스럽게 고개를 저었다.

"글쎄, 잘 모르겠어요."

"친척이라며."

"······."

순간 독립이 말을 잃었다. 그녀의 눈치를 살피던 제이슨이 한마디 덧붙였다.

"계속 망설이고 있으면 놓칠 것 같은데."

"그게, 아무래도······."

제이슨이 인내심을 발휘해 독립에게 스스로도 놀라울 만큼 다정한 말을 건넸다.

"그럼 나중에 다시 오든지."

그 말에 독립이 고개를 흔들며 주먹을 불끈 움켜쥐었다.

"아니, 그럴 순 없죠. 내가 얼마나 고생해서 왔는데."

내친김에 독립이 차 문을 벌컥 열고 밖으로 뛰쳐나갔다. 재주도 좋게 쿵쿵, 발자국에 기합 소리를 넣으며 그 우아한 모녀에게로 다가갔다. 뒤에 남은 제이슨은 핸들 위에 두 손을 올려놓고 편한 자세로 독립의 뒷모습을 지켜보고 있었다.

느닷없는 방문에 모녀는 당황한 눈치였다. 역시 평범한 일은 아니다. 독립의 말대로 그렇게 고생하며 찾아올 정도의 사이가 아니라는 얘기가 되는 것이다.

호기심이 생겼다. 독립의 말은 어디까지가 진짜일까. 거짓말을 한다고 하면, 그 이유는 무엇일까.

세 여인은 시동을 켜놓은 차 옆에서 얘기를 나누고 있었다. 얼굴이 빨개진 채 당황한 독립이 뭐라고 뻐끔뻐끔 입을 벌리고 있었고, 우아하고 세련된 딸은 침묵을, 그보다 조금 나이가 들었을 뿐 비슷한 이미지를 고스란히 간직한 엄마가 독립을 상대로 응수해 주고 있었다. 그녀의 입이 벌어질 때마다 독립의 표정이 시시각각 변했다. 애처로울 정도로 고스란히 속마음을 내비치는 표정이었다. 어젯밤의 뻔뻔스러움이 믿기지 않을 지경이었다.

대화는 그렇게 한 십 분 정도 이어졌다. 개중 제이슨이 알아들은 것은 독립이 커다랗게 허리를 팍 꺾으며 '실례했습니다!'라고 외치는 소리뿐이었다. 그리고 그대로 몸을 돌린 독립이 뛰어오는 다급한 발걸음 소리.

쿵!

독립이 차에 오르기 직전에 어마어마한 소리가 들렸다. 마구 달려온 독립의 이마가 어딘가에 부딪치는 소리였다. 그러나 독립은 비명 대신 또박또박한 목소리로,

"밟아요!"

라고 외쳤다. 제이슨이 차를 출발시키자, 그래서 주변에 시끄러운 엔진 회전 소리가 들리기 시작하자 독립이 양손에 얼굴을 파묻고 엉엉 울기 시작했다.

✳

우는 여자를 달래는 일에 제이슨은 확실히 소질이 없었다. 집에 거의 다다를 즈음에서도 독립이 울음을 멈출 기미가 없자 제이슨은 그대로 집을 지나쳐 계속 달리고 있었다. 함부로 멈추면 안 될 것 같았다. 지금 이대로 차를 멈추면, 저 애처로운 표정 그대로 그녀는 허물어져 버릴 것만 같았다.

독립이 울음을 그치고 말을 시작한 것은 그로부터 시간이 한참 더 흐른 뒤였다.

"그런데 어디 가요? 집에 가는 거 아니죠?"

사실 어디로 가는지는 제이슨도 몰랐다. 다만 독립의 몰골을 보고 있자니 어디로 가야 할지 대충 방향이 잡혔다. 우는 여자에게 필요한 것은 새 옷이다. 간혹 가다 보석이나 꽃도 비슷한 효과를 발휘하긴 하지만 지금 독립에게 필요한 것은 새 옷이었다.

"옷 사러."

"난······."

독립이 뭔가 말을 하려다 말고 곧 입을 다물었다.

"하긴 어차피 쪽팔린 건 나니까 상관없겠네요."

오해한 모양이다.

어쩐 이유에선지 입을 비죽이던 독립이 또 울기 시작했다. 불편하고, 답답한 시간이 흘렀다. 그녀의 울음 역시 그렇게 불편하고 답답했다. 그러다 독립이 또 불쑥 얘기를 시작했다.

"저기요, 나 또 부탁이 있어요."

말이라도 시작하니 다행이다.

"뭔데?"

"나 돌아갈 차비가 필요해요. 돈 좀 꿔주세요."

비록 딱딱하게 굳은 말투이긴 했지만.

"많이 꿔야 될지도 몰라요. 대신 확실히 갚을게요. 그러니까 꼭 꿔주세요."

흠.

독립이 무릎 위에 올려놓은 양손을 꽉 움켜잡았다.

"대가가 필요하다고 그러면 또 같이…… 그러니까 같이 자도 돼요. 그러니까 꿔주세요. 부탁이에요."

정말 제멋대로인 여자다.

"여기 진짜, 너무 싫어. 이렇게 재수없는 동네는 처음이야. 되는 일도 하나도 없고. 진짜 싫어. 진짜진짜 싫어……."

그리고 끝에 작게 더해지는 울음소리. 어젯밤에는 계속 깔깔대고 웃어서 신경을 거슬리게 하더니 오늘 아침에는 계속 울기만 한다. 그것 역시 그의 신경을 계속 건드리고 있었다.

제이슨이 저도 모르게 작은 한숨 소리를 뱉어냈다.

"알았어, 꿔줄게. 그러니까 울지 좀 마."

끼익.

차가 멈췄다.

"일단은 내려."

제이슨이 독립을 데려간 곳은 다운타운 가에 있는 대형 쇼핑몰이었다.

"어휴, 진짜!"

그리고 쇼핑몰 안에 들어선 지 한 시간 반 정도 뒤.

독립은 좀 전까지 기운을 쭉 빼고 울었던 일을 모두 잊은 듯, 다시 팔팔하게 살아나 제이슨에게 짜증을 부리고 있었다.

"진짜! 그만 좀 돌아요! 대체 무슨 옷을 사려고 그러는데요!"

평일 낮이라 그런지 한산한 쇼핑몰이었다. 갈 때마다 치이는 사람들이 없으니 분위기야 나쁘지 않았지만 대부분 기성 브랜드 샵 중심인 이곳에는 제이슨이 원하는 만큼의 고급 샵은 없는 듯했다.

"다리 아파 죽겠다구요!"

낑낑대는 독립은 좀 전에 영문도 모른 채 엉엉 울던 때보다는 훨씬 더 그녀답게 보였다. 제이슨이 그런 독립을 바라보며 저도 모르게 피식하는 웃음소리를 흘렸다.

"기운 하나는 넘치네."

"기운이 넘치면 아파 죽겠다는 말을 할 거 같아? 아우, 암튼 나는 더 못 가요."

마침 그때 제이슨의 눈에 맞은편에서 오는 누군가의 손에 들린 커다란 쇼핑백이 들어왔다. 저 정도의 상표면 괜찮을 듯싶었다.

"저쪽으로 가자."

제이슨이 말에 독립이 당장 홱 달아올랐다.

"장난해요? 더는 못 간다니까!"

"조금만 더 걸으면 돼."

"조금이고 나발이고요!"

"가자고."

제이슨이 독립의 팔을 잡았다. 그것을 뿌리치느라 독립이 크게 팔을 휘둘렀고, 이제는 24시간이 넘게 굶은 몸은 슬슬 가벼운 동작만으로도 현기증이 돌 때가 되었다. 독립이 휘청하며 뒤로 넘어질 듯한 자세가 되었다. 제이슨이 재빨리 손을 뻗어 독립을 안아 들고 빙글, 그녀를 반대편으로 돌아서게 했다.

"으, 토할 것 같아."

"겉으로 보이는 것과 달리 부실한 모양이네."

"칵! 내가 어때 보여서요!"

"말랑하고 물컹하잖아."

"누가 그런……!"

핏대를 올리던 독립이 갑자기 입을 다물었다. 소리를 지를수록 현기증이 심하게 돈 탓이었다.

"어차피 빚져야 되는 입장이니까 얌전히 굴래. 어디든 빨리 가요. 빨리 가고 끝내 버려."

다행히도 일반 브랜드 샵들과 다른 구역 경계를 지닌 듯한 고급 샵들 역시 제법 구색을 갖춰 멀지 않은 곳에 몰려 있었다.

"어디가 마음에 들어?"

독립의 대꾸는 시큰둥했다.

"왜 남의 취향은 묻고 그래요. 난 이런 옷 안 입어서 잘 몰라요."

"일단 골라봐."

"그럼 저기."

"Lozcoii?"

"제일 가깝잖아."

그렇게 대꾸하는 그녀의 얼굴에는 귀찮아 죽겠다는 기색이 역력하다. 제이슨이 독립을 끌고 일단 가장 가까운 Lozcoii 매장으로 향했다. 일단 비 냄새가 풀풀 날리는 저 옷을 벗고 나면 그녀의 기분이 한결 괜찮아질 거라는 생각으로.

그러나 장소를 잘못 고른 모양이었다.

독립과 제이슨보다 먼저 매장에 들어서서 여유있게 피팅 룸을 장악하고 있던 사람들은 하필이면 그 우아하고 세련된 두 모녀였던 것이다.

제이슨과 함께 샵 안으로 들어서는 독립에게 두 여자의 시선이 꽂혔다. 딸은 막 고른 옷을 들고 피팅 룸으로 들어가는 중이었고, 엄마는 그 앞에 놓인 폭신한 벨벳 의자에 앉아 딸을 지켜보던 참이었다. 독립과 눈이 마주치자 그녀가 친절하게도 한국말로 아는 척을 했다.

"그렇게 얘기하면 알아들을 줄 알았는데. 여기까지 따라올 정도로 내 말이 못미더웠니?"

저 불쾌한 눈빛, 불쾌한 목소리, 불쾌한 손짓.

독립의 얼굴에 복잡한 표정이 떠올랐다.

"그, 그런 게 아니라……."

들을 것도 없다는 듯, 먼저 말을 꺼낸 여자가 손을 내저었다.

"네가 불쑥 찾아오는 바람에 나와 내 딸은 무척 언짢은 상태야. 말할 것도 없이 결례였다. 그러니까 이만 가줬으면 좋겠는데. 네가 알고 싶었던 건 다 알지 않았니?"

저 복잡한 표정은 이제 하나의 표정으로 변해갔다. 상처, 그리고 아픔.

"……."

독립이 입을 꾹 다물었다.

"네 할머니한테는 말하고 온 거야? 네 꼬락서니를 보니까 꼭 그런 것 같지는 않지만."

"……."

"네 할머니가 애를 그렇게 키울 양반은 아닌데. 네가 그분 얼굴에 먹칠을 하는 거야. 이게 무슨 망신이니? 어서 돌아가.”

“…….”

“그리고 앞으로는 말도 없이 이렇게 오는 일은 사양한다.”

“…….”

상처, 그리고 아픔.

독립은 결국 한마디도 하지 못했다. 그렇게 고스란히 상처받은 표정이 제이슨을 불편하게 만들었다.

어울리지 않아.

그녀와 조금도 어울리지 않는다고 생각했다. 그러니까 고마워하라고 큰소리치던 그녀와는 전혀 어울리지 않았다.

그렇게 순순히 돌아서려는 독립을, 제이슨이 어깨에 손을 올려 멈추게 했다.

“일단 옷부터 고르고 가자. 여기가 제일 마음에 든다고 하지 않았어?”

독립이 간신히 고개를 들었다.

“에, 에? 마음에 든다는 게 아니라 제일 가깝다고…….”

“그러면 됐어.”

제이슨이 점원을 불렀다. 고급스러운 유니폼을 갖춰 입은 점원은 키 크고 늘씬한 전형적인 금발 미인이었다. 독립을 위아래로 훑어본 그 눈초리는 그닥 상냥하지 못했지만 그 눈초리가 제이슨에게로 옮겨간 이후에는 상당히 고무적으로 바뀌었다.

“무얼 도와드릴까요?”

그사이 제이슨이 매장 안을 살폈다. 그리고 익숙한 태도로 몇 가지를 손가락질했다.

"저것, 저것, 그리고 저것. 이 숙녀 분한테 맞을 만한 사이즈로."

"알겠습니다."

제이슨이 가격표도 안 보고 고른 옷 몇 가지는 독립의 취향을 크게 벗어나는 것들이었다. 하늘하늘한 시폰 소재의 공주풍 원피스 따위는 태어나서 입어본 적도 없었다. 물론 여기 있는 대부분의 옷들이 그 꼴들이었지만.

"저기, 저건 내 취향도 아닐뿐더러 굳이 내가……."

쫑알대려는 독립을 제이슨이 재빨리 점원 쪽으로 밀어붙였다. 빙긋 웃음까지 덧붙이며.

"분명히 예쁠 거야. 최소한 비 냄새는 안 나겠지."

"에?"

"입고 나와. 그동안 신발 골라놓을게."

그의 입이 독립의 귓가로 내려앉았다. 그녀만 알아들을 수 있을 정도로 작은 속삭임이 이어졌다.

"그럼 저 여자들이 사라지고 없지 않을까?"

독립이 시선을 들어 눈을 제이슨과 맞췄다.

"안 가면요?"

"믿어봐."

빙긋. 이번에는 웃음이 서로 부딪쳤다.

"그럴게요."

"착하네."

제이슨이 독립의 귓가에 살짝 입술을 댔다 떼고는 그녀를 피팅 룸 쪽으로 밀었다. 독립이 얼떨떨한 표정으로 점원을 따라 피팅 룸으로 들어서자 제이슨이 디스플레이 되어 있던 신발 몇 개를 골라 들었다.

"사이즈가 맞을까요?"

그러자 제까닥 다른 직원이 튀어나왔다.

"잠시 보여주세요. 7½, 저 여자 분에게는 좀 클 것 같네요. 맞는 사이즈로 골라 드릴게요."

"맞는 사이즈로 지금 전해주시고 나머지 것들은 포장 부탁합니다."

"알겠습니다."

볼일을 다 마친 제이슨이 벨벳 소파 위에 느긋하게 걸터앉았다. 굳이 표현하자면 그는 분위기를 만들어가는 사람이었다. 가만히 앉아 있는 것만으로도 그는 Lozcoii 매장 안에 있는 사람들의 시선을 충분히, 넘칠 정도로 끌어모으고 있었다. 오늘도 그는 진즈 차림이었다. 이번 것은 상표가 제대로 붙어 있다는 점이 다르긴 했지만.

제이슨의 위아래를 곁눈질하며 복잡하게 머리를 굴리는 표정으로 있던 엄마 쪽이 결국은 그에게 말을 걸었다.

"실례지만, 저 애와는 어떤 사이인가요?"

독립에게 얘기할 때보다는 좀 더 예의를 갖춘 말투였다. 제이슨이 힐긋 그녀를 돌아보았다. 한눈에도 파악할 수 있을 정도로 노골적인 무관심의 표정이었다.

"충분히 실례입니다. 일단 저는 부인이 어떤 사람인지도 모르고 있으니까요."

말을 마친 그가 다시 고개를 돌렸다. 제이슨의 등 뒤로, 정체를 알 수 없는 그 부인이 입술을 꾹 물어뜯었지만 그가 그것을 봐줄 리 없었다.

"충고를 해주는 거예요."

그녀가 꾹 눌린 목소리로 다시 참견을 가했다. 어쩔 수 없다는 듯, 제이슨이 삐딱하게 고개를 돌려주었다.

"어떤?"

"사람을 볼 때는 그 사람의 앞만 보지 말고 등 뒤도 보라는 충고요. 저 애가 어떤 애인지나 알고 있어요?"

무슨 이유인지는 잘 모르겠지만 웃기는군.

제이슨이 입매를 뚜렷하게 만드는 웃음을 그려 넣었다.

"충고는 언제나 말하는 사람을 비껴가는 법이죠."

"젊은 사람이니 나이 든 사람의 말이 고깝게 들릴 수도 있겠죠. 하지만 내 말 기억해 두도록 해요."

"그럴 이유라도?"

"사정상 원치 않는 인연이 아주 없다고는 할 수 없는 애라서 남에게 폐를 끼치게 되는 걸 볼 수 없는 거예요, 도의상."

"폐라면 구체적으로 어떤 걸 말하는 겁니까?"

"오늘처럼 정신없는 짓을 한다든지 하는 거죠. 도대체 한국에 있어야 할 애가 느닷없이 불쑥 나타나다니, 무서울 정도의 집착이에요. 그 정도면 정상이 아닌 것 같기도 하고요. 혹시라도 저 애와 깊은 관계라면 당연히 문제가 되고도 남을 거예요. 그러니 충분히 조심……."

탕!

그때 나란히 이어진 피팅 룸의 문이 동시에 열리며 독립과 부인의 딸이 나란히 밖으로 나왔다. 제이슨의 시선이 당연히 피팅 룸 쪽을 향해 돌아가자 대화는 종결되었다. 베이비 핑크 톤의 프릴 원피스는 독립의 작은 키에 딱 무릎까지 닿는 길이였다. 하얗고 고운 피부가 아기처럼 돋보였다. 결이 고운 생머리는 따로 손질하지 않아도 매끄럽게 어깨 위로 흘러내리고 있었다. 그 옆에 함께 선 여자는 투명인간 망토라도 갈아입은 듯, 그의 시야에서 한참 벗어나 있었다.

"예쁜데."

새 옷으로 갈아입은 독립은 아주 예뻤다. 마음에 꼭 들 정도로. 뜻밖의 칭찬이었는지 독립의 얼굴이 허둥지둥 달아올랐다.

"어, 어색한데요, 난."

"괜찮아. 아주 예뻐."

"화장도 안 해서……."

"어차피 집에서 입을 옷이니 괜찮아."

적당히 파인 등도, 예쁘게 살아나는 종아리 라인도 아주 마음에 들었다. 그가 함께 골라준 굽 높은 신발 역시 잘 어울렸다. 제이슨이 독립의 옆에 선 채로 그의 결정을 기다리고 있는 점원에게 말했다.

"같은 디자인으로 다른 색상이 있으면 함께 포장해 주세요."

"예. 화이트, 블랙, 파스텔 블루 색상이 있습니다만 어떤 것으로 드릴까요?"

"전부."

이 말에 정확히 네 여자의 시선이 그에게 집중됐다. 마치 이 옷 가격이 얼만 줄 모르고 있는 거 아냐? 라는 눈빛이다.

"전부요?"

"네."

"아, 알겠습니다."

점원은 쉽게 수긍했지만 독립은 그렇지 않다는 눈빛으로 열심히 제이슨을 향해 고개를 흔들어댔다. 소리 내지 않고 벌리는 입 모양이 '이거 비싸요'라고 말하고 있었다. 피팅 룸 안에서 가격표를 본 모양이었다.

제이슨도 소리없이 입을 벌려 '괜찮아'라고 대꾸해 줬다. 비싼 옷을 사주면 여자들은 대개 행복해하기 마련이다. 그런데 오늘은 비싼 옷을 사주는 쪽인 그가 더 즐거운 기분이었다.

"저기, 그게……."

독립이 뭐라고 말을 하려다 제이슨의 곁에 앉아 있는 엄마 쪽을 보고는 다시 입을 다물었다. 아무래도 이 여자에게는 독립을 침묵시키는 무언가가 있는 모양이었다.

순간 제이슨은 독립의 입을 다시 벌리고 싶다는 생각이 들었다. 늘 그렇게 시끄럽게 종알거릴 수 있도록 그녀를 침묵하게 만드는 것들로부터 지켜주고 싶다는, 스스로도 납득 못할 감정들이 쌓여갔다.

제이슨이 소파에서 일어나 독립을 카운터로 이끌었다. 카운터에는 제이슨이 방금 고른 옷들이 포장된 채 줄줄이 쌓여 있었다. 대충 보니 일곱 벌 정도 되는 모양이었다.

수표를 끊고, 배달할 주소를 불러준 제이슨이 독립을 앞세워 나가면서 말했다.

"이제 밥 먹으러 가자. 집 근처에 괜찮은 식당이 하나 있어."

고의였던 모양인지 '근처' 라는 말이 좀 더 크게 들렸다. 나란히 앉아 그들을 쳐다보는 두 모녀에게까지 아주 잘 들릴 정도로.

밥이라는 소리에 독립의 눈초리에 생기가 살아나기 시작했다. 그것만으로도 아주 괜찮은 기분이었다.

히치하이크 성공 요령 다섯 번째

: 배가 고플 경우는 일단 조심스럽다

먼저 배고프다는 사실을 알릴 경우

자칫 계획적 범죄—이를 테면 삥 뜯기—로 오인받을 수 있으니

배고픔을 자연스럽게 들킬 수 있도록 유도한다

제이슨이 독립을 데려간 식당은 얼핏 보면 평범한 가정집처럼 생긴 작은 벽돌집이었다. 특별한 메뉴가 있는 것도 아니고, 화려함이 물씬 풍기는 유별한 곳도 아니었지만 생수 한 잔에 무려 오 달러나 하는 곳이었다.

"옷은 왜 샀어요?"

디저트로 나온 아이스 수플레를 내려다보며 독립이 작게 물었다. 시장기가 가시자 현기증도 사라졌다. 좀 전에는 정신없는 데다가 하필이면 딱 '그 여자'를 만나서 기분이 엉망진창인 탓에 어영부영 그가 이끄는 대로 질질 끌려갔지만 이제는 매듭을 지을 차례였다.

설마 이 어마어마한 옷값을 꿔준다는 소리는 아니겠지. 한 이 년치 학비는 되는 금액인데.

맞은편에 앉은 청바지에 검은색 면 셔츠만 입고 있어도 분위기가 펄펄 사는 잘생긴 남자가 우아하게 뻗은 손가락 사이에 끼우고 있던 와인 잔을 테이블 위에 내려놓으며 대꾸했다.

"그 옷을 계속 입을 수는 없잖아."

"왜 못 입어요? 세탁하면 되지."

"세탁할 동안은 뭘 입고?"

"벗고 있음 되죠."

"어디서?"

"그거야⋯⋯."

불현듯 독립이 입을 다물었다. 자신이 무슨 소리를 하고 있는지 깨달았던 것이다. 방금 저 남자가 혼자 사는 집에서 알몸으로 세탁실 앞을 알짱댈 거라는 소리를 입 밖으로 뱉어낼 뻔했다.

"그럴 거라면 한 벌만 샀으면 됐죠! 난 변제 능력이 없단 말이에요."

이어지는 남자의 대꾸는 독립의 입을 한순간에 탁 닫아버리는 탁월한 효과를 발휘했다.

"선물."

"⋯⋯?"

"선물이야."

"······."

머리가 멍해지는 것이 누군가가 도마로 머리를 내려친 것 같았다.

"······왜요?"

변태, 정신이상자. 아니면 감당할 수 없을 정도로 철이 덜든 삼십대 아저씨. 그렇게 돈이 많은가?

"아침에 울렸잖아. 사과의 의미. 그리고 점심 식사까지 포함해서."

이유는 꽤나 그럴싸하게 들렸다. 돈 많고, 잘생기고, 매너 좋은 어디선가 나오는 주인공 같은 남자가 지니는 전형적인 패턴으로. 그러나 이곳은 현실이지 '어디선가' 가 아니다. 이런 패턴은 당연히 안 먹힌다. 그런 것을 믿을 만큼 독립은 바보가 아니었다.

"기가 막혀. 그렇게 돈이 많아요?"

제이슨이 어깨를 으쓱했다.

"어쨌든 벌고 있으니까."

"그래도 이해할 수 없어."

"사고방식이 다를 수도 있는 법이지. 생활 방식이 다르듯이."

아, 그러십니까. 아저씨 말 참 예쁘게 하시네요.

"말은 편하게 하네요. 그래도 납득이 안 가요."

"굳이 갚고 싶다면 말리지 않아. 천천히 갚든지."

그리고 배짱도 좋잖아! 누구 마음대로!

"아니! 절대 안 갚을 거야! 내가 사달라고 그런 것도 아닌데."

"그럼 갚지 마. 선물이야."

"그러니까, 그런 게 어디 있냐구요. 이럴 돈 있으면 차라리 나한테 차비를 적선하지 그래요?"

"그렇게까지 할 이유는 못 느끼는데?"

아우, 저걸 그냥.

"진짜 심술맞다."

"마음대로 생각해."

대꾸할 말을 잃은 독립이 시선을 돌렸다. 테이블에 놓인 예쁜 접시의 수플레 위에서 아이스크림이 녹아 내리고 있었다. 아깝다는 생각이 들었다.

이제 슬슬 현실이 걱정되기 시작할 때가 되었다. 뉴욕으로 돌아가서, 무사히 교환 대상 대학을 찾아간다고 해도 그쪽에서 어떤 사단이 났을지는 모르는 일이었다. 무단이탈에 대해서 어떤 교칙이 적용될지도 몰랐고, 그 깐깐한 영문과 노교수들이 어떻게 나올지도 몰랐다. 이 일이 집에까지 전해지면 할머니가 어떻게 나올지도 짐작할 수 없는 노릇이었다. 앞으로 닥쳐올 일들이 무서워지기 시작했다.

있지도 않은 엄마를 찾아서 이곳까지 온 시간이 아까웠다. 그 무모한 열정과 설레던 기쁨들이 아까웠다. 순간 눈에 눈물이 잔뜩 고였다.

"보통 여자들은……."

그때 제이슨이 불쑥 말을 시작했다. 마치 그녀가 울기 시작할 거라는 사실을 알아차린 것처럼.

"예쁜 옷을 사주면 행복해하던데."

독립이 울 것 같은 표정을 들어 억지로 웃었다.

"뭐야, 선물이 아니라 목적이 있었잖아."

제이슨이 고개를 끄덕였다.

"맞아, 기분이 풀어지길 바랐어. 그래야 얘기를 들을 수 있을 것 같아서."

"무슨 얘기요?"

"낮에 찾아간 친척들, 그리고 네가 울었던 이유. 기분이 좀 좋아지면 얘기해도 괜찮을 거라는 계산이었는데."

"그런 거, 왜 듣고 싶은데요?"

기다리지 않고 대꾸가 튀어나온다.

"호기심."

아우, 얄미워라.

독립이 눈을 흘겼다.

같은 말이면 좀 더 다정한 표현을 골라도 되잖아. 호기심이라니. 내가 동물원 침팬지도 아니고.

그러나 저도 모르게 입에서 말이 튀어나왔다. 눈에 가득 고여 있던 눈물이 어느 순간 한계치를 넘어 툭 하고 흐르는 것과 동시에.

"엄마가 아니래요."

"……."

"난 이제껏, 그 사람이 내 엄만 줄 알고 살았거든요. 아빠랑 그 사람은 오래전에 이혼했고 아빠는 이혼한 지 얼마 안 되어서 교통사고로 돌아가셨어요. 그래서 난 할머니랑 살았는데 할머니가…… 음, 그러니까……."

"존경할 만한 인격을 가진 분이 아니었지."

"아니, 그건 너무 체면 차린 표현이에요. 심술궂고, 거만하고, 욕심 많고, 이기심 많은 양반이죠. 우리 할머니는 날 싫어해요. 내가 할머니를 싫어하는 만큼은 아니지만."

모르는 사람 앞에서 할머니를 욕하는 일은 상상해 보지 않았는데, 막상 얘기를 꺼내니 무척 쉬운 일이었다.

"넌 누굴 닮아서 그렇게 못났니, 누굴 닮아서 그렇게 게으르니, 네 엄마한테 뭘 배웠길래 그렇게 교양없고 인정머리가 없니, 너 같은 게 대체 커서 뭐가 되겠니, 어떻게 열 가지 중에 마음에 드는 게 한 가지도 없니. 정말로 귀에 딱지가 앉도록 들었다구요. 어쨌든 내 욕을 하는 만큼 할머니는 엄마 욕도 많이 했어요. 난 엄마가 어떤 사람이었는지 잘 기억이 안 났지만, 왜 동지감 같은 거 있잖아요. 그게 무럭무럭 쌓여서 사춘기 무렵에는 통제하기 힘들 지경이었어요. 음, 그리고 우연하게 엄마 주소를 알게 됐죠. 재혼해서 미국으로 이민 갔다고 했어요. 미국인 변호사인데 돈도 잘 벌고 뭐 그렇다고요. 그 얘길 듣고 더 신났어요. 그러니까, 난 할머니가 싫어질수록 엄마가 너무너무 보고 싫었던 거죠."

독립이 잠시 말을 멈추고 생수를 한 모금 마셨다.

이거 리필이 되나 모르겠네. 아까 보니까 돈 받는 것 같던데.

"그런데…… 아니래요."

제이슨이 물었다.

"사람을 잘못 찾은 거야?"

"아뇨. 그러니까 아빠랑 이혼한 그 사람은…… 그러니까 거기, 셜로트에 사는 그 사람은 우리 엄마가 아니었어요. 사정상 날 잠시 키워주긴 했지만. 이혼은…… 나 때문에 했대요. 그랬대요."

"그럼?"

"그러니까, 나는 우리 아빠가 예전에 사랑하던 사람이 다른 사람과 낳은 아이. 좀 복잡하죠?"

"그러니까……."

"응. 할머니나 그 사람이나 난 생판 남이었던 거죠."

아아, 이제 한계다.

독립이 주먹을 들어 눈을 문질렀다.

"우리 아빠도 아니고, 우리 할머니도 아니고, 우리 엄마도 아니고. 난 그냥 입양아. 정말이지, 할머니가 싫어한 데는 다 이유가 있었어. 생각해 보니까 그 할머니도 좀 불쌍하지 뭐야."

슥, 슥슥.

그래도 시야는 여전히 뿌옇게 흐렸다.

"그러니까, 빨리 떠나고 싶어요. 여기 정말 싫어."

사실 공연한 화풀이다. 따듯하고 쾌적한 기후를 지닌 미국 남부는 겨울철의 느닷없는 폭설을 제외한다면 꽤 살기 좋은 곳이다. 한적한 시골 느낌도 괜찮았고, 시원한 물감 색의 하늘도 아주 예뻤다. 단지 이 예쁜 곳에서 자신만 슬프고 비참할 뿐이었다. 뭘 어떻게 해야 좋을지 모를 정도로 엉망진창이 됐을 뿐이다.

슥, 슥슥.

생각해 보니 제이슨에게도 못할 짓을 했다. 차를 더럽히고, 어딘가 부딪치게 하고, 개자식이라고 욕을 한 다음 갚지 못할 돈을 잔뜩 쓰게 만들었다. 지금은 앞에 앉혀놓고 신세타령이나 하고 있으니 그도 봄맞이 액땜을 거하게 한 셈이다.

'아니, 그건 너무 착한 생각이야.'

뭐, 어젯밤의 일이 없었다면 말이다. 기대를 갖게 하고 잔인하게 내팽개쳤으니 나쁜 놈이긴 하다, 일단.

속으로 혼자 그런 생각들을 하고 있는데 갑자기 제이슨이 말을 꺼냈다. 손가락 사이에 끼워진 레드 와인이 그의 입술을 붉게 적셔놓았다.

"지금은 휴가 기간이야."

왜 그런 얘기는 꺼내는지 영문을 알 수 없어 독립이 가만히 그를 바라보기만 했다. 그가 뭔가 화제를 돌리려 하는 것은 알 수 있었기에 일단은 들어줄 작정이었다.

"육 개월에 한 번씩 병원을 가야 해. 의무적이야. 자발적으로 정해진 기간 내에 병원에 가지 않으면 구속감이지. 병원에 가는 날은 경찰이 친절히 마중을 나올 정도야. 요컨대 위험인물이라는 거지. 대부분 병원에서 살고 지금처럼 내 멋대로 돌아다닐 수 있는 시간은 얼마 되지 않아."

뭔가 굉장한 얘기를 들어버린 것 같다. 그런 사례는 이제껏 영화에서도 본 적이 없었다.

대체 뭐지?

"어, 어디…… 어디 아파요?"

그 탓인지 말을 더듬거렸다.

저 사람은 대체 뭐래?

"뭐, 대부분은 심리적인 거라고 하더라고. 잠들면 언제나 악몽을 꿔. 악몽에서 벗어나려 자해를 하고. 악몽이 길수록 자해 수위도 높아지지. 자살 충동이 심해서 병원이 아니라면 의사도 안심하지 못해. 병원에 있을 동안에는 밤새도록 감시인을 붙여놓을 수 있으니까."

세상에…… 세상에.

"왜…… 왜 그래요? 왜……."

제이슨이 뭔가를 감추는 듯한 미소를 지었다.

"말했듯이 심리적인 것. 그리고 약물중독으로 인한 환각 작용. 재활센터에서 꽤나 오래 치료를 받아서 중독은 벗어났지만 후유증이 심해."

세상에.

"당연히 사회생활은 불가능해. 딱히 대인기피증이라도 있는 건 아니지만 타인과 접촉할 시간도, 여유도, 그럴 마음도 없는 상황이야. 주치의 말로는 그게 내 병을 더 악화시키고 있다고 하더라고."

"어, 얼마나…… 얼마나 됐어요?"

"글쎄, 한 십 년쯤."

또 다른 이유로 독립은 다시 울고 싶어졌다. 느닷없이 그런 얘기를 꺼내는 제이슨의 목소리가 너무 건조했기 때문이다. 그는 십 년간이나 겪어온, 얼핏 들어서는 상상도 가지 않는 고통스러운 일상을 마치 남의 것처럼, 의사가 학회에서 예시 환자 사례를 발표하는 것처럼 무감한 목소리로 말해 주고 있었다.

"그리고 어제……."

그가 손을 뻗어 포크를 만지작거리고 있던 독립의 손을 끌어당겼다. 그의 손이 어젯밤처럼 열정적으로 독립의 살갗을 더듬었다. 손톱을 따라 손가락을 움직이더니 다섯 손가락을 모아 쥐고 입술로 가져갔다. 처음으로 마개를 딴 와인의 향기를 음미하듯, 코끝에 대고 부드럽게 쓸어 내렸다.

"……처음으로 아무것도 기억나지 않았어. 눈을 떠보니 아침이었어. 뭔가 꿈을 꾼 것 같은데 머리는 텅 빈 것처럼 맑았지. 아침에 일어나면 내가 흘린 피로 시트가 항상 축축했는데 오늘 아침은 멀쩡하더군. 상당히 신선한 기분이었어."

그리고 키스. 손등에 포개지는 그의 입술은 독립이 기억하는 것보다 훨씬 더 부드럽고 감각적이었다.

"이유는 아무래도 너인 것 같아."

이상하다. 왜 저 말이 사랑 고백처럼 들리는 걸까.

"나도 부탁할 게 있어."

아닌데. 그는 절대 그런 말을 하는 게 아닌데.

"바라는 게 있다면 뭐든지 해주겠어. 그러니까……."

사랑 고백 같은 부탁.

"같이 있어줄래?"

사랑 고백.

"휴가 기간 동안."

독립이 손을 잡아 뺐다. 제이슨이 그 손을 순순히 놓아주었다. 마치 선택은 어디까지나 그녀의 몫이라는 듯한 태도로.

어떻게 해야 할까. 저 사람을 어떻게 해야 할까. 그리고 그녀는 어떻게 해야 할까.

독립이 그렁그렁한 눈으로 그를 바라보았다.

"휴가가…… 언제까진데요?"

사실 별로 어울리지 않는 짓을 했다.

함께 있어달라는 말은 저도 모르게 입 밖으로 튀어나간 것이라 제이슨은 꽤나 당혹스러워했다. 독립이 그의 손을 매정하게 뿌리치는 순간 거절당할 거라 생각했다. 그 다음 순간 이어진 독립의 말은 전혀 예상하지 못한 것이었다.

안도했다.

독립이 자신을 거절하지 않을 거라는 사실을 깨달은 순간 마음이 놓였다. 안도했다.

그리고 이 당혹스러운 감정에 또다시 안도했다.

*

"이거 피울 수 있어요?"

독립이 거실 벽 한쪽을 차지한 커다란 벽난로를 가리키며 물었다. 제이슨이 고개를 가로저었다.

"안 될걸."

"엑. 그럼 왜 있어?"

"이렇게 하려고."

제이슨이 벽난로 뒤의 스위치를 켰다. 그러자 벽난로 안에 놓인 모형 장작에 리얼하게 불꽃이 일어났다.

"에, 가짜였구나!"

독립이 실망한 표정으로 외쳤다. 순간 그녀를 껴안고 폭신한 양탄자 위를 구르고 싶다는 생각이 들었다.

"환경오염 걱정은 전혀 안 하나 보지?"

"흥. 이 나라는 아직 걱정없잖아요."

"쯧. 그런 생각들이 아직도 있으니까 지구가 망가져 가고 있는 거야."

"흥. 마음대로 말해요. 다른 건 몰라도 미국 사람이 그런 말 하면 안 될 것 같으니까."

두 사람이 나란히 따듯한 열기가 다가오는 벽난로 앞에 앉았다. 이런 편리하기만 한 모형은 사용해 본 적이 없어 몰랐지만 이것도 나쁘지 않다는 생각이 들었다.

낮에 사준 원피스가 불편하다고 벗어버린 독립은 오후에 자기 취향대로 고른 파자마를 입고 편한 모습으로 있었다. 한층 더 십대 같은 모습이었지만 한층 더 끌어안고 싶은 모습이기도 했다. 손에는 아직 보지 못했다고 말한 432페이지짜리 두툼한 양장본 〈셔벗랜드의 백야〉가 들려 있었다.

"그런데요, 책은 진짜 이 작가 것밖에 없네요."

제이슨이 손을 뻗어 독립의 말캉한 허리를 뒤에서 끌어안았다. 잠시 움찔하던 독립이 곧 긴장을 풀고 느긋하게 그에게 안겼다.

"병원에 있으면 심심하거든. 그래서 주로 책을 보지. 휴가 기간에는 안 봐."

"근데 이 작가는 왜 특별 대우예요?"

제이슨이 입을 벌려 소리없이 웃었다.

글쎄, 뭐라고 답을 해줘야 할까.

"그 책들은 표지가 마음에 들어서."

"표지?"

"양장본을 선호하거든."

"아, 하긴."

독립이 배시시 웃으며 책을 펼쳐 들었다.

"나도 기왕이면 양장본이 좋아. 예쁘고 튼튼해 보여서 좋아요. 무겁기는 하지만."

"발등에 찧으면 더 아프기도 하고."

독립이 태연한 표정으로 표지 안쪽에 인쇄된 작가 프로필을 손가락으로 짚어나갔다.

"같이 실수한 거니까 이제 와서 따져 봤자 소용없어요. 아, 그러고 보니 이 작가랑 이름이 똑같네요. 둘 다 제이슨이잖아."

이 말을 기회로 '같은 사람이니까' 라고 쉽게 말해 버릴 수도 있었지만 제이슨은 독립의 저 표정을 그대로 남겨두고 싶었다.

"글쎄, 일단 흔한 이름이니까."

"아, 나이도 비슷하다. 그래서 특별히 더 좋아하는 건가? 속 보여."

표지에 이어서 내지를 한 장 더 넘긴 독립이 뭔가를 읽어 내려갔다.

"아, 여기도. 똑같다."

"뭐가?"

"이 작가는 매일 첫 장에다 'for Haley' 라고 쓰잖아요. 여기도 그렇네. 헤일리가 누굴까? 애인?"

제이슨이 고개를 독립의 목덜미에 파묻었다.

"글쎄."

"아, 진짜. 재미없게. 같이 생각해 봐야 재미있죠. 음, 여자 이름이니까 애인이었을 거야. 애인이 아니면 이렇게 애절할 리가 없지."

"애절한 걸 어떻게 알지?"

"이 작가는 서문도 안 쓰는 사람이잖아. 그러니까 이 한 마디로 서문을 대신하는 거야. 내가 책을 쓰는 이유는 오로지 그녀 때문이다, 뭐 이런 거죠."

코끝과 입술을 자극하는 독립의 살갗은 어젯밤보다 훨씬 더 보드라웠다. 그의 악몽을 달래주는 보드라움. 헤일리를 달래주는 보드라움.

"헤일리라는 사람 진짜 행복하겠다."

글쎄, 행복할까. 헤일리가 과연 행복할까.

"에에, 그럼 프롤로그. The moral quality of the action of the protagonist and its own vulnerability to the misfortune befalling that hero…… 와, 처음부터 모르는 단어가 잔뜩이잖아!"

"골든이야."

"응?"

"골든의 말을 인용한 거라고."

"……."

눈을 깜박이던 독립이 고개를 살래살래 흔들더니 책을 덮어

옆에 내려놓았다.

"우리 다른 얘기 하죠. 제이슨, 왜 미국에 살아요?"

그녀다웠다.

"입양됐어."

순간 독립의 시선이 갈 곳을 잃고 방황하는 모습이 보였다.
제자리를 찾으려 애쓰는 그 모습이 재미있었다.

"아, 저런. 우린 동료였네. 몇 살 때요?"

결국 독립은 그런 식으로 무마하는 쪽을 택했다. 그녀가 진지
한 표정으로 아, 정말 안됐어요, 라는 식으로 반응해도 상관없
었을 테지만 저런 식이 역시 그녀답다는 느낌이었다.

"여섯 살."

"어릴 때 왔구나. 근데 한국말을 이렇게 잘해요?"

"잊어버리지 않은 거지."

"열네 살 이전에 다른 언어를 사용하는 환경에 처해진 애들은
모국어를 잊고 제2의 언어를 모국어처럼 받아들인다고 어디선
가 들은 것 같은데."

"난 언어 능력이 기이하게 발달한 편이래."

"아, 그래요? 그럼 다른 말도 할 줄 알아요?"

"응."

"뭐?"

"일본어, 스페인어, 프랑스어, 독일어."

"끅! 그럼 육개 국어를 해요?"

"잘할 수 있는 것만."

"그럼 더?"

"나머지는 배우다 말았어."

독립이 그의 품에서 슬금슬금 몸을 뺐다.

"아, 무서운 사람이다."

"어디 가."

제이슨이 독립의 배에 두른 손에 한층 더 힘을 줬다. 독립이 이상한 신음 소리를 냈다.

"끄륵, 아파!"

"도망가지 않으면 아프지도 않잖아."

"그러게 누가 무서우래."

"안 무서워."

"무섭단 말이지."

"혼자 겁먹은 게 아니고?"

"그런 말을 태연히 하니까 무서운 사람이라는 거지!"

그리고 독립이 웃기 시작했다. 낄낄대는 웃음소리가 여전히 꼭 끌어안고 있는 두 사람을 감쌌다.

헤일리의 죽음과 더불어 위태롭게 변한 제이슨의 삶은 그 뒤로 모양새를 유지하는 것만으로도 벅차서 다른 것을 허용할 틈이 사라지게 되었다. 하버드에서 머물렀던 일 년 반 동안 그의 삶은 한층 더 퍽퍽해졌다. 각종 천재들과 수재들이 즐비한 그곳에서도 제이슨은 꽤나 도드라진 존재였고, 그렇기에 그에게 집중되는 타인의 시선으로부터 완전히 숨는 것은 불가능한 일이었다. 밤은 여전히 헤일리의 것이었기에 제이슨은 입에 재갈을 물고 자야 했다. 신경은 날이 잘 선 메스 같았고 그는 자신의 발밑에 놓인 까마득한 낭떠러지를 보지 않기 위해 안간힘을 써야 했다. 결국 하버드를 자퇴하고 그는 그를 지켜보는 사람들에게서 떨어져 나왔다. 그 이후로 그가 장시간 접촉하는 사람들이라고는 닥터들과 출판사 관계자들이 전부였다. 대인기피증은 없었다. 외려 그를 기피하는 것은 사람들이었다. 그는 위험하고 불안정한 천재였고 그렇기에 지독히도 불쌍하게 보이는 사람이었다. 그를 둘러싼 사람들은 그에게 다가오는 대신 그를 관찰하고 지켜보는 쪽을 더 좋아했다. 그렇게 제이슨은 사람들과 교류 대신 비즈니스라는 관계를 형성해 왔다. 그들은 절대 만날 일이 없는 평행선의 다른 변에 위치해 있었고 그를 지켜보는 사람들은 언제나 완벽한 안전거리를 유지하고 있었다.

아마도 대책없을 정도로 철이 안 든 정신 나간 히치하이커가 아니었다면, 그래서 그와 주변을 둘러싼 평행선을 제멋대로 이탈하는 변태가 아니었다면 그의 삶에 이렇게 끼어들 일도 없었을 것이다.

평행선을 이탈한 히치하이커는 그와 충돌했다. 쾅!

합류가 아니라 충돌이었다. 아직도 얼떨떨한 상태였다. 처음으로 경험하는 충돌은 코카인보다 훨씬 더 자극적이고 충격적이었다.

"한국 이름, 기억나요?"

독립이 물었다.

"응."

"뭐였어요?"

"준휘. 성은 몰라."

"독립과 준휘. 안 어울린다. 독립과 제이슨보다 낫지만."

"인간은 뭐든지 쉽게 익숙해지니까 괜찮을 거야."

"아, 그러고 보니 괜찮은 것 같기도 하다."

"넌 너무 빨라."

독립이 배시시 웃고는 그를 향해 고개를 돌렸다.

"제이슨도 빨라요."

"뭐가?"

"음, 사람들하고 친해지는 것."

"설마."

"아니, 진짠데. 우리 하루 만에 이렇게 친해진 거잖아."

독립이 자신의 배를 감싼 제이슨의 손 위에 양손을 포갰다.

"안 불안해요. 안 무서워요. 사실 그럼 안 되는데. 아마 할머니가 알면 당장 집 나가라고 길길이 날뛸 거야."

독립이 다시 낄낄대고 웃었다.

"근데 왜 고소하지?"

제이슨이 대꾸했다.

"휴가 기간이니까. 지금은 모든 게 오프야."

＊

"으, 으음……."

막 잠에 빠져들어 몽롱한 상태의 독립은 어디선가 시작된 나지막한 신음 소리를 따라 정신을 차렸다. 신음 소리를 뱉어내고 있는 것은 옆에 누워 있는 제이슨이었다. 두 눈을 꼭 감고 있는 그가 구토라도 할 것처럼 목을 움켜쥐더니 곧 베개에 얼굴을 처박고—망가진 깃털 베개를 대신해 오늘 오후에 새로 사 온 것이었다—고통스럽게 고개를 흔들기 시작했다.

"우욱. 웩!"

그리고 구토가 시작되었다. 독립이 기겁을 하고는 벌떡 일어나 제이슨을 흔들어 깨웠다.

"일어나요! 일어나요!"

몸을 흔드는 독립이 거슬렸던 모양인지 제이슨이 뭐라고 욕설을 뱉어내며 독립을 홱 밀쳐 냈다.

쿵!

"아야!"

때문에 침대 기둥 모서리에 머리를 찧었다. 아파서 눈물이 찍 나올 것 같았지만 독립은 마음껏 고통을 음미할 시간이 없다는 것을 곧 깨달았다. 구토를 하던 제이슨이 토사물 위에 머리를 처박으려 했기 때문이다.

"안 돼요!"

독립이 재빠르게 제이슨에게 다가가 뒤통수의 머리카락을 붙들었다.

"이러지 마! 좀 일어나요!"

제이슨은 고집스럽게 눈을 뜨지 않았다. 감은 눈꺼풀 속에서 눈동자가 계속 움직이는 것으로 보아 아주 질이 나쁜 악몽을 꾸고 있는 듯했다. 신음 소리도 계속 흘러나왔다. 눈물이 났다.

"이러지 마아……."

독립이 더러워진 제이슨의 입가를 손등으로 닦기 시작했다. 그가 독립의 어깨에 매달렸다. 너무 세게 움켜쥐는 바람에 엄청나게 아팠지만, 독립은 차마 그를 떼어놓을 만한 용기가 나지 않았다. 붙들 게 없으면, 그는 그대로 망가져 버릴 것 같았다. 그대로 죽어갈 것 같았다.

"이러지…… 이러지 마. 이러지 말아요."

토사물로 얼룩진 시트만큼이나 독립의 손과 얼굴이 더러워졌다. 끈적한 감촉과 위액이 뒤섞인 시큼한 냄새가 역겨워 독립도 속이 메스꺼워지기 시작했다. 속에서부터 치밀어오는 구역질을 억지로 참으며 독립이 제이슨을 안아 일으켰다. 그가 계속 반항하는 바람에 힘들고 괴로웠다. 몇 번인가 얻어맞고 채이면서 독립이 그를 욕실까지 끌고 갔다. 억지로 욕조에 담가놓고 찬물을 홱 틀어버렸다.

쏴아아아!

심장마비가 걸릴 정도로 차가운 물이었다. 그를 잠시 그대로 내버려 둘까 생각했던 독립은 곧 마음을 고쳐먹고 따듯한 물을 틀어주었다.

"쳇, 봐줬다."

사실 곁에 서 있는 자신도 괴로웠던 것이다.

제이슨이 입고 있는 면 가운을 벗겨내 대충 더러운 것들을 닦아낸 독립이 얼룩진 파자마를 벗고 자신도 욕조에 들어갔다. 제이슨의 커다란 욕조는 네 명 정도는 거뜬히 누울 수 있을 정도로 넉넉했다.

물속에 잠긴 그는 좀 전보다 편안해 보였다. 여전히 독립의 팔뚝을 꽉 움켜쥐고 있는 손가락은 관절이 하얗게 일어날 정도로 힘을 주고 있긴 했지만 최소한 구토는 멈췄다. 제이슨의 맨몸 구석구석에 나 있는 자잘한 상처들을 보며 독립은 다시 울음이 나올 것 같아 숨을 멈췄다.

"이러고…… 이러고 어떻게 살아."

날마다 반복되는 악몽, 악몽과 함께 이어지는 자해, 끊임없는 자살 충동, 병원, 병원에서 나오는 날에는 술을 마시면서 목숨을 내걸고 스포츠카의 액셀러레이터를 밟는 생활.

"그래도 안 미쳤네. 착하다."

제이슨이 손이 조금 느슨해지자 독립이 바싹 다가서서 양팔로 그를 끌어안았다.

"착하다……."

토닥토닥.

등을 두드리는 독립의 손길을 따라 제이슨의 호흡이 서서히 가라앉기 시작했다. 둘은 그렇게 욕조 안의 물이 차갑게 식는 새벽이 될 때까지 서로를 끌어안은 채 잠이 들었다.

'차가워.'

잠에서 깨는 순간 제이슨이 느낀 것은 차갑다는 감촉이었다. 아니, 차갑고 몽클했다. 반사적으로 그는 자신이 끌어안고 있는 게 독립의 말캉한 맨몸이라는 것을 알 수 있었다.

'여기가 어디지?'

눈을 뜨고 보니 욕실, 그것도 차가운 물이 가득한 욕조 안이었다. 독립은 쌔근쌔근 소리를 내며 그에게 안겨 있었고 불은 환하게 켜진 상태였다. 눈을 돌리자 욕실 바닥에 흩어져 있는 더러워진 잠옷들이 눈에 들어왔다. 제이슨의 얼굴이 구겨졌다. 저 옷이 더러워진 이유는 하나밖에 없기 때문이다. 자신이 원인이다.

"으음……."

품 안에 안겨 있던 독립이 꼼지락대며 눈 뜰 기미를 보였다. 재채기를 할 것처럼 작은 코를 벌름대더니 입맛을 다시고 짭짭 소리를 냈다. 맛있는 꿈이라도 꾸는 모양이었다. 그러더니 다음 순간 바로 눈을 떴다.

"응? 추워어……."

그녀가 눈을 뜨고는 어리둥절한 표정으로 주변을 한 바퀴 둘러보았다.

"아직 새벽이네."

제이슨의 얼굴에 한 번, 욕조에 한 번, 창밖에 한 번. 그렇게 여기저기 떠돌던 그녀의 눈빛이 다시 그에게 고정되었다.

"일어났어요?"

그의 시선 역시 독립에게 고정되었다, 눈이 아니라 맨살이 드러난 팔뚝과 어깨 부분에. 그의 얼굴이 일그러졌다. 어리둥절해하던 독립이 그를 따라서 얼굴을 찡그렸다.

"아침부터 인상은. 추우니까 나가요."

"아니."

아니, 안 되겠다.

"감기 들면?"

그러나 그전에 할 얘기가 있었다.

"내가 이런 거지?"

그가 가리킨 것은 맨살에 생긴 시퍼런 멍들이었다. 독립이 태연히 고개를 끄덕였다.

"응."

새하얀 살에 새겨진 멍들은 마치 채찍 자국 같았다. 그가 멋대로 만들어낸 상처.

"난 피부가 얇아서 원래 멍이 빨리 들어요. 근데 빨리 드는 만큼 빨리 없어진대. 금방 나아요."

이유도 없이, 원해서도 아니고 알지도 못한 채 만들어낸 상처
들.

제이슨이 다시 한 번 더럽혀진 옷들을 바라보았다. 끔찍했다.
어젯밤 저것들을 고스란히 보고 있었을 그녀가 끔찍했다. 자신
이 끔찍했다.

그가 낮은 목소리로 내뱉었다.

"일어나."

그의 목소리에서, 표정에서 무언가를 눈치챈 모양이다. 독립
이 그를 빤히 바라보았다.

"일으켜 주세요."

"아니, 싫어. 일어나."

그의 계산은 틀렸다. 하룻밤 사이 너무 달콤한 꿈을 꾸고 있
던 모양이었다. 그는 조금도 달라지지 않았고 달라지지도 않을
것이다. 그는 누군가와 함께 있을 만한 상태가 아니었다. 그는
여전히 환자였고 그에게 필요한 건 호스피스지 애인이 아니었
다.

그와 함께 있는 내내 독립은 진저리를 치며 끔찍한 밤을 보내
야 할 것이다.

"표정 마음에 안 들어. 나한테 화내는 거 같애. 일으켜요. 안
그럼 안 일어나."

독립이 고집을 부렸다. 제이슨이 속으로 심호흡을 했다.

하나, 둘, 셋.

이 말을 꺼내기 위해 필요한 짤막한 유예 기간.

"이제 나와 같이 있을 필요 없어. 돈은 필요한 대로 줄게. 비행기 표를 끊어주겠어. 당장 출발하자."

독립의 눈이 커다래졌다가 다시 작아졌다.

"……왜요?"

정말 몰라서 묻는다면 독립은 바보였다. 상처가 나도 아픈 줄도 모르는 진짜 바보였다.

"감기 걸릴지도 모르니까 빨리 일어나."

그가 먼저 몸을 돌려 욕조에서 일어섰다. 독립이 재빨리 그의 손을 붙들었다.

"묻잖아요! 왜냐구!"

그가 독립의 손을 뿌리쳤다.

"일어나."

"먼저 말해!"

"일어나."

"말하라구!"

"일어나!"

"말해!"

화가 났다.

촤르륵!

제이슨이 다시 욕조 안에 주저앉는 바람에 물이 넘쳐흘렀다. 찬물을 잔뜩 뒤집어쓴 그의 눈이 독립과 마주쳤다.

"너 바보야? 안 아파?"

목소리가 높아졌다.

"더럽지도 않아! 더러운 거 몰라? 아프지도 않냐고!"

"……."

"가라고!"

독립이 입을 벌렸다. 벙긋, 그렇게 소리없이 벌어졌다. 뭔가 말을 하려고 하는 것 같은데 말보다 눈물이 먼저 나왔다. 주르륵 주르륵, 소리보다 먼저 굴러 떨어졌다.

"안 가. 싫어……."

결국 튀어나온 말은 그랬다.

"안 가. 나 안 가."

"……."

"토한 게 어때서, 치우면 되잖아요. 살면서도 매일 다치는데 멍 좀 든 게 어때서. 금방 나을 건데 그게 어때서."

"……."

제이슨이 계속 말이 없자 독립이 불안한 듯 손을 내밀었다. 물에 젖어 아주 차가워진 손이었다.

"어제도 꿈꿨어요? 꿈꾸면 매일 이래요? 병원 안 가봐도 괜찮아요? 매일 이러고 살았어요?"

뺨에 쓸린 독립의 손가락. 붙들고 따듯해질 때까지 입김을 불어넣고 싶었다. 그래서 있는 힘껏 뿌리쳤다.

"동정하지 마. 필요없으니까."

그것으로 끝이라고 생각했다. 그는 그녀를 보내고, 그녀는 더 이상 더러운 곳을 함께하거나 이유없이 다치지도 않을 것이다. 옆에 누군가가 있는 것은 그의 삶에서 어울리지 않았다.

하지만 독립은 아닌 모양이었다. 그녀가 갑자기 두 팔을 벌려 그의 목에 매달렸다.

"싫어. 안 가."

"이거 놔."

"놀랐잖아. 놀라게 한 주제에 왜 화내. 잘못한 게 누군데 쫓아 낸대. 잘못한 게 누군데 왜 나한테 화내."

"이거 놓고, 그리고 가."

"놀랐잖아. 그러니까 달래줘야지, 왜 화내고 소리 질러."

"가라니까."

"싫어. 안 가. 그러니까 화내지 마."

"가!"

"가면! 가면 어떻게 할 건데. 내가 가면 어떻게 할 건데요. 그럼 또 똑같아지잖아. 그게 싫으니까 있으라고 한 거잖아!"

아차, 하는 사이 독립의 입술이 그의 입을 막았다. 어쩔 줄 모르고 발을 동동 구르는 그런 절박함이었다.

"그러니까, 거짓말하지 마요……."

차갑던 독립의 입술은 곧 따뜻해졌다. 맞닿은 열기는 빠르게 서로의 몸으로 전이되었다. 제이슨이 독립의 머리를 붙들어 강제로 떼어놓으려 하자 그녀가 고개를 가로저으며 한층 더 강하게 매달렸다. 독립의 보드라운 가슴이 맨가슴을 약하게 눌러왔다. 스치는 유두의 끝에서 전율이 일고 머리 속은 빠르게 비워져 갔다.

빌어먹을, 이제 끝이다.

제이슨이 잇사이로 신음 소리를 뱉어냈다. 물속에서 차갑게 굳은 몸을 한 팔로 힘껏 끌어안고는 다른 손으로 그 몸을 녹이기 시작했다. 그의 손바닥이 닿자 피부 세포 하나하나가 경련을 일으키는 듯 가늘게 떨려왔다. 가늘게 휘어진 목덜미를 따라 미끄러지는 입술은 마치 얼음 사탕을 핥고 있는 듯한 느낌이었다.

놓을 수 없어.

수줍게 허리를 비틀다가 이내 눈을 감고 그에게 다정하게 손을 뻗는 독립의 손가락을 입에 문 제이슨은 이제 이 손으로는 그녀를 놓아보낼 수 없다는 것을 깨달았다. 너무 늦었다. 충돌은 이미 그를 뿌리부터 뒤흔들고 있었다.

다섯 손가락을 고루 맛본 그의 입술이 그대로 손목 안쪽을 따라 팔로, 어깨로, 가슴으로, 허리로 움직여 갔다. 들썩이는 그들의 움직임에 맞춰 욕실 바닥은 이미 넘치는 물로 난장판이 되었지만 그런 것을 돌아볼 만한 여유는 없었다. 지금은 입술에 닿는 살갗의 느낌을 머리 속에 각인시키는 것만으로도 벅찼다. 그의 무릎이 아직 맞닿아 있는 독립의 무릎 사이를 파고들어 살짝 벌어지게 했다. 한 손으로 등을 받쳐 든 상태에서 다른 손이 물 밑으로 헤엄쳐 들어갔다. 그녀가 눈을 꼭 감고는 고양이처럼 가르릉대는 신음 소리를 흘렸다.

짓궂은 걸 알면서도 손가락의 움직임을 살짝 늦춘 후 그가 물었다.

"싫어?"

도리도리. 독립이 입술을 꼭 다물고 고개를 흔들었다.

"그럼 좀 더 편하게 있어. 다리에 힘을 빼."

"으응……."

찰랑이는 물의 움직임이 그들에게 맞춘 듯 한층 더 에로틱해져 갔다. 마침내 그녀의 다리가 원하는 만큼 벌어지게 된 순간 물속에서 그들이 하나가 되었다.

히치하이크 성공 요령 여섯 번째

: 쌍방의 목적지가 다를 경우 이를 조절하는 약간의 팁이 필요하다

일정 수준의 미모와 재치는 그 훌륭한 예시

"**으**악!"

방정맞은 비명 소리가 사랑스럽게 귓가에서 들려왔다. 제이
슨이 진저리를 치며 침대에서 몸을 일으켰다.

"What the hell!"

눈을 뜨자 제이슨의 반응에 흡족한 미소를 짓고 있는 독립이
보였다. 어디서 발견했는지 그가 애용하는 반팔 셔츠에 커다란
반바지 차림새였다.

"뭐긴 뭐야. 치사해서 벌준 거지."

제이슨이 눈을 감았다 떴다.

뭐가 어쩐다고?

"그만 자란 말이야. 심심하고 배고파서 짜증나요."

"내가 또 잤다고?"

"아우, 웃겨, 진짜. 이제까지 널브러지게 자놓고 나 몰라라 그럼, 난 뭐라 그래야 돼? 얼른 퍼뜩 일어나요."

머리가 멍했다.

"다친 데 없어?"

"몇 군데 깨물렸지만 아프진 않아."

독립이 방긋 웃었다. 그녀의 머리 뒤로 쏟아지는 햇살의 양을 보건대 지금은 벌써 한낮인 모양이었다.

"재주도 좋지. 이런 침대에서 어떻게 자요?"

독립의 말을 듣고 침대를 살펴보니 확실히 그랬다. 베개도, 시트도 없는 매트리스일 뿐이었다.

"세탁한 거야?"

옷이 그 모양이었으니 시트는 더 말할 것도 없었다. 분명 손도 대기 싫을 정도로 더러워져 있을 것이다. 독립이 정색을 했다.

"어마, 내가 왜요? 당연히 더럽힌 사람이 해야죠."

하하. 이런 여자.

"그리고 나 배고파요. 밥해줘요."

하하.

"으응? 웃고 있지만 말고 밥해줘요! 그리고 빨래도 하고!"

독립의 제이슨의 손을 잡고 힘껏 잡아당겼다.

"얼른 일어나!"

퍽!

제이슨이 갑자기 몸을 뒤로 빼며 힘을 주는 바람에 독립이 꽈당 넘어졌다. 매트리스 모서리에 이마를 부딪친 독립이 꼼짝없이 그 자리에 주저앉아 있었다.

"저런, 괜찮아?"

제이슨이 물었다. 웃지 않으려고 애쓰면서.

"미안. 잔소리를 듣는 데 익숙하지 않아서."

"……."

"많이 아파?"

독립이 부스스, 고개를 들었다.

"까놓고 말해요. 지금 웃었죠?"

"그게 말이지……."

"웃었죠?"

"의도한 건 아니고……."

"웃었잖아!"

독립이 팔짝 뛰어들어 제이슨의 맨몸에 그대로 낙하했다. 투지는 파이브 스타 프로그 스플래쉬(프로레슬링 기술:적이 쓰러져 있을 때 턴로프 3단까지 올라가서 힘껏 뛰어올라 수영하는 자세를 취한 후 다시 펴고 배로 적을 찍는 동작) 연속기를 선보이는 레슬러 못지않았지만 의욕에 비해 몸이 짧은 것이 탈이었다. 본의 아니게 재빨리 몸을 굴려 피하려는 제이슨의 옆구리 부근을 정면 이

마로 들이받게 된 것이다.

"윽!"

이번에는 제대로 된 비명 소리가 터져 나왔다. 제이슨이 아니라 독립에게서였다.

"딱딱해!"

독립이 이마를 감싸 쥐고 울상을 지었다.

"왜 내가 아픈데! 당연히 제이슨이 아파야지!"

제이슨이 여전히 침대에 누워 있는 자세로, 독립을 돌아보지 않으려 애쓰며 대꾸를 달았다.

"이쪽은 비명 소리도 못 지를 정도로 아파. 억울해할 것 없을 것 같은데."

"고개 돌려봐요. 표정 보고 판단해 줄게."

"아파서 못 돌리겠다니까."

"익! 판단해 준다잖아!"

독립이 제이슨의 머리카락을 움켜쥐고 끌어당겼다.

"아아아!"

결국 제이슨의 고개가 독립을 향해 돌아섰다.

"그럴 줄 알았어! 아프긴 뭐가 아파! 지금 막 웃으려고…… 으 잇!"

그 순간 그가 그녀를 끌어당겨 덥썩 안아버렸다. 그의 가슴팍에 얼굴이 눌린 독립이 버둥대기 시작했다.

"반칙! 이거 놔!"

"싫어."

"놓으라고!"

"키스해 주면."

"이익!"

"싫으면 말고."

"……."

"해줄 거야?"

"……."

"뭐, 그럼 배고픈 채로 있든지."

"쳇."

독립이 꿍얼꿍얼대기 시작했다.

"해달라고 해도 말이야, 이렇게 고개가 처박혀 있는데 대체 어떻게 하라는 거야. 당연히 먼저 놔주고 해달라고 그래야지."

"놔주면 도망가지 않을까?"

"안 도망가. 쳇."

"믿을 수 있어?"

"해준다니까!"

반쯤 속는 기분으로 제이슨이 독립을 놓아주었다. 독립이 어기적, 그의 몸 위로 기어올라 왔다.

"나 무겁죠?"

"……."

스르륵 돌아가는 고개를 독립이 낚아챘다.

"어이, 고개 돌리지 말고."

"뭐, 괜찮아. 아직은 버틸 수 있어."

"흐응. 그렇다고."

"뭐, 달리 바라는 말이라도 있었던 거야?"

"설마요. 제이슨이 성격 나쁜 건 알고 있어."

"아직 배가 덜 고픈가 봐."

"키스할 거니까 입 다물어요."

"O.K."

제이슨이 얌전하게 입을 다물고, 독립이 그 위로 고개를 숙였다. 거의 감추듯 작게 나 있는 속 쌍꺼풀 라인이 지금 위치에서는 또렷이 보였다. 작고 또렷한 코도, 싱싱한 과일처럼 색정적이라 생각했던 그 통통한 하트 모양 입술도.

독립의 입술이 닿는 순간 제이슨이 스르륵 눈을 감았다. 눈을 뜨자마자 닥쳐온 알싸한 현기증이 마음에 들었다. 자신의 몸 위에 올라와 있는 독립이, 그래서 느껴지는 부드럽고 따스한 감촉이 마음에 들어 미칠 지경이었다. 그렇게 그녀의 키스는,

"욱!"

제대로 이어질 리가 없었다. 제이슨이 눈을 감고 방심하는 사이 독립이 무릎으로 그의 복부에 한 방 먹이고는 재빨리 달아났던 것이다.

"깔깔!"

독립의 숨 막히는 웃음소리가 베드 룸 밖으로 이어졌다. 제이

슨이 벌떡 일어나 독립의 뒤를 쫓아갔다.

"서지 못해?"

＊

독립이 달아난 곳은 키친이었다.

그곳에서 독립은 칼을 하나 꺼내 든 채 그를 기다리고 있었다. 예상대로 제이슨의 반응은 '웃겨서 미치겠다'는 표정이었다. 그러나 질 수 없었다. 독립이 턱을 치켜든 채 딱딱 부러지는 새된 목소리로 말했다.

"이 칼 보이지? 그러니 한 방 맞은 거 복수할 생각일랑 접고 빨리 밥해요."

제이슨이 의외로 순순히 두 손을 들어 올렸다.

오늘따라 그의 위험한 매력은 한층 더 요란하게 빛나고 있었다. 아직 덜 마른 머리카락은 잠자리에서 막 일어났음에도 매끄럽게 가라앉아 있었고—사실 냄새는 좀 날지도 모르겠지만—오늘 새벽 사건의 여파로 허리에 타월 한 장만 달랑 감고 있는 차림새도 역시 충분히 문제스러웠다. 매일 병원에 있다는 주제에 병실 내에 전용 피트니스 클럽이라도 갖추고 있는지 탄탄한 복근과 어깨 근육들이 시야를 어지럽게 했다. 예전에 한창 유행하던 덴마크 다이어트를 삼 주 이상 감행하느라 생겼던 빈혈로 인한 현기증보다 더 질이 나쁜 어지러움이 전신에서 생겨났다. 잘하면 발바닥이 꺼져 버릴지도 모르겠다.

"아아, 이거 진짜 무서운 협박인데. 어디를 자르려고?"

그가 위험스럽게 웃고 있었다.

"흥! 말 안 들으면 아무 데나."

"하지만 손가락을 자르면 요리를 못하잖아. 다리를 잘라도 마찬가지야. 서 있지 못하니까 가스고 오븐이고 소용없지. 결국 남은 것은 살을 얇게 저미는 것뿐인데……."

웃음. 어디서부터 어디까지인지 도통 모를 것 같은 웃음.

"그런 부엌칼로는 어림없을뿐더러 '해체'라는 것은 좀 더 정밀한 의식이라고."

제이슨의 말을 독립이 냉큼 이었다.

"해체, 의식, 혹은 열정. 그 무엇으로 불러도 무방하다. 의식만큼 경건하고 열정보다 더 신성한 행위를 지칭할 특정한 단어가 아직 발견되지 않은 이상, 그 무엇도 그의 이 행위를 옳게 규정할 수는 없었다. 수많은 주름과 잔털로 보호되는 가장 인체다운 연약한 벽, 피부(skin)를 가르면 피부 밑 지방(subcutaneous fat)의 현란하고 다소 작위적인 빛깔이 드러나고 운이 좋다면 얇은 정맥(superficial veins)들을 두 눈으로 직접 목격할 수 있다. 파괴되고 잘린 모세혈관으로부터 번져 나오는 피의 붉음 속에서 확인하는 정맥들의 가느다란, 그러나 파득이는 생명력이 아직도 희미하게 잔존하는 그것을 목격하는 순간이야말로 이 행위의 진정한 시작인 셈이었다. 시야의 한순간에 코스모스가 실체를 벌리고 있다. 인간은 그 순간 방조하는 신의 존재가 된다. 거대한 우주의 작은 먼지 같은 존재인 인간이 사유와 의식, 작고 예리한 메스의 힘으로 순식간에 신의 위치에 올라앉아 그가 만들어낸 코스모스를, 그 정렬된 카오스를 한눈에 조망할 수 있는 것이다. 인간은 죽음을 벗어나고 먼지를 해탈하며 우주 외적인 존재로 자신을 해방하는 순간을 맞이한다. 그리고 이 모든 것은 단순한 정신이상적 연쇄살인범의 상태에서 자신을 해방시키려는 쿠퍼 조이넨의 필사적인 최종 진술이었다. 〈용의 혈통〉 제13장, 이상 심리의 최종 보고서. 틀린 데 없죠?"

짝짝!

제이슨이 손바닥을 맞부딪쳤다.

"맞았어. 진짜 어마어마한 팬이로군."

"〈용의 혈통〉은 내 베스트니까. 일 년 반 뒤에 출간된 〈함정이라 이름하는 열아홉 가지 그물〉보다 훨씬 근사했어요."

얘기가 다른 곳으로 새고 있었지만, 독립은 가장 사랑하는 작가인 제이슨 H.의 이야기가 시작되자 자신이 칼을 쥐고 있다는 사실도 잊어버린 채 두 눈을 반짝이고 있었다.

"개인적인 견해로 용의 혈통은 대중적인 접근이 약했어. 그 책의 발행 부수는 그래서 미스테리지만."

"천혀! 제이슨 H.의 위대한 점은 하고 싶은 이야기를 마음껏 지껄여도 결코 대중이 속단할 만한 현학자적 냄새를 풍기지 않았다는 거라고요."

"현학자라는 말은 그렇게 갖다 붙이는 게 아니지. 그 작자는 그저 머리를 좀 더 잘 굴렸을 뿐이야. 개인적으로 독자들보다는 평론가들을 더 잘 다뤘다는 생각이지."

"머리가 좋으니까 잘 굴린 거죠! 이만한 글을 쓸 수 있는 사람은 지구상에 몇 안 된다고요!"

"베스트셀러는 만들어지는 거야. 이 작자는 어떤 글이 좀 더 잘 팔릴지를 알고 있을 뿐이라고. 그 증거로 용의 혈통보다는 함정 쪽이 50% 정도 더 팔렸지."

"흥! 판매 부수가 작품의 질을 말해 주지는 않는다고요."

"내가 말하는 건 대중적 접근에 관한 거잖아."

"어쨌든!"

"어쨌든 작가와 대중성이라는 문제는 일차적으로 속단할 게 아니지."

"이익! 그쪽이야말로 덜 팔렸다는 이유로 내 〈용의 혈통〉을 속단하지 말라구요!"

흥분한 독립이 몸을 홱 돌리는 바람에 제이슨은 뒤로 물러나야 했다. 그가 빙긋 웃으며 말했다.

"칼을 휘둘러 지킬 정도로 사랑하는 그?"

독립이 흥 하는 콧바람 소리를 뱉어냈다.

"당연하지! 같은 제이슨이더라도 분명 그쪽 제이슨은 이렇게 음험하거나 염장 같은 성격은 아닐 거야. 볼 것도 없이 백만 배쯤 더 멋지겠지."

제이슨이 모호한 표정을 지었다.

"염장? 그게 무슨 말인데?"

독립이 칼을 쥔 상태로 씨익 웃었다.

"훗, 그쪽도 모르는 게 있었구나. 안 가르쳐 줘요."

제이슨도 씨익 웃었다.

"칼 쥐고 있는 사람한테 억지로 물을 정도로 궁금하진 않아."

순식간에 독립의 표정이 변했다.

아, 저놈의 인간. 저놈의 성격.

"어우, 그냥 한마디도 안 지지."

"성격이 그래."

"좋은 성격 아니니까 그렇게 뻐기듯이 말하지 마요."

"흠. 꼭 성격이 좋아야 하나? 다른 게 좋으면 안 될까?"

"얼씨구. 다른 게 좋은 게 뭐가 있는데?"

"예를 들면, 이런 것."

순간 제이슨이 잽싸게 독립의 사각지대를 파고들었다. 평소에도 언제나 둔한 반사 신경을 탓하는 성격이었지만, 이번에도 예외없이 독립은 빈틈을 내주고야 말았다. 그가 독립의 손목을 낚아채 칼을 뺏더니 한 손으로 그녀의 허리를 감아 안았다.

야해!

순간 머리 속을 스친 생각은 바로 그것이었다. 어떻게 되는 전개인지 꽤나 약이 오를 만한 상황이었지만 일단 지금은 야하다는 생각이 먼저였다. 이 인간은 흉기나 다름없는 맨몸을─타

월은 결단코 옷이 아니다—바싹 들이밀고는 약삭 빠르게도 그 파
급 효과를 즐기고 있었다. 하체를 바싹 밀착시킨 그가 얼굴을
가까이 들이밀고 낮게 속삭이듯 말했다.

"이런 게 더 좋으면 안 될까?"

다가오는 것은, 훨씬 더 질이 나쁜 현기증을 동반한 키스.

봐, 야하잖아.

독립이 속으로 중얼거렸다.

야한 인간. 머리 속에 든 건 그것밖에 없는지 잘도 기회를 잡
아내는 야한 인간. 병원에서는 금욕 생활이라도 시키나 보지.

자기 멋대로 시작했다가 자기 멋대로 키스를 끝낸 제이슨이
빙긋 웃으며 귓가에 대고 속삭였다.

"이걸로 화해하자. 어때?"

화해는 무슨!

"화해할 때까지."

다시 제이슨의 혀끝이 입 안을 파고들었다. 부드럽고, 따스하
고, 안타까울 정도로 매끄러운 그것이 입 안을, 머리 속을, 마음
을 헝클어놓았다. 입 안 구석구석 안 닿는 곳이 없는 그의 혀는
열쇠였다. 잠겨진 문을 모두 열 수 있는 열쇠.

"으음……."

"화해로군."

키스가 끝났다. 제이슨의 엄지손가락이 입술을 대신해 독립
의 피부를 더듬기 시작했다.

"화해의 대가로 근사한 곳에 데려가 줄게. 뭐 먹고 싶어? 뭐든 말해."

아아, 그러고 보니 정말 배가 고팠다. 새로운 허기와 함께 새로운 갈증이 몰려들었다.

"일본 음식 좋아해?"

뭐, 싫어하진 않지.

"그럼 그걸로 할까?"

으음, 그럴까?

"옷 입고 가자."

제이슨이 독립의 손을 잡아끌고 이층으로 향하는 계단에 올라섰다. 코앞에서 흔들리는 하얀 타월이 시선을 몽롱하게 만들었다. 그러다 문득 깨달았다.

"이 사기꾼!"

제이슨이 반쯤 고개를 돌려 뒤따라 올라오는 독립을 바라보았다.

아우, 저 미소. 얄밉기도 하지.

"저런, 뭐가?"

"뭐긴 뭐야! 밥하기 싫으니까 나가자고 하는 거 아냐! 나 안가!"

그러나 이미 늦었다. 빙글 돌아선 제이슨이 갑자기 독립을 번쩍 안아 들어 어깨에 짊어졌던 것이다.

"벌써 늦었어."

"꺅! 내려놔!"

"요리해 본 적 없다고."

쿵쿵!

두 사람의 무게가 더해진 요란스러운 소리가 부드러운 러그가 깔린 철제 계단을 쿵쿵 울렸다. 마치 심장이 쿵쾅거리듯. 그녀의 심장이, 제이슨의 어깨에 맞닿은 그녀의 심장이 쿵쾅거리듯.

사랑이야.

제이슨의 목덜미에 얼굴을 파묻으며 독립이 고집스럽게 생각했다.

사랑이야. 난 사랑에 빠졌어.

이제 뒷일은 아무래도 좋았다. 성질 더러운 할머니와 별 미련도 없던 대학 따위 이제 어떻게 되든 상관없었다. 지금으로서는 뭐든 다 버릴 수 있을 것 같은 기분이었다.

지금, 이 상황에서는.

✳

묵직한 앤틱 전화기에서 얼핏 어울리지 않는 단조로운 기계음이 흘러나왔다. 수화기를 드는 손가락은 커다란 호박 반지와 다이아몬드 반지가 차례차례 부를 과시하듯 끼워져 있는, 아주 곱게 든 주름이 자잘하게 잡혀 있는 그런 손이었다.

"네."

뒷말을 길게 끄는 식의, 우아함을 가장한 목소리는 그 손과 꼭 잘 어울렸다. 아마도 '뭐라구욧?'이라는 말과 함께 미간이 일그러지며 입이 개구리만한 크기로 벌어지지 않았다면 그것이 가장된 우아함이라는 사실이 들통나는 일도 없었을 것이다.

"뭐가 어쩌구 어째? 그래서! 그래서요?"

주름이 지긴 했지만 아직도 팽팽해 보이는 얼굴이 확 달아올랐다. 뒤틀리고 비틀리면서 분노를 그려내기 시작했다.

"세상에, 세상에나!"

그때 이층까지 돌돌 말아 올리듯 이어진 나선형 계단에서 누군가가 내려왔다.

"할머니, 무슨 일 있어? 누구 전화야?"

짤막한 스커트 밑으로 보이는 날씬한 다리, 전체적으로 여리여리한 골격에 짙은 쌍꺼풀과 잘 어울리는 화장이 인상적인 이십대의 손녀딸을 향해 할머니라고 불린 나이 지긋한 여인이 고개를 돌렸다.

친척들에게도, 손녀딸들에게도 속칭 무적의 일수라고 불리는 이 사람은 개인 대출 분야에서 이미 알아주는 베테랑인 손 여사였다. 서른도 안 되는 나이에 남편을 잃고 그녀에게 남은 것은 입이 딱 벌어질 정도의 빚과 이제 막 넘어지지 않고 걸을 수 있게 된 일남이녀가 전부였다. 그녀가 단지 손향숙이라는 여자에서 무적의 일수 손 여사가 되기까지의 지난 세월 동안 무슨 일들이 있었는지는 오직 그녀만이 알 뿐이었다.

무적의 손 여사가 눈꼬리를 치켜 올리며 말을 이었다.

"여진아, 세상에 이걸 어쩌면 좋니."

"응? 정말 무슨 일 있나 보네."

콩콩 발끝으로 걸어 손 여사 앞에 다가온 여진이 맞은편 소파에 자리를 잡았다. 황여진. 올해 스물여섯, 지방 모 여대 바이올린과 졸업반으로 손 여사의 대외적 허영심을 80% 정도 만족시켜 주는 기특한 손녀딸이었다. 벌써부터 이래저래 들어오는 중매 자리가 일주일에 세 건은 된다는 후문이 돌고 있는, 가장 나이 많은 손녀딸이기도 했다.

"왜 그러는데."

"아우, 내가 정말 망신스러워서……."

"망신?"

"글쎄, 그게 있잖니……."

그리고 손 여사의 설명이 이어졌다. 이 터무니없이 망신스럽고 세상에 어쩌면 좋을지 도통 모르것 같은 일은, 볼 것도 없이 독립에 관한 일이었다.

"뭐? 그럼 큰일이잖아. 걔 머리가 어떻게 된 거 아냐? 완전 미쳤구나, 그거."

"내 말이 그 말이다. 세상에나, 이걸 어쩌면 좋아."

여진이 호들갑스럽게 다리를 꼬았다.

"걔가 갈 데가 어딨다고 그런 짓을 저질러? 학교에서는 뭐래?"

"뭐래긴. 자기들도 아무것도 모른다고 그러지. 지 발로 도망
쳤다니, 납치나 유괴도 아니고. 그럼 대체 어쩌란 말이니."

"아우, 진짜 돌겠네. 어디 알아볼 데는 없어?"

"한국도 아니고 미국에 아는 사람이 어딨다고……."

짜증스럽게 말끝을 흐리던 손 여사가 갑자기 눈을 번뜩였다.

"가만, 미국?"

뭔가 짐작 가는 데가 있다는 얼굴이다.

"미국이라면……."

아는 사람이 한 명 있긴 했다. 비록 오래전에 소원해진 관계
가 된 사람이었지만.

No. 7

히치하이크 성공 요령 일곱 번째

: 우연히 얻어 타게 된 누군가의 차 트렁크에서

의심의 여지가 충분한 하얀색 가루를 잔뜩 발견했을 경우,

당황하지 말고 이렇게 말한다

"어머, 요즘 남부에서 한창 유행한다는 유기농 밀가루 딜러신가 보군요?"

여행은 여행이다. 위험을 자초하지 말 것

비싼 밥을 먹여줘도 독립은 말이 많았다.

"세상에, 저번에는 물 한 컵에 오 달러나 하더니 이번에는 밥 한 그릇에 백이십 달러? 이 동네는 뭐가 이렇게 비싸요?"

제이슨이 이번에는 프리로 제공되는 레몬 워터를 마시며 대꾸해 줬다.

"뭐, 맛있게 잘 먹었으면 되잖아."

"그게 아니잖아."

독립이 물 컵 바로 옆에 놓인 와인 잔을 가리켰다.

"이건 왜 시켰어요?"

"생선에는 원래 와인이야."

"시끄러. 누가 그래."

"먹어보면 알잖아."

"먹긴 뭘 먹어. 한 잔에 삼백 달러나 하는 와인을 어떻게 마셔요? 그거 먹고 안 체해?"

제이슨이 싱긋 웃었다.

"이제까지 체해본 적 없는데?"

독립이 질렸다는 표정으로 어깨를 흔들어댔다.

"기가 막혀, 정말. 대체 어떻게 살아왔길래 사람이 그 모양이야. 그 뭐냐, 양부모라는 사람이 부자였나 봐요?"

이 물음에는 제이슨이 망설임없이 고개를 저었다.

"아니, 그저 평범한 중산층."

"에? 미국에서는 중산층의 생활이 이래요?"

"흠. 개인마다 다르겠지만 일반적으로는 아닐걸."

"근데 왜 이렇게 살아요?"

이유야 간단하다. 그가 제이슨 H.니까.

"돈을 벌고 있다고 얘기하지 않았나?"

독립이 고개를 갸우뚱했다.

"언제?"

"아무리 길어도 며칠 안 된 얘긴데."

"쳇. 난 원래 공부에 관한 거 아니면 잘 까먹어요. 어쨌든 돈 잘 버나 봐요?"

"쓸 만큼은 벌지."

독립의 얼굴에 노골적인 호기심이 어렸다.

"헤에, 무슨 일을 하는데?"

제이슨이 히죽 웃었다.

"그것도 며칠 안 된 사이에 말했는걸."

독립이 어림없다는 듯 그의 손등을 찰싹 때렸다.

"설마!"

"아니, 진짜야."

"난 들은 적 없다구요!"

"어떻게 확신하지?"

"매일 아무 일도 안 하고 탱자탱자 놀면서 한 잔에 삼백 달러짜리 와인을 마실 정도로 돈을 버는 직업이라면 분명 어마어마하게 특이할 거 아니에요. 그런 직업을 듣고서 그냥 흘려버릴 리가 없단 말이죠, 내 말은."

리틀 도쿄라는 이름의 이 화려한 레스토랑은 주인의 취향대로 일본에서 들여온 각종 장식들로 꾸며져 구석구석까지 세심히 눈길이 가는 근사한 곳이었다. 수십 개의 검은색 단발머리 인형, 일본 전통 무사 복장이라는 청동갑옷상, 화려한 기모노를 차려입고 정중히 오가는 서버들. 전체적으로 오렌지보다 붉은 빛이 훨씬 많이 도는 조명은 꽤나 성공적으로 오리엔탈한 분위기를 고조시키고 있었다.

그 한가운데 앉아 있는 독립은 조명 탓인지 정말로 인형처럼 보였다. 손 안에 금방이라도 쥐일 것처럼 작고 토실한.

그래서 제이슨의 대꾸는 이러했다.

"스스로 기억해 보는 게 어때?"

힘껏 움켜쥔 다음, 절대로 놓치고 싶지 않은 작고 토실한 인형. 스스로에게 그런 취향이 있는 줄은 제이슨도 미처 모르던 일이었다. 심각하게 생각해 본 적은 없지만 대강 그의 여성 취향은 대부분 시원하게 잘 빠진 모델형 금발이었다. 말라서 뼈와 가죽만 남은 몸매가 아름다움의 기준이라는 생각도 없었지만, 근육은커녕 뼈도 한 조각 없을 것 같은 저 말캉하고 토실한 몸매가 이렇게 예쁘게 느껴질 날이 오리라고는 상상도 못했다. 힘껏 움켜쥔 다음, 언제라도 손 안에 있다는 것을 확인하고 싶을 정도.

그렇게 하기 위해서 그는 무슨 짓이라도 할 생각이었다. 제이슨 H.를 써먹는 것은 좀 더 효과적인 순간을 노려도 괜찮았다.

"아우, 진짜 성격 나빠. 무슨 비밀이 그렇게 많은데요?"

"비밀로 한 적 없다니까."

"이왕 말해 버린 거 한 번 더 해줘도 상관없잖아요."

"굳이 그래 주긴 싫어서."

제이슨이 빙긋 웃으며 와인 잔을 들어 올리자 독립이 입을 비죽였다.

"난 안 마셔. 마시면 아마 두드러기 날 거야."

"좋을 대로."

어떻게 해야 할까. 어떻게 해야 저 여자를 완전히 손 안에 가

뒤둘 수 있을까.

무슨 생각이라도 하듯 혼자서 계속 표정을 바꾸던 독립이 다시 말을 걸었다.

"비밀이 많은 남자는 좋은 남자가 아니야. 그거 알아요?"

흠. 저 여자가 또 무슨 말을 하려고 저러나.

"왜지?"

"왜긴요. 감추는 게 많은 남자는 당연히 여자를 불안하게 만든다구요. 음, 아, 반대의 경우도 그렇겠다. 어쨌거나 비밀이 많은 사이는 힘들어."

"그러니까 어서 빨리 속 시원히 내 모든 과거를 떠벌려라?"

"에이, 그럼 내가 편집증 환자 같잖아. 그런 게 아니라 최소한의 궁금증만 해결하자는 거죠. 어때요?"

글쎄. 제이슨이 의도적으로 애매한 미소를 흘렸다.

"최소한의 범위가 너무 애매하지 않아?"

"그거야 대화로 조율하면 되죠. 서로 이름도 알고 나이도 아니까. 음, 그래, 학점 공개하자. 최종 학력은 뭐예요?"

뜻밖의 질문이었다.

"학력이 왜 필요하지?"

독립이 배시시 웃었다.

"왜긴, 나 공부 잘하는 거 자랑하려고 그러죠. 나 한진대학교 다녀요. 엣헴."

순간 제이슨은 으쓱해하는 독립을 번쩍 안아 들어 빙빙 돌리

다가 침대에 내려놓은 다음 숨 막히게 간질인 다음 같이 웃고 싶다는 야릇한 충동을 느꼈다.

"어라? 표정이 왜 그래? 한진대학교 몰라요? 에이씨, 그러면 재미없잖아. 한국에서 제일 점수 높은 대학이란 말이야."

제이슨이 숨 막히게 터져 나올 듯한 웃음을 참느라 별다른 말을 못하고 있자 그새 꽁해진 독립이 이렇게 말했다.

"자자, 빨리 말해. 흥, 나만큼 공부 잘했어요?"

역시나 기대를 저버리지 않는 재미있는 여자다. 분명 육개 국어를 한다고 말해 줬음에도 굳이 탈탈 털어 눈앞에서 확인해 보려는 저 근성이 마음에 들었다.

"음, 한국식으로 하면 고졸이 되나?"

독립이 눈을 땡그랗게 떴다.

"대학 안 갔어요?"

전혀 의외라는 표정.

"아니, 중간에 그만뒀어."

"왜요?"

"더 배울 게 없어서."

독립이 고개를 끄덕였다.

"역시. 기대를 저버리지 않는 저 재수없는 대답. 전공은 뭐였어요?"

"네 반응 역시 기대를 저버리지 않는데 그래. 법학이었어."

"법? 졸업 안 하길 정말 잘했구나."

"왜?"

"제이슨이 판사가 되고 변호사가 된다고 생각해 봐요. 이 나라 망가지는 거야 나쁜 일이 아니지만 암튼 개개인이 불쌍해지죠."

독립의 저 말버릇이 딱히 거슬린다는 건 아니다. 외려 심심하지 않아 좋았다. 그리고 독립은 자극을 주는 만큼 확실히 반응하는 성격이니 데리고 노는 재미도 있었다.

톡, 톡톡.

제이슨이 테이블을 손가락 끝으로 두들겼다.

"그건 남들이 어쩌다가 물을 경우에 대한 대답이고 사실은 좀 달라."

그새 그는 표정도 바꿔놓고 있었다. 예상대로 독립이 냉큼 미끼를 문 표정이 되었다. 어딘지 모르게 조심스럽게 그의 표정을 살피는, 그런 시선.

"왜, 그럼 왜요?"

제이슨이 신중히 대답을 골랐다.

"과민성 수면장애의 징후가 나타나기 시작한 게 열일곱 살 때부터였거든. 하버드에서는 기숙사에 있었는데 자연히 주변 사람들이 신경 쓰였어. 밤마다 입에 재갈을 물고 잤지. 일 년 반을 버티고 나니 신경이 너덜너덜해지더군. 그래서 나가떨어졌어."

빙고.

독립이 저도 모르게 손을 뻗어 제이슨의 손가락 끝을 움켜잡았다.

"왜…… 그게……."

걱정이 가득한 표정이었다. 십대처럼 어리고 철이 없어 보인다고 생각했던 독립의 표정들은 사실 솔직하다는 쪽에 더 가까웠다. 순수하고 거짓없는 표정은 독립의 마음을 고스란히 내보이고 있었다.

'상처받기 쉬운 타입.'

헤일리도 그랬다. 하이스쿨로 진학한 다음부터 걷잡을 수 없이 탈선의 길로 치달아가긴 했지만 언제든 저렇게 솔직하고 상처받기 쉬운 얼굴을 하고 있었다. 그래서 제이슨의 눈에는 헤일리가 받는 상처들이 여과없이 그대로 보였다. 그 적나라하고 노골적인 고통에, 그를 향한 증오와 애정에, 스스로를 망쳐 가는 자괴와 혐오의 이중성은 제이슨도 결국 같은 길을 걷도록 만들었다.

"그……."

독립이 뭔가 말을 하려다 포기하고 입을 다물었다. 대신 앉아 있던 의자를 질질 끌어와 제이슨의 옆 자리에 놓고 그 곁에 앉았다. 남들이 모두 쳐다볼 정도로 찰싹 달라붙어 앉더니, 얼굴은 똑바로 쳐다보지 못하고 제이슨의 손을 만지작거렸다.

"저기요……."

더듬거리듯 이야기를 시작하는 그녀.

"나 대학교 1학년 때 잠깐 사귀던 선배가 있었어요."

여전히 독립의 시선은 제이슨의 손끝에 고정된 채였다. 마치 이런 얘기를 꺼내는 게 부끄럽다는 듯이.

"먼저 좋아한다고 말해 줘서, 그게 굉장히 기뻤던 것 같아요. 그래서 사귀기 시작했는데 삼 일 만에 채였어요. 웃기죠? 그때 그 선배가 댔던 이유가…… 뭐랄까, 난 혼자서 노는 타입이래요. 만날 실실 웃고 다녀서 재미있고 신나는 성격인 줄 알았는데 그게 절대 공유가 안 되더래요. 그래서 날 도무지 모르겠대요. 나한테 다른 사람을 생각하는 마음이 있느냐는 거예요. 사실 그 얘기 듣고 많이 생각해 봤는데 확실히 그 선배 말이 맞는 것도 같았어요. 난 남의 일에 어떻게 반응해야 할지, 어떻게 말해 줘야 할지 잘 모르는 경우가 더 많아요. 지금도 그래요. 뭐라고 말해야 될지 모르겠어요. 근데……."

그런데.

"근데, 내가 아무 말도 못해준다고 해서, 잘 위로해 주지 못한다고 해서 나한테 그럴 마음이 하나도 없는 건 진짜 아니에요. 나 지금 마음이 되게 아프거든요. 제이슨이 그렇게 아팠던 것도 아프고, 지금도 그렇다는 것도 아프고, 그리고 내가 아무 말도 해줄 수 없는 것도…… 그것도 아파요. 그러니까, 그러니까 혼자서 아파한다고 생각하면 안 돼요. 정말 안 돼요."

여과없는 표정. 여과없는 감정.

그것이 지금 제이슨이 느끼고 있는 독립이라는 여자였다.

제이슨이 손을 뻗어 독립의 목을 끌어안았다. 그의 턱이 독립의 머리에 닿았다.

'손해 봤군.'

단순히 놀리려는 마음에 시작한 얘기였는데 손해 본 것은 그라는 느낌이었다. 이렇게 진심으로 반응해 줄 줄 몰랐다. 이렇게 진심으로 아파해 줄 줄 몰랐다. 어쩔 줄 몰라 하는 독립을 보며 마음이 요란하게 움직이는 것은 그였다.

"알아, 말 안 해도."

그의 턱 아래에서 독립의 고개가 작게 끄덕거렸다.

"옆에 있어주잖아. 그걸로 충분히 알 수 있어."

뉴욕에서 전화가 온 것은 그로부터 일주일 뒤의 일이었다.

✳

Rrrr.

"으음…… 누구야……."

전화 벨소리에 먼저 잠에서 깨어난 것은 독립이었고, 전화를 받기 위해 침대에서 몸을 일으킨 것은 제이슨이었다. 독립이 제이슨의 귀에 대고, '이씨! 전화 받아!'라고 외친 다음 다시 시트 속으로 파고들었던 탓이다. 얼떨결에 숙면에서 깨어난 제이슨은 독립을 원망하지도, 전화를 건 사람에게 화를 내지도 못한 채 먹먹해진 고막이 진정되기만을 기다렸다.

Rrrrr!

기분 탓인지 전화벨은 점점 더 시끄러워지고 신경질적이 되는 듯싶었다. 시트 안에서 몸을 꽁꽁 말고 있던 독립이 못 견디겠다는 듯 팔다리를 마구 버둥대기 시작했다.

"받아, 받아! 빨리 받으라구! 받아, 제발!"

그 꼴을 보니 받지 않으면 살인이라도 일어날 것 같은 분위기였다.

"쳇, 성질은."

제이슨이 혀를 차며 몸을 일으켜 침대에서 열 걸음 정도 떨어져 있는 창가 옆 전화 테이블로 다가가 수화기를 들었다.

"Who is it?"

신경질적으로 누구냐고 묻자 전화기 너머로 유들한 목소리가 들려왔다. 이런 아침에는 결단코 듣고 싶지 않은 목소리 넘버원의 주인공, 닥터 해밀튼이었다.

[여어, 잘 잤습니까?]

나이가 오십줄이 다 되어가는 할아버지가 목소리는 기름칠을 한 것처럼 매끌매끌했다.

"제기랄, 꼭 이런 새벽에 전화했어야 합니까?"

제이슨이 곱지 못한 목소리로 대꾸하자 닥터 해밀튼이 수화기 너머로 낄낄대며 웃었다.

[약속을 어긴 쪽은 미스터 애딩턴입니다. 늦어도 오늘쯤은 제오피스에 나타나셨어야죠. 아직도 저 멀리 따뜻한 남쪽 나라에

계시면 어쩌자는 겁니까?]

　뭐라고?

　제이슨이 눈을 감고 속으로 지저스를 외쳤다. 요 며칠간 날짜가 어떻게 가는지도 잊고 살았다. 벌써 휴가가 끝날 시간이 된 모양이었다.

　제이슨이 아직 독립이 누워 있는 침대 쪽으로 힐긋 시선을 돌린 다음 목소리를 낮추었다.

　"일주일만 연장합시다."

　제까닥 들려오는 해밀턴의 대답.

　[어림없습니다. 지금 주치의를 물로 보는 겁니까? 휴가 끝입니다, 미스터 애딩턴. 당장 복귀하세요.]

　"젠장, 당신이 주치의지 상관입니까?"

　[어떤 의미로는 주치의가 더 절대적이죠. 잘 아시는 분이 새삼 웬 반항이십니까? 그리고 이제 약도 없을 텐데요, 미스터 애딩턴.]

　제이슨의 미간에 주름이 잡혔다. 약이 필요한 것은 사실이었다. 증세가 이전처럼 심각하지는 않은 것으로 봐서 복용을 중단하는 것을 고려해 본 적도 있지만 약을 먹는 것은 거의 습관 같은 것이었다.

　"약은 보내줘도 되잖습니까."

　꽤나 진지한 목소리 때문이었을까. 해밀턴이 한 박자 숨을 들이킨 다음에 물었다.

[호오라, 이거 아무래도 무슨 일이 있군요, 미스터 애딩턴.]

여우 같은 늙은이.

제이슨이 속으로 욕을 해준 다음 입을 열었다.

"더도 덜도 아니고 딱 일주일입니다. 일주일이면 대충 정리될 것 같습니다."

[그 일주일 동안 당신에게 무슨 일이 생기지 않는다고 어떻게 장담합니까? 누누이 말씀드리지만 미스터 애딩턴, 당신 같은 케이스는 의식적인 영역보다는 무의식적인 영역에서 충동 및 장애가 일어나는…….]

늙은이의 잔소리가 길어지려고 하자 제이슨이 제까닥 말을 끊었다.

"닥치세요, 닥터 해밀튼. 충분히 알고 있으니까. 제 무의식이 얼마나 위험한지는 제가 더 잘 압니다."

[그러게 잘 아시는 분이 왜 그러십니까.]

"그러니까요. 요 근래 들어서 꿈을 꾸지 않았단 말입니다. 물론 자해 충동 따위도 일지 않았고요. 내 생각으로는 완전히 정상인이 된 것 같단 말입니다. 그러니까 이제 당신은 안녕입니다. 최소한 일주일 동안은 말입니다."

[저런……!]

수화기 너머로 숨 막히는 소리가 들려왔다.

[미스터 애딩턴, 지금 저한테 그 말을 믿으라는 겁니까? 무려 육 년간이나 제가 그토록 악착같이 매달려 왔음에도 불구하고

개미 눈물만큼의 차도도 보이지 않던 당신인데도요?]

제이슨이 이를 갈았다.

늙다리, 의심도 많지.

"그렇다잖습니까. 저는 무사히 살아 있으니 의심할 것 없습니다. 걱정할 것도 없고요. 그러니 당신은 내가 기간 외 일주일 정도는 밖으로 나돌아다녀도 말짱할 것 같다는 소견서나 작성해 관할 경찰서로 보내란 말입니다. 그리고 한창 달게 자는 중이었으니 이만 전화 끊겠습니다."

[미스터 애딩…….]

철컥!

제이슨이 그대로 수화기를 팽개치듯 내려놓았다.

시간은 잘도 흐르고 있었다. 벌써 뉴욕에 있는 그의 일상으로 돌아가야 할 시간이 된 것이다. 제이슨이 다시 침대로 다가가 독립이 잔뜩 움켜쥐고 있는 시트 끝자락을 벌리고 그 안으로 들어갔다. 그러나 독립이 단단히 움켜쥔 시트 자락을 다시 홱 잡아당겨 옆으로 반 바퀴 구르는 바람에 휘청대던 제이슨이 그대로 앞으로 팍 고꾸라졌다.

물론, 독립의 몸 위로.

퍽!

"이씨!"

독립이 시트 자락을 홱 제쳤다.

"일부러 그랬지!"

죽을상을 하고 있는 얼굴을 보니 분명 그와 부딪친 어딘가가 아프긴 아픈 모양이었다. 제이슨이 싱긋 웃으며 몸 아래 깔린 독립의 양 볼을 두 손에 움켜쥐었다.

"그러게 누가 아침부터 시비 걸래."

"시비는 누가."

손바닥 안에서 말캉하게 눌리는 양 볼의 감촉은 기가 막힐 지경이었다.

"아, 배고프다."

제이슨의 말에 독립이 인상을 찌푸렸다.

"위장도 튼튼하지. 양치질도 하기 전에 배부터 고프냐."

제이슨이 짤막하게 웃으며 이렇게 대꾸했다.

"네 얼굴 보니까 만두 생각 나잖아."

독립이 시트 아래서 발을 들어 그를 한 대 걷어찼다.

"어디 아침부터 할 말이 없어서 그런 말을 해!"

제이슨이 재빨리 허리를 틀어 독립의 발을 피하며 숨 막히게 웃어댔다.

"하지만 만두랑 똑같이 생겼는걸."

그는 놀리고, 독립은 반응하고, 결국은 그가 이긴다. 늘 똑같은 패턴인데 독립은 질리지도 않고 매번 당하고야 만다.

언어학을 공부하는 것보다 백배는 더 재미있었다. 글을 쓸 때보다 백배는 더 흥미진진했고, 돈을 쓰러 다닐 때보다 백배는 더 유쾌했다. 독립과 함께 있을 때면 매순간이 그렇게 숨 막히게 즐거워 미칠 지경이었다.

몸 아래서 독립이 버둥대기 시작했다.

"나 진짜 화났어. 진짜진짜진짜 화났어. 빨리 비켜요. 아니면 물어뜯을 거야."

제이슨이 독립에게로 고개를 바싹 숙이며 빙긋 웃었다.

"마음대로."

약이 오른 독립의 얼굴이 발갛게 달아올랐다.

"이씨! 진짜 물 거야!"

"어디든. 혀만 빼고."

"혀는 왜요?"

"혀가 없어지면 곤란하잖아."

"뭐 다른 데는 안 그런가. 왜 하필 혀만이야?"

"서비스하기 곤란해."

"서비스?"

대답 대신 제이슨이 고개를 숙였다. 그의 입술이 닿은 곳은 독립의 귓가였다. 예민하게 반응하는 귀에 뜨거운 숨결을 불어 넣은 그가 이렇게 중얼거렸다.

"이런 서비스."

독립이 꾸물꾸물 손을 뻗어 제이슨의 목덜미를 휘감았다.

"이씨, 에로변태."

그러나 느릿느릿, 에로틱한 감각으로 유연한 리듬을 타는 그의 혀와는 달리 그의 머리 속은 바쁘게, 그리고 복잡하게 돌아가고 있었다.

일주일. 노스 캐롤라이나에서 남은 시간은 고작 일주일이었다. 일주일이면 이 생활은 끝이었다. 이런 아침도 끝이었고, 완전한 숙면이 가져다 주는 절대적인 해방감도 끝이었다.

'안 돼.'

그전에 뭔가 방법을 생각해 내야 했다. 이대로 독립을 붙잡아둘 수 있는 방법을, 이대로 독립의 곁에 있을 수 있는 방법을.

✳

"예? 뭐라고요, 닥터 해밀튼? 출장이오?"

비서가 아무리 놀라는 표정을 지어 보여도 해밀튼은 태연히 옷을 챙겨 입었다.

"응. 그럴 거야."

"어디로요?"

"캐롤라이나."

비서가 이제는 잔뜩 화가 난 표정을 지었다.

"뭐? 캐롤라이나라고요? 거짓말 마세요. 제가 모르는 출장이 있을 리가 없잖아요. 분명 또 사모님 몰래 라스베이거스에 가실 계획이신 거죠? 지난 주에 베이거스에서 잭팟이 터졌다는 뉴스가 방송될 때부터 알아봤어야 했어. 하지만 어림없어요, 닥터. 제가 사모님한테 전화할 테니까."

해밀튼이 허리를 젖히며 낄낄대고 웃었다. 하얀색 가운을 벗은 그는 유능한 정신과 의사가 아니라 수다스럽고 말 많은 보험 설계사처럼 보였다. 마음만 먹으면 동네 어디서에도 볼 수 있는, 그런 종류의 사람 같은 소탈하고 편안한 인상이었다.

"이봐, 로라. 베이거스에 가자고 졸라댄 쪽은 내가 아니라 우리 마누라였다고. 그리고 엊그제 내 허락도 없이 이번에 새로 뽑은 신형차를 몰고 베이거스로 떠나 버린 사람도 우리 마누라란 말이지. 아침 출근 시간에 맞춰 전화해서는 '여보, 하나 터뜨리고 갈게요. 그러면 당신도 그 지긋지긋한 정신병자들에게서 벗어날 수 있어요' 라는데 정말 돌아버리는 줄 알았다니까. 지금으로서는 내 새 차가 무사하기만을 바랄 뿐이야. 설마 카지노에서 차를 담보로 돈을 빌려주거나 하진 않겠지."

로라가 안됐다는 듯 길게 기른 파마 머리를 좌우로 흔들어댔지만 그래도 유능한 베테랑 비서인 그녀는 본질을 놓치지 않았다.

"무척 유감스러운 얘기지만 그건 그거고 출장은 출장이죠. 센터에는 뭐라고 하시려고요? 예약 환자만 해도 줄줄이 이었어요, 닥터. 그리고 제가 알기로 닥터 해밀튼은 절대 출장 따위를 갈 필요가 없는 사람 아니던가요?"

닥터 해밀튼이 커다란 가죽 서류 가방에 줄줄이 약병을 챙겨 넣고는 찰칵, 소리나게 가방을 닫았다.

"누군가 내 부재를 따지고 들거들랑 정신과 병동의 제1 우수

고객인 미스터 애딩턴에 관한 일이라고 전해줘. 그치가 정신과 병동의 연수입에 기여하는 바는 어마어마하니까 센터에서도 뭐라고 말 못할 거야. 그럼 나는 비행기 시간이 있어서 빨리 가봐야 할 것 같아. 혹시 나보다 먼저 마누라가 오거든 베이거스에서 무슨 짓을 했더라도 다 용서해 줄 테니 집에서 얌전히 기다리라고 말 좀 전해줘. 그럼 좋은 하루."

말을 마친 해밀튼이 로라에게 사람 좋은 미소를 날려보내고는 성큼성큼 오피스를 빠져나갔다.

"기가 막혀."

혼자 남은 로라가 절레절레 고개를 흔들어댔다.

"환자가 이상하니까 의사까지 이상해지잖아!"

뉴욕 메디컬 센터 정신병동 디렉터인 닥터 해밀튼의 개인 비서 로라 재클리는, 이 병동을 들락날락하는 수많은 정신병자 중에서도 제이슨 애딩턴만큼 괴상한 인간은 둘도 없을 거라는 맹세를 언제라도 기꺼이 할 수 있다고 생각하는 사람이었다.

"악! 저 환자들은 어떻게 하라고!"

그녀의 히스테릭한 목소리가 닥터 해밀튼의 오피스를 꽝꽝 울렸다.

히치하이크 성공 요령 여덟 번째

: 우연히도 히치하이킹 중인 당신이 젊은 여성이었고

차를 세워준 드라이버가 젊은 남성이었다고 하자

둘 사이에는 기묘한 무드가 싹틀지도 모른다

하지만 감사하는 마음과 로맨스는 반드시 구별해야 한다

그것이 안전한 히치하이킹을 위한 제1의 안전수칙이다

"이봐요, 제이슨! 오늘 당신 뭔가 수상해. 아주 수상쩍어."

독립의 말이었다. 그 말에 제이슨이 빙긋 웃으며 고개를 반쯤 뒤로 돌렸다.

"뭐가?"

뻔뻔한 표정이었다. 키친의 한구석을 차지한 식탁 모서리에 걸터앉은 독립이 버럭 목소리를 높였다.

"갑자기 이게 웬 아부냐고요! 당신 나한테 죄지은 거 있지!"

제이슨이 어깨를 으쓱하며 태연하게 대꾸했다.

"천만에."

"그럼 왜 그러는데?"

"그저 배가 고픈 거야."

말을 마친 제이슨이 다시 몸을 돌려 도마 위로 신경을 집중했다. 그러니까 그는 지금 요리를 하고 있는 중이었다. 싱크대와 식탁 주위에는 전혀 통일성이 없어 보이는 음식물 재료들이 너저분하게 흩어져 있었고, 제이슨은 평소의 여유만만한 모습과는 달리 누가 봐도 형편없는 서툰 솜씨로 지켜보고 있는 독립을 계속 불안하게 만들고 있었다.

독립이 끙차 식탁에서 내려와 제이슨의 등 뒤로 다가왔다.

"배가 고프면, 제이슨은 식당에 가잖아. 요리해 본 적 없다면서."

독립이 콧등에 주름을 잔뜩 그려 넣었다.

"지금 당신, 진짜 하나도 안 어울린다구요. 그 어설픈 칼질은 대체 뭐래."

제이슨이 그녀의 말을 못 들은 척, 야채를 절단하는 손길을 늦추지 않았다.

"그래도 해놓으면 먹을 거잖아."

"과연 먹을 만한 게 나올까?"

"일단 보기나 하라고. 가서 앉아 있어."

그가 이렇게 고집을 피우기 시작한 지 벌써 한 시간째였다. 독립이 결국 포기하고는 다시 식탁으로 돌아가 앉았다. 확실히 오늘 제이슨은 이상했다. 아마도 아침에 걸려온 전화 때문인 듯했다.

'쳇.'

그가 목소리를 확 낮추는 바람에 외려 더 신경이 쓰여 통화 내용의 대부분을 듣고 말았다. 제이슨은 누군가에게 시간을 일 주일만 더 달라고 얘기를 했고, 약이 어쩌고 하는 것을 보니 의 사 아니면 병원 관계자인 모양이었다. 그중 독립의 마음에 마치 생선 가시처럼 틀어박힌 것은, '더도 덜도 아니고 딱 일주일입니 다. 일주일이면 대충 정리될 것 같습니다'라는 제이슨의 말이었 다.

정리. 그는 정리라고 말했다. 그 말은 휴가의 끝을 의미한다. 제이슨은 이제 다시 병원으로 돌아가야 할 테고 그녀는 한국으 로 돌아가야 한다.

'일주일이면 정리가 되나?'

제이슨의 등 뒤에서 독립이 슬픈 표정을 지었다.

'당신은 일주일이면 정리가 돼요?'

그대로 계속 같이 있고 싶다고 말하면, 어른스럽지 못한 일이 되는 것일까. 나는 당신을 사랑해요, 함께 있어요, 라고 말하면 안 되는 것일까.

독립이 무릎을 세워 고개를 파묻었다.

"필요해. 네가 있으면 괜찮아. 휴가가 끝날 때까지만."

이제껏 제이슨이 한 그 말들은 그녀가 말하는 사랑해요, 라는 말과 그렇게나 많이 다른 것일까.

독립이 몸을 일으켰다.

"밥 다 되거든 불러요."

눈물이 나와서 안 되겠다. 제이슨이 주장하는 저 요리라는 것이 완성되려면 한참은 걸릴 것 같으니까 그동안이면 눈물은 충분히 마를 것이다.

"나 이층에 있을게."

혹시라도 제이슨이 눈치챌까 봐 독립이 재빨리 키친을 벗어나 이층으로 올라갔다.

"다행이네."

독립이 모습을 감추자 제이슨이 긴장하고 있던 손끝에서 힘을 빼며 칼을 내려놓았다.

"젠장할."

칼질이 이렇게 힘든 일인 줄 몰랐다. 까딱하면 손가락이 뭉텅 잘려 나갈 것 같아 땀이 흐를 정도로 신경을 곤두세우고 있었다. 독립이 알았다면 분명 배를 움켜쥐고 웃었을 것이다.

칼질을 잠시 멈춘 제이슨이 화이트 소스를 만들고 있는 냄비를 살펴보기 위해 국자를 하나 찾아 들고 몸을 돌렸다. 뚜껑을 닫아두었던 냄비는 바닥이 빨갛게 보일 정도로 힘차게 달아올라 있었다. 제이슨이 두터운 키친 타월을 쥔 손으로 냄비의 뚜

껑을 열었다. 그리고,

"젠장!"

욕설이 튀어나왔다. 화이트 소스는 다 타버려 머쉬멜로우처럼 훌륭한 갈색으로 변해 있었다. 그것을 한참 들여다보고 있던 제이슨이 냄비 뚜껑을 쥔 손에 통증을 느끼고는 그만 그것을 놓쳐 버렸다.

퍽!

커다란 냄비 뚜껑이 조금 전까지 야채를 썰고 있던 도마 위로 떨어졌다. 기껏 썰어놓은 야채들을 초토화시킨 냄비 뚜껑은 이윽고 단단한 타일 바닥으로 제2차 점프를 시도했고, 결국은 뚜껑 위의 손잡이가 똑 부러지며 싱크대 밑으로 데굴데굴 굴러가 버렸다.

"하아……."

요리라는 것은 정말로 염병할 짓이었다. 도무지 한곳에 집중할 수 없게 만들기 때문이었다. 칼질에 신경 쓰다 보면 소스가 타고, 소스에 신경 쓰다 보면 기껏 잘라놓은 야채가 폭탄을 맞아버린다.

제이슨이 한숨을 쉬며 식탁을 바라보았다. 식탁 위에는 큼지막한 나무판과 함께 밀가루와 볼, 그리고 성긴 체 등이 펼쳐져 있었다. 정확히 그가 만들려고 했던 것은 크림 라비올라였는데 요리책을 한 번 보고 암기해 둔 것으로는 확실히 노하우가 부족한 모양이었다. 아니면 그 요리책이 염병할 것이었든지.

냉장고에는 라비올라의 속으로 채워 넣을 해산물이 진을 치고 있었다. 그것을 꺼내어 씻고, 다듬고, 손질하고 또 적당한 크기로 잘라야 했다. 즉, 망가진 야채와 타버린 소스를 다시 준비하는 시간까지 더한다면 한두 시간 정도로는 어림도 없을 거라는 말이었다.

제이슨이 이번에는 벽에 걸린 시계를 바라보았다. 오후 다섯 시 오십오 분. 아직 여섯 시도 채 안 되었으니 그렇게 절망적인 시간은 아니었다. 독립이 배고프다고 징징대지만 않는다면 어떻게든 완성시킬 수는 있을 것 같았다.

"이게 대체 뭐 하는 짓이냐."

그가 고개를 절레절레 흔들면서 냄비에 든 소스를 싱크대에 쏟아 부었다. 덕분에 화이트 소스 특유의 감칠맛 넘치는 냄새가 키친 안을 가득 메웠다.

재능이 있다면 모를까, 그와 같이 부엌칼을 쥐어본 적도 없는 사람이 새삼 사람이 먹을 만한 요리를 한다고 설치는 것은 순전히 시간낭비였다. 그래도 그가 이런 시간낭비에 매진하는 것은 독립에게 휴가가 곧 끝날 거라는 말을 하기 위해서였다.

독립이 학생 비자로 왔다면 오랜 시간 머무를 수는 없을 것이다. 따라서 그들의 관계 또한 오랜 시간 이어질 수는 없을 것이다. 그렇게 되기 위해서는 방향을 틀어야 했다. 서로 다른 생활, 다른 국적, 다른 인생의 교차점을 찾아내는 것이 오늘 그가 할 일이었다. 가능한 독립에게 미국에 남아 있도록 종용할 계획이었다. 그렇게 하기 위해서는 작가로서 제이슨 H.가 지니는 창창한 미래와 남자로서 그가 지닌 자상하고 믿음직한 매력을 유감없이 홍보해야 한다. 독립은 제이슨 H.를 죽을 만큼 좋아한다고 했으니 소설가 보조로서 함께 일하는 것은 어떻겠냐는 제의를 해볼까도 생각 중이었다. 나름대로 건실한 직업을 소유한, 충실한 서비스 정신으로 중무장한 남자도 하나 얹어준다면 거절하기 힘들지 않을까. 그것이 제이슨의 계산이었다.

"그전에."

이 빌어먹을 요리를 어떻게 해서든 완성해야 했다.

제이슨이 새로운 냄비를 올려놓고 요리책에서 본 내용들을 주의 깊게 떠올리기 시작했다.

*

그리고 오후 여덟 시 십오 분.

식탁은 제법 모양새를 갖추었다. 분위기있는 낮은 조명에 식탁의 양옆을 장식한 촛불까지. 이 장식적인 효과를 내기 위해 제이슨은 돈을 아끼지 않았다. 지금 식탁에 놓여진 접시들을 모두 돈으로 환산한다면 독립은 꽤나 볼 만할 얼굴을 할 것이다. 잘록한 목을 가진 유리잔들은 입이 벌어질 정도로 아름다웠고, 부랴부랴 주문을 넣은 돔페리뇽 역시 환상적인 맛을 지니고 있을 게 틀림없었다. 식탁 한가운데는 한눈에 보기에도 군침이 흐를 정도로 완벽한 모양새를 하고 있는 칠리 치킨 요리가 놓여 있었다. 이것 역시 근처 식당에 전화를 한 지 삼십 분 만에 배달한 요리라는 것이 믿겨지지 않을 정도로 근사한 느낌이었다.

"음, 좋아."

다 좋았다. 단 한 가지만 빼고.

탕탕.

키친으로 이어진 뒷문에서 문을 두들기는 소리가 들렸던 것이다. 의아한 표정을 한 제이슨이 재빨리 몸을 움직여 문을 열었다.

"아, 미스터 애딩턴!"

방문자의 얼굴을 확인한 제이슨의 얼굴이 확 구겨졌다.

"이게 대체……."

사람 좋은 얼굴을 한 채, 유들유들한 웃음을 한가득 띠고 있는 중년 남자.

"닥터 해밀튼!"

닥터 해밀튼의 얼굴을 확인한 제이슨이 반쯤 열린 문을 다시 확 닫았다. 아니, 닫으려고 했다. 그러나 문이 닫히기 직전 해밀튼이 문 틈 사이로 잽싸게 발을 끼워 넣었다.

"당신이 나타나지 않기에 제가 직접 왔지요. 들어가도 되겠습니까?"

제이슨이 어깨로 문을 밀며 이 가는 소리로 대꾸했다.

"어림없습니다. 일주일 뒤에 다시 오십시오."

해밀튼 역시 있는 힘을 다해 제이슨을 밀어내려 애쓰며 대꾸했다.

"저 역시 어림없습니다. 당신과 당신의 보험회사가 매년 뉴욕 메디컬 센터의 정신병동에 지불하는 금액이 얼마인 줄 아십니까? 혹시라도 당신이 죽어버린다면 나는 볼 것도 없이 감봉이란 말입니다. 당장 이 문 열어요!"

"의사라는 작자가 이렇게 속물적이라니. 닥터의 그 낯짝을 보는 건 병원으로 족합니다. 굳이 내 집에서까지 보고 싶진 않아!"

"그러게 누가 약속한 날짜를 어기라고 했습니까? 잔말 말고 이 문부터 열고 내가 가져온 약이나 곱게 받아 드세요!"

벌써 머리가 희끗희끗하게 새어가는 중년의 닥터 해밀튼은 생각보다 훨씬 더 괜찮은 근력의 소유자였다. 두 사람이 티격태격 좁은 키친 도어를 사이에 두고 다투고 있을 때,

"어머! 뭐 해요, 제이슨?"

독립의 목소리가 들려왔다. 제이슨이 반사적으로 고개를 돌리는 순간, 해밀튼이 있는 힘을 다해 그를 밀치며 안으로 들어왔다.

"욱!"

해밀튼의 거구에 부딪친 제이슨의 몸이 앞으로 쏠리며 휘청댔다. 독립이 재빨리 다가가 그를 부축하고, 제이슨이 미처 손 써볼 사이도 없이 해밀튼이 독립을 향해 유들유들한 표정만큼이나 능청스러운 손을 내밀었다.

"이런, 이런. 이런 미인을 집 안에 감춰두고 있었다니. 안녕하십니까, 미스."

독립이 의아해진 눈을 땡그랗게 뜨고 해밀튼과 제이슨을 이리저리 응시했다.

"누구세요?"

독립의 물음에 제이슨이 영어로 답했다.

"내 주치의. 곧 갈 거니까 신경 쓰지 마."

신경 쓰지 말라고 말했음에도 독립이 방긋 웃는 낯으로 해밀튼의 손을 잡았다.

"안녕하세요. 뵙게 되어 반갑습니다."

해밀튼이 독립의 손등을 입술로 가져갔다.

"환영해 주셔서 감사합니다, 미스. 실례지만 미스터 애딩턴과는 어떤 사이십니까?"

제이슨이 해밀튼으로부터 그녀를 휙 낚아채 등 뒤로 감췄다.

"당신은 알 것 없는 사이."

그러면서 제이슨은 속으로 욕설을 내뱉고 있었다.

망할 늙은이. 어디 와서 신사 흉내야. 능글맞기는.

"어, 음, 당신이 저녁 식사에 초대했어요?"

독립이 그의 등 뒤에서 낮게 속삭이듯 물었다.

초대는 무슨!

제이슨이 단호하게 고개를 저었다.

"아니, 불청객이야. 금방 갈 거라니까."

그러나 해밀튼은 순순히 포기할 마음이 없는 모양이었다. 그가 코를 벌름대며 제이슨을 향해 능청맞은 웃음을 흘렸다.

"마침 배가 고프던 참이었습니다, 미스터 애딩턴. 냄새로 보건대 이탈리아 요리인가 보지요? 어디 보자. 킁킁, 재료를 제대로 썼군요. 생크림이 아주 고급인가 봅니다. 냄새만으로도 이렇게 식욕을 자극할 수 있는 화이트 소스는 별로 없는데……."

제이슨의 얼굴에 짤막한 당황이 스쳐 갔다.

"어디 보자, 그럼 요리는……."

독립의 영어가 완벽하지 못해 저 늙은이의 횡설수설을 절반밖에 알아듣지 못했기를 간절히 바라며, 제이슨이 해밀튼만큼이나 뻔뻔하고 단호한 얼굴로 선수를 쳤다.

"칠리 치킨입니다. 아보카도 샐러드를 곁들였고요."

닥터 해밀튼이 의미심장한 얼굴로 제이슨을 바라보았다. 저 속물적이고 능글맞은 얼굴에 재미있어 죽겠다는 기색이 어렸다.

'화이트 소스는 실패했구먼.'

닥터 해밀튼의 눈이 그렇게 말하는 듯했다. 제이슨 역시 눈빛으로 이렇게 말해 주었다.

'한 마디만 더 해봐. 당장 쫓아낼 테니까.'

'우, 무서워라.'

'계속 있으려면 얌전히 입 닥치고 있어.'

닥터 해밀튼이 얘기를 제대로 알아들은 모양인지 제이슨을 향해 예의 바르게 고개를 까닥였다.

"초대해 주셔서 감사합니다, 미스터 애딩턴. 제 자리는 어딥니까?"

느닷없는 닥터 해밀튼의 방해로 제이슨의 계획은 제대로 이어지지 않았다. 독립의 영어 실력이 예상외로 괜찮은 데다가 닥터 해밀튼과 죽이 잘 맞는지 독립이 그와 꽤 장시간의 대화를 나누었기 때문이다. 독립의 질문은 대부분 병원에서의 제이슨의 생활에 관한 것이었는데, 닥터 해밀튼은 가차없이 혹독한 악평으로 일관했다.

제기랄. 입가에 묻은 칠리 소스나 좀 닦고 말하든지.

"최장 입원환자지요. 그만큼 가장 오래된 정신병자라는 소리입니다. 뭐, 아가씨도 다 알고 계신다니 하는 말이지만. 다루기 가장 까다로운 환자로 정평이 나 있지요. 간호사를 자기 집 하녀 부리듯 하고 주치의는 집사 다루듯 합니다. 그가 가진 언론의 힘이 아니었다면 진작에 두 손 들었을 겁니다. 혹시라도 억울하게 제가 돌팔이라는 소문이 날까 봐 참고 있는 거지요."

해밀튼의 말에 독립이 숨넘어가게 웃다가 물었다.

"그런데 언론의 힘이오? 제이슨이 무슨 일을 하는데요?"

닥터가 또 헛소리를 지껄이기 전에 제이슨이 냉큼 끼어들었다.

"말 그대로 언론 관계 일."

그가 해밀튼을 향해 조금 전처럼 눈을 부라렸다.

'말하지 마.'

라는 메시지를 담아서. 닥터가 눈짓으로 물었다.

'왜?'

'신경 꺼.'

'저런, 궁금한데.'

'신경 끄라니까.'

해밀튼이 빙글 웃으며 다시 독립에게로 눈을 돌렸다.

"보세요, 저렇게 사교성이 부족한 사람이지요. 타인에게 자신을 드러내는 것을 극도로 싫어합니다. 뭐랄까, 그에게는 지독한 트라우마가 있어요. 그것이 폐쇄적이고 자기방어적인 생활패턴을 좌우하는 거지요. 그의·자기방어는 극단적인 수준입니다. 인간은 아무도 믿지 않죠. 심지어는 주치의인 저까지 이방인 취급합니다. 치료가 더딘 것은 어쩔 수 없는 노릇이지요."

제이슨이 무뚝뚝하게 입을 열었다.

"자신이 돌팔이가 아니라고 하는 핑계를 대려거든 좀 더 의학적인 견지에서 의견을 피력하는 게 어떻습니까? 환자 탓만 하지 마시고요."

해밀튼 역시 한마디도 지지 않았다.

"보세요. 저런 식이라니까요. 제이슨의 치료가 더딘 가장 큰 이유는, 그가 빌어먹게도 영악하다는 겁니다. 그는 제가 하는 심리치료의 맹점과 룰을 완벽히 꿰고 있어요. 그래서 걸려들지 않죠. 환자 스스로가 마음의 벽을 부수지 않는 한 말로 하는 심리치료는 효과가 없습니다. 제가 하는 일이라고는 그저 강도 높은 수면제를 복용하게 하는 일이죠. 그것 또한 약발이 잘 안 받긴 하지만."

"분명히 말하지만 그건 당신이 돌팔이라서 그렇습니다."

"그런 불신이 저를 돌팔이로 만드는 겁니다. 오늘만 해도 그래요. 내가 오죽하면 뉴욕에서 여기까지 달려왔겠습니까?"

"감봉당하지 않기 위해서겠죠. 더불어 의사로서의 경력에 흠집을 내지 않기 위해서."

"결론이야 어떻든 내가 당신을 살리기 위해 왔다는 사실은 변함이 없을 겁니다."

제이슨이 으르렁대듯 말했다.

"안 죽고 잘살아 있다잖습니까. 마치 내 시체를 두 눈으로 확인하지 못해서 안달난 사람 같은 말씀을 하시는군요."

식탁의 분위기는 점차 험악해지고 있었다. 제이슨의 기분이 상한 탓이었다. 닥터 해밀튼의 느닷없는 방문은 한 다발의 소독약 냄새를 몰고 왔다. 자연 떠올리기 싫어도 그가 정확히 어떤 입장에 처해 있는지, 앞으로 어떻게 해야 하는지를 뚜렷이 상기시켜 주고 있었다. 독립과 계속 함께 있기에는 그의 생활이 너무도 엉망진창이었다. 그것이 그의 용기를 갉아먹고 있었다. '함께 있자'라는 말을 꺼낼 용기를.

독립이 고개를 흔들며 목소리를 높였다.

"겁 주지 말아요, 제이슨! 당신이 잘못한 거잖아. 당신 때문에 온 사람한테 대체 왜 그래요? 그리고 닥터, 말해 주세요. 제이슨은 지금 위험한 상태인가요? 지금 당장 병원으로 돌아가야 해요?"

독립의 표정이 가늘게 떨리고 있었다.

걱정하고 있는 것이다. 그들이 처음 만난 날부터 독립은 계속계속, 매일매일 그를 걱정했다. 아마도 그는 계속 이렇게 걱정만 끼치게 될지도 몰랐다. '함께 있자'라는 용기는 이제 거의 남아 있지 않았다. 그가 지긋지긋한 만큼 독립도 지긋지긋해질 것이 뻔했다.

"병원으로 돌아가면…… 그러면 나아지나요?"

표정만큼이나 가늘게 떨리는 목소리.

해밀튼 역시 제이슨과 같은 것을 본 모양이었다.

"역시 그의 몫이라고밖에 말씀드릴 도리가 없을 것 같습니다. 어떻게 보면……."

해밀튼이 잠시 말을 끊고 제이슨을 힐긋 돌아보았다.

"어떻게 보면 그는 스스로 과거의 암담함에 발목을 붙잡힌 채로 계속 살고 싶어하는 것 같지만. 그 스스로 그렇게 갇혀 살기를 원하는 이상 의사가 해줄 일이라고는 아무것도……."

탕!

해밀튼의 말에 제이슨이 포크를 소리나게 내려놓았다. 소리에 놀란 독립과 해밀튼이 제이슨을 바라보았다. 제이슨이 눈썹

한 올 흩뜨리지 않은 표정으로 해밀튼에게 말했다.

"즐거운 저녁 식사였습니다, 닥터."

그러니 이제 그만 꺼져.

제이슨의 전하는 메시지는 확실했지만, 해밀튼은 지지 않고 제이슨을 똑바로 바라보았다. 공중에서 부딪친 눈빛이 소리를 낼 만큼 아주 똑바로.

"즐거운 식사가 끝났으니 저는 확실히 목적을 완수해야겠습니다. 함께 뉴욕으로 돌아가는 겁니다, 미스터 애딩턴."

더 들을 것도 없다는 듯, 제이슨이 몸을 일으켰다.

"꺼지세요."

"타협 불가라는 소리로군요."

"꺼지라는 말 안 들립니까?"

제이슨이 성큼성큼 걸어가 독립의 팔을 잡았다.

"올라가자, 저 영감은 내버려 두고."

독립이 고개를 흔들었다.

"제이슨, 애기처럼 굴지 말아요. 가야 된다면서. 안 가면 어쩌려구요?"

저 눈빛. 걱정이 되어서 죽을 것 같다는 그녀의 눈빛. 심장을 찔러오는 저 눈빛. 그를 한없이 불안한 사람으로 취급하는 저 눈빛.

제이슨의 얼굴이 딱딱하게 굳었다.

"네가 신경 쓸 일 아니니 참견 마. 내가 알아서 해. 내 일이야.

올라가자."

그가 독립을 붙들어 획 잡아 일으켰다. 당황하는 바람에 맥없이 끌려가던 독립이 곧 힘을 주어 그의 팔을 뿌리쳤다.

"이게 웬 깡패 짓이야! 이거 놔!"

독립의 뾰족한 한국말에 해밀튼이 벌떡 일어섰다. 제이슨이 무슨 짓을 저지르는 건 아닌지 의심하는 눈초리였다. 순간 울컥한 제이슨보다 한 발자국 먼저, 독립이 해밀튼을 향해 돌아섰다.

"미안합니다, 닥터. 제이슨이 할 말이 있대요. 오늘은 그냥 돌아가 주세요. 병원은 꼭 갈 거예요."

독립이 무슨 생각으로 그런 말을 하는지는 뻔했다. 독립은 그를 어떻게 해서든 병원으로 돌려보낼 생각인 것이다. 스스로 환자라는 사실을 잊고 있었다. 독립과 보낸 시간은 휴가였지 일상이 아니라는 사실을 모르는 척하고 있었다. 그에게는 독립을 붙잡아둘 만한 이유도, 여유도, 핑계도 없었다. 그는 환자였으니까.

일이 엉망으로 꼬여 버렸다. 지금 그에게 필요한 것은 호스피스가 아닌 애인이었는데 독립은 그를 환자 취급하며 기꺼이 호스피스로 돌아서려고 했다. 엉망진창이다.

"빌어먹을!"

거친 소리를 내뱉는 제이슨을 무시하며 닥터 해밀튼의 눈이 독립을 꼼꼼히 살폈다. 그가 독립에게서 무엇을 발견하려 하는

지 역시 잘 알 수 없었다. 원하는 만큼 충분한 시간 동안 독립을
관찰한 해밀튼이 고개를 끄덕였다.

"아가씨는 충분히 강한 사람처럼 보이는군요. 알겠습니다. 미
스터 애딩턴, 원하는 대로 일주일의 시간을 드리겠습니다. 약도
정확히 일주일 치를 두고 가겠습니다. 명심하세요. 일주일 동안
그 어떤 사고가 생기더라도 나는 책임지지 않을 겁니다. 혹시라
도 당신에게 사고가 생긴다면 주치의로서 내 소견서 따위는 씨
알도 안 먹힐 거라는 사실을 미리 알아두세요."

말을 마친 해밀튼이 키친에서 외부로 이어진 작은 문을 향해
돌아섰다. 독립이 재빨리 그 뒤를 쫓아나갔다.

문을 열어주려고 하는 독립의 손을 해밀튼이 다정하게 움켜
잡았다.

"행운을 빌어요, 아가씨."

그를 올려다보는 독립의 눈이 깜박거렸다. 무슨 뜻인가요, 라
고 묻고 있는 것처럼.

"그를 부탁합니다."

말을 마친 해밀튼이 재빨리 몸을 돌려 제이슨의 집을 떠났다.
평소처럼 둘만 남게 된 키친은 조용하고, 적막했다.

그 자리에 한참 서 있던 독립이 억지로 고개를 들어 제이슨에
게 물었다. 그녀의 입가에 엷게 걸린 미소가 왠지 슬프게 느껴
졌다.

"근데 아까 밥 먹기 전에 할 말 있다고 했잖아. 그게 뭐였어

요? 지금 말해 줄 거야?"

같이 있자. 같이 가자. 내 옆에 있어. 가능한 오래. 오래 같이
있자.

제이슨은 그런 말을 하고 싶었다. 그러나 혀가 굳은 모양이었
다. 그런 말은 단 한 마디도 내뱉을 수가 없었다.

"휴가가 곧 끝난다고."

그래서 제이슨의 입에서 튀어나온 말은, 그랬다.

"그러니 어떻게 할 건지 물어볼 생각이었어."

독립의 얼굴에서 엷게 깔려 있던 웃음이 사라졌다. 그녀는 꼭
어디론가 추락하고 있는 사람 같은 표정을 짓고 있었지만 제이
슨은 애써 독립에게서 얼굴을 돌린 채로 있었다. 그녀의 표정을
살필 여유가 없는 것이다. 그 자신의 표정을 감추기에 바빠서.

"어떻게 하긴 뭘 어떡해."

독립의 목소리가 어색하게 키친 안을 울렸다.

"나도 돌아가야죠."

No. 9

새벽은 어김없이 찾아왔다. 누군가가 머리 속으로 손을 집어넣고 제 마음대로 헤집어놓는 듯한 기분. 악몽의 밑바닥에는 깡마른 미라가 되어 죽어가는 헤일리가 있었고, 그런 그녀의 손 끝에 꽉 붙들려 있는 자신이 있었다. 헤일리가 말했다.

『사랑해.』

머리끝에서 구토가 일었다.

『사랑해.』

달아나고 싶었다. 있는 힘껏 헤일리의 손을 뿌리쳤다.

『사랑해. 사랑해. 사랑해.』

끊이지 않는 저주 같은 속삭임. 발끝에 소용돌이가 생겨났다.

속수무책으로 빨려 들어간 몸을 힘껏 붙드는 것은 다시 헤일리의 깡마른 손가락이었다. 그가 힘껏 뿌리치자 손가락 끝이 갈라지며 핏물이 주르륵 배어나왔다. 덜렁이는 손톱이 눈앞으로 다가왔다. 동시에 헤일리의 얼굴도 흐느적 녹아 내리기 시작했다.

『너…… 때문이야…….』

아니라고 말해 줄 참이었다. 그러나 입은 열리지 않았다. 목소리도 나오지 않았다. 손가락 끝 하나 움직일 수가 없었다.

『네가…….』

치렁했던 헤일리의 머리카락이 녹아 내리기 시작했다. 녹은 머리카락은 붉은 먼지가 되어 흩날렸다. 헤일리의 머리에는 맨살만이 남았다. 시퍼렇게, 혹은 핏빛으로 얼룩진 멍들이 가득한 맨살만이.

꿈틀. 얼굴 근육이 흔들렸다. 늘 그랬듯이 이 끔찍한 영상으로부터 달아나고자 안간힘을 써서 눈을 감았다. 그러나 고마운 암흑은 순간이었다. 눈에 찌르는 듯한 통증이 일어나더니 무언가가 거칠게 안구를 헤집어왔다. 눈 안쪽에 불이 붙는 것 같은 고통이 일어났다. 아마도 헤일리의 손가락일 것이다. 헤일리의 손가락이 안구를 후벼 파고 있는 것이다. 몰아닥치는 통증에 맞서 그가 입술을 깨물었다.

그래, 다 가져가.

뭐든 다 가져가. 하나도 남김없이 줄게. 내 목숨도 가져가.

가져가고 끝내자.

이제 그만 끝······

그 순간이었다.

"하지 마! 일어나!"

누군가가 절박하게 그를 불렀다. 이 사이에 으적 깨물린 입술에서 흐르는 비릿한 피맛을 느끼며 제이슨이 힘들게 눈을 떴다.

제일 먼저 눈에 들어오는 것은 희미한 스탠드의 노란 불빛이었다. 헤일리는 없었다. 악몽도 없었다. 그와 함께 있는 것이라고는 온통 젖은 얼굴로 꼭 움켜쥔 주먹을 들고 있는 독립이었다.

"하지 말란 말이야!"

목소리에는 생생한 눈물과 잔떨림이 묻어 있었다. 뭔가 놀란 모양이었다.

그런데 뭘 하지 말라는 거지?

"하지 마!"

그러나 직접 말해 줄 생각은 없는 모양이었다.

제이슨이 잠시 독립을 바라보다 부담스럽게 시야를 파고들던 독립의 주먹을 움켜잡았다.

"누굴 때리려고 이러는데?"

그가 안으로 힘껏 말려 들어가 있는 독립의 손가락을 폈다. 손바닥 안에 손톱에 찔린 상처가 남아 있었다. 기가 막혔다. 그가 고개를 들어 독립을 쳐다보았다.

"너!"

그에게 말할 틈을 주지 않고 독립이 그의 목에 와락 매달렸다.

"하지 마, 그러지 마. 대체 왜 그러는 거야!"

독립이 제이슨의 턱밑에 고개를 파묻은 상태로 엉엉 서럽게 울기 시작했다. 왜 그러는지 이유를 알지 못한 제이슨이 난감하게 고개를 내저었다.

"너야말로 이러지 마. 대체 왜 그러는데?"

아까 꾼 악몽 탓인지 눈 한쪽이 저릿하게 아파왔다. 한쪽 시야가 흐릿한 것이 사물이 명확히 잡히지 않았다.

독립이 엉망진창이 된 고개를 들어 그 아픈 눈을 조심스럽게 손끝으로 더듬었다.

"기억…… 안 나요?"

눈이 아팠다. 그리고 독립의 표정이 아팠다.

제이슨의 입매가 딱딱하게 굳었다.

"내가 무슨 짓을 했는데?"

주르륵. 대답 대신 눈물이 굴러 떨어졌다. 독립이 손등으로 젖은 얼굴을 북북 문질러 닦아낸 다음 힘겹게 입을 열었다.

"눈…… 안 아파요? 막, 막 찌르려고 해서…… 손가락으로 자꾸 거…… 그래서……."

말하는 것도 싫을 정도로 끔찍한 기억이었는지 독립이 다시 입을 다물었다.

"그래……."

한참 후 제이슨이 탁한 목소리로 입을 열었다.

"이 눈, 내가 이렇게 한 거군."

독립은 대답 대신 고개를 끄덕였다.

"그랬군."

그의 안구를 후벼 파던 것은 헤일리였다. 그리고 그 자신이었다. 그는 헤일리였고 헤일리는 그였다. 헤일리의 망령에 십 년이나 집착하던 것은 자신이었다. 남들과 자신을 애써 격리시켜가며 헤일리에게 집착하던 것은 바로 그였다.

독립이 그의 손을 붙들었다. 아직도 울고 있는 그녀.

"거짓말쟁이."

독립에게 붙들린 손이 아팠다. 독립이 있는 힘껏 움켜쥔 탓이었다.

"거짓말쟁이. 알아서 한다며, 나한테는 신경 쓰지 말라며. 근데 아니잖아. 당신 엉망진창이잖아. 알아서 하긴 뭘 알아서 해. 애기처럼 엉뚱한 사람한테 성질이나 부리면서. 그럼 난 뭐야. 옆에서 아무것도 못해주는 나는 뭐야……."

독립이 다시 목놓아 엉엉 울기 시작했다. 누가 본다면 그가 살인이라도 저지른 줄 알 것이다.

"나는 뭐냐구!"

꺽꺽대며 우는 독립이 불편했다. 따지고 보면 그와도, 헤일리와도 아무런 연관이 없는 사람이었다. 그런데 운다. 저렇게 아프게. 그녀는 대체 왜 우는 것일까.

제이슨이 무슨 말을 해야 할지 통 알 수 없다는 듯한 표정을 지었다.

"왜…… 네가 우는 거지?"

그녀는 왜 우는 것일까.

퍽!

그 말을 한 순간 독립이 그를 한 대 내려쳤다. 눈물이 비죽 나올 정도로 매서운 일격이었다.

"그걸 말이라고 해!"

그리고는 실컷 때린 자신이 맞은 것처럼, 그렇게 또 울었다.

"당신이 아픈데 내가 어떻게 멀쩡해! 난 안 아플 것 같아? 그런 게 어딨어!"

"독립아……."

"제이슨보다 더 아프지는 못해도…… 그래도 나도 아파. 나도 아프다고!"

독립이 몸을 구부려 베개에 머리를 파묻고는 엉엉 소리 내어 울었다.

"웃겨, 진짜. 날 대체 뭐라고 생각하는 거야. 난 감정이 없는 줄 알아? 당신 옆에서 난 아무것도 못 느끼는 줄 알아? 아무것도 느끼는 거 없이 당신이랑 같이 있었던 건 줄 알아?"

제이슨이 그녀를 향해 조심스럽게 손을 뻗었다.

"독립아……."

독립이 그 손을 밀쳐 냈다.

"웃겨, 정말. 당신 진짜 웃겨. 당신 이런 거 알면서 안녕하자, 하면 그래 안녕, 이러고 웃으면서 손 흔들어줄 것 같아? 이대로 헤어지고 나면, 그게 끝인 건 줄 알아? 당신 이렇게 엉망인 거 아는데, 당장 헤어졌다고 난 뭐 말짱할 줄 아냐고! 당신이 아픈데 내가 어떻게 안 아파. 당신이 그 모양인데 내가 어떻게 말짱해. 이대로 헤어지면 내가 아픈 건, 내가 엉망인 건 어떻게 할 거야. 그런 게 어딨어. 당신은 그래도 괜찮아?"

제이슨이 억지로 독립의 고개를 들어 올렸다. 눈물로 온통 젖은 작은 얼굴이 드러났다. 여전히 숨 막힐 정도로 예쁜 얼굴이었다.

퍽! 퍽!

독립이 다시 제이슨을 때리기 시작했다.

"말해 봐, 이 개자식아! 안녕하면 다 끝이냐고! 당신 아직도 아프잖아! 혼자 자게 되면 또 이럴 거잖아! 그러니까 내가 없으면 안 되잖아!"

순간 마음속에서 무언가가 허물어져 내렸다. 잘게 부서졌다. 흩어져서 먼지가 되어갔다. 먼지가 되어 녹아버렸다.

제이슨이 두 팔을 뻗어 독립을 홱 끌어당겼다. 품 안 가득 독립의 작은 몸이 느껴졌다. 바보 같은 생각을 했다. 어떻게 이 여자를 놓아버릴 수 있다고 생각했을까.

독립이 제이슨의 목을 그러안았다. 여전히 꺽꺽대는 울음이 뒤섞여 엉망인 말이었지만, 제이슨은 그녀가 무슨 말을 하는지 충분히 알아들을 수 있었다.

"그러니까…… 내가 있어야 되잖아. 내가 필요하잖아. 고집 피우지 말고 같이 있어달라고 해. 그러면 되잖아……."

그녀가 말하고 있는 것이다, 그와 같이 있고 싶다고.

제이슨이 독립의 머리카락을 감싸 쥐며, 그녀의 허리를 바싹 끌어당기며 말했다.

"난 그런데…… 너는 아닐까 봐서."

독립이 입을 꾹 다물고는 고개를 마구 흔들어댔다.

"난 환자야. 병원에서 살아야 해. 그런데 너한테 뭐라고 할까? 같이 병원에서 살자고 해? 평생 환자나 돌보라고 해? 그런 건 당연히 싫어할 거라고 생각했어. 그게 당연하잖아."

도리도리.

"내 옆에 있는 거 힘들지 않아? 내가 왜 이러는지, 바닥까지 다 알고 나면…… 그래도 힘들지 않을까? 싫어지지 않을까? 괴롭지 않을까? 그런 게 당연하다고 생각했어."

"그런 게 어딨어. 그렇지 않아."

"그게 보통이야."

"난 아냐. 나한텐 안 그래."

고집스러운 표정이었다.

아마도 새벽이 오기 전이었다면 그는 웃었을 것이다. 자신 때문에 아파하는 그녀가 너무도 사랑스럽고 귀여워서. 계속 함께 있어달라고 말하라는 그녀가 너무도 좋아서. 그러나 지금은 아

니었다. 그는 죄를 지은 듯한 기분이었다. 언젠가 그가 그녀를
상처 입혔을 때보다 한층 더한 죄책감이 몰려들었다.

이건 옳지 않아.

마음속에서 누군가가 엄하게 그를 야단쳤다.

이건 잘못된 거야. 이기적인 놈. 너만 좋다고 그게 다가 아니
잖아. 이 애가 왜 상처받고 울어야 하는데.

제이슨이 다시 독립을 부드럽게 힘 주어 안았다. 시간이 됐
다, 그의 속에 웅크리고 앉아 있는 헤일리를 떨쳐 버려야 할 때
가. 자신을 위해 대신 울어주는 이 사랑스러운 여자를 위해서
헤일리를 버려야 할 때가 왔다.

"얘기해 줄게. 들어줄 수 있어?"

그의 목소리에 독립이 그의 팔 안에서 억지로 고개를 들었다.
젖은 얼굴이 너무 예뻐 숨이 멎을 지경이었다.

"응."

"듣고 못 견딜지도 몰라. 내가 싫어질지도 몰라."

"응."

"누구한테도 말한 적이 없어. 그래서 모르겠다. 네가 어떻게
반응할지는 나도 모르겠다. 가능하면 숨기고 싶었는데……."

이어지려는 그의 말을 독립이 제까닥 끊었다.

"말해요."

뭐든 들을게요. 뭐든 내가 다 들어줄게요.

독립의 눈이 그렇게 말하고 있었다. 제이슨이 희미하게 웃으

며 그녀를 더욱 세게 끌어안았다.

"얘기가 길어."

"괜찮아."

"지루할지도 모르고, 듣기에 꽤나 거북할 거야. 그래도 들을
래?"

독립이 열심히 고개를 끄덕였다.

"응, 들을래."

결국 이런 것이다. 어떻게 말해도 그는 이제 독립을 놔주기
싫어졌던 것이다. 호스피스든 애인이든 뭐든 좋았다. 어떻게든
곁에 두고 싶었다. 곁에 머물고 싶었다. 헤일리를 팔아서라도,
잔인하게 떨구어내서라도 그는 독립을 붙들고 싶었다.

제이슨이 짧게 심호흡을 했다.

"사람을 죽였어."

사람을 죽였다. 그의 헤일리를.

헤일리의 한국 이름은 아마 준영이었을 것이다. 준휘와 준영
이. 둘 다 여섯 살 나이도 같았고 생긴 것도 예쁘장한 게 비슷했
다. 모르는 사람들은 쌍둥이로 착각할 정도였다. 그래서 애딩턴
부부도 결정을 못 내리고 둘을 함께 입양했다. 정말로 쌍둥이가
되어 예쁘게 자라라는 것이 양부모가 된 애딩턴 부부의 바람이
었다.

준휘는 행복했다. 그토록 좋아하던 준영이를 멀리 이곳 미국

에 와서도 계속 볼 수 있다는 게 좋았고 쭉 이대로 한집에 머물 수 있다는 게 좋았다. 행복했다. 아마 준영이도 행복했을 것이다.

그러나 준휘의 아이큐가 178이라는 어마어마한 수치를 기록하면서부터 이 작은 행복에 금이 가기 시작했다. 준휘는 월반에 월반을 거듭해 점차 준영과 함께 지낼 수 있는 시간이 줄어들었다. 그는 천재였고, 준영은 아주 평범한 아이였다. 미국에 온 지 반년 만에 준휘는 영어를 모두 마스터했지만, 준영은 그와 있을 때는 항상 한국말을 고집했다. 애딩턴 부부의 관심은 자연 평범한 준영보다는 준휘에게로 쏠렸다. TV에까지 출연하게 된 준휘는 애딩턴 부부의 자랑이었다. 학교에서도, 지역사회에서도 준휘는 유명인사였다.

그리고 평범하던 준영은 그 길로 계속 비뚤어졌다. 준휘에게만 쏠리는 관심이 부럽고 탐나고 화가 났던 준영은 자신의 존재를 증명하는 방식으로 엉뚱한 길을 택했다. 준영은 자신보다 하얗고 까만 애들을 때리기 시작했으며 앙칼지게도 주머니칼을 들고 다녔다. 그 주머니칼은 끝내 한 아이의 눈을 멀게 해 준영은 그 길로 보호기관에 들어가 길고 오랜 치료를 받게 되었다.

준영이 보호기관에 들어가 있을 무렵 준휘는 매일 이어지는 새로운 세계에 정신이 팔려 준영을 외면했다. 그의 앞길은 무궁무진했으며 배울 수 있는 학문은 끝이 없었다. 주위의 찬사도, 쫓아다니는 여자애들도, 늘 들러붙는 관심도 그에게는 행복의 연속이었다. 그는 자신이 대단한 인물일 거라는 즐거운 착각을 마음껏 누렸다. 그래도 그를 탓하는 사람은 없었다. 그는 주변 사람들의 시선을 적절히 마음에 들게 조절할 수 있을 정도로 영악했으니.

보호기관에서 돌아온 준영은 손쓸 수 없을 만큼 망가져 있었다. 열네살의 나이에 준영은 약에 손을 대기 시작했다. 주머니 칼은 권총으로 대처되었다. 그녀 주위에 있던 하얗고 까만 애들은 이제 때리는 대상이 아니라 섹스의 대상이 되었다. 준영은 약을 하고, 강도질을 하고, 차를 훔치고, 난잡한 섹스를 즐겼다. 매춘 따위는 대단한 일도 아니었다. 미성년자인 준영은 자신이 아직 어리다는 사실을 이용해 용돈벌이를 했다.

"그리고 또 뭐가 있더라……."

그리고 더욱더 나쁜 점은, 양부와의 일이었다.

미스터 애딩턴은 꽤나 점잖은 사람이었다. 그는 교양있고 매너 좋고 타인을 배려할 줄 알았다. 그리고 마음이 약한 사람이었다. 준영이 그를 아버지가 아닌 남자로 갖길 원한 것에는 그런 이유가 다분히 포함되어 있었을 것이다.

"아마도 불안했던 거겠지. 자신은 더 이상 착한 입양아가 아니라는 것을 알았으니까. 더 이상 딸로 남아 있을 수 없을 거라고, 고아원으로 돌아가게 될지도 모른다고 생각했을지도 몰라. 충분히 불안했을 거야. 그래서 어떻게 해서든, 그 누구든 잡고 싶었던 거겠지. 남은 셋 중에 그나마 양부가 가장 쉬웠어. 준영이 입장에서 본다면 나 역시 좀 더 사랑받을 뿐 불안정하긴 마찬가지인 입양아였으니까."

양부와 준영의 관계를 알고 나서야 준휘는 그녀가 얼마나 많이 망가져 있는지를 알게 되었다. 이제껏 귀를 닫고 눈을 감아 왔던 준영의 모습이 한꺼번에 드러났다. 그때 그는 죽지 않을 정도로 놀랐다. 그런 그에게 준영은 함께 약을 할 것을 요구했다. 준휘를 자신이 있는 바닥까지 끌어내리는 조건으로 그녀가 제시한 것은 두 가지였다. 첫째, 양부와의 관계를 양모에게 알리지 않는 것. 둘째, 양부와의 관계를 끊는 것. 따라서 준휘에게는 이미 선택의 여지가 없었다.

그러나 그녀의 뜻대로 준휘가 약물중독자가 되어가도 양부와의 관계는 쉽게 정리되지 않았다. 가족 모두가 황폐해져 갔다. 양부는 터질 듯한 죄책감에서 허우적댔으며 양모는 자기가 모르는 곳에서 변질되어 가는 가정을 견뎌내질 못했다.

마침내 준영이 급성 백혈병이라는 진단을 받고, 발작을 일으켜 실려간 뒤에는 모두 만신창이가 되어 있었다. 준휘는 단 한 번도 그녀의 병실을 찾아가지 않았다. 준영이 그렇게 된 것은 그의 책임이었다. 세상을 다 가진 듯 오만했던 그의 책임이었다. 그가 천재였기 때문이며, 그래서 그가 준영을 나 몰라라 버려두었던 탓이다. 금방이라도 망가질 수 있는 화목한 가정보다 훨씬 더 소중한 것은 준영이었는데 그것을 몰랐던 탓이다. 그는 겉모습의 가정을 지키기 위해 준영의 약물중독을 그대로 묵인

했다. 그의 실수였다. 그의 죄였다.

준영은 바싹 마른 미라처럼 처참한 몰골로 죽어갔다. 죽기 직전에야 준영을 볼 수 있었던 준휘는 자신이 저질러온 방종과 건방의 대가를 한꺼번에 받았다. 천재는 사람이 아니어야 했다. 그래서 감정도 없어야 했다. 하지만 그는 아직 덜 자란 인간이었기에 그 어마어마한 죄의 대가에 휘청이는 무릎을 꿇을 수밖에 없었다.

"사랑해……."

준영이 말했다. 그것은 일종의 약속이었다. 준휘는 그래서 준영의 산소 마스크를 벗겨냈다. 사랑해라는 고백은 신호였다. 이제 그만 날 죽여줘, 라는. 네 손으로 끝내줘, 라는. 책임져야 할 사람은 너야, 라고 하는.

그렇게 그는 준영을 죽였다. 한때 자신의 반쪽이라고 굳게 믿었던 그녀를. 천부적인 재능의 대가로 그가 신에게 팔아넘긴 자신의 반쪽을. 속죄는 이제부터 시작이었다. 준영이 없는 세상에서, 온전히 홀로 버려진 세상에서 그의 단죄는 시작되었다. 그는 매일 밤 죽음과 싸워야 했고 죽음보다 더 끔찍한 죄책감과 싸워야 했다. 죽는 것과 사는 것에 큰 차이는 없었다. 죽어서도 그에게 남는 것은 반드시 지옥일 테니까.

"신은 잔인해. 결코 한 인간에게 다수를 허락하는 법이 없어. 받은 게 있으면 그만큼 토해내야지."

제이슨이 무감한 표정으로 중얼거렸다. 왼쪽 눈이 아직도 욱신거렸다. 아니, 점점 더 고통스러워졌다.

빌어먹을. 대체 무슨 짓을 한 거냐.

입을 꼭 틀어막고 끝까지 그의 얘기를 듣고 있던 독립이 불현듯 몸을 일으켰다. 그녀의 몸짓에 따라 흔들리는 볼록한 가슴에 시선이 꽂혔다. 작고 예쁜 가슴이었다. 몸 어느 한 구석까지도 그녀답지 않은 부분이 없었다. 작고, 보드랍고, 귀여웠다. 손도, 발도, 입도, 눈도 그렇게 사랑스러웠다.

"나 봐요."

독립이 말했다.

"보고 있어."

제이슨이 대답했다.

"나…… 좋아요?"

어딘지 모르게 힘겹게 들리는 질문. 제이슨이 고개를 끄덕였다.

"응."

"얼마나?"

"놓치고 싶지 않을 만큼."

독립이 그의 팔을 들어 자신의 어깨에 올려놓았다. 그렇게 바싹 다가와 안겼다.

"그럼 날 전부 줄게요. 하나도 아까워하지 않고 다 줄게요. 그러니까…… 벌 그만 받아요. 많이 잃었어도, 그래도 날 가졌으

NO. 9 197

니까 그걸로 됐다고 생각해요. 잃으면 어때. 다른 걸 가지면 되
잖아. 싫증 안 나는 게 어딨어. 버리고 다른 거 가졌다고 생각
해. 벌 그만 받아. 이제 그만 받아요. 대신 날 가져가요. 환자라
도 괜찮고, 살인자라도 괜찮아. 난 제이슨 거야."

품 안에 닿는 말캉한 가슴의 감촉. 입가를 촉촉하게 만드는
따듯한 숨결. 포개지는 심장 박동. 살아 있는 이 느낌.

아마도 천사가 있다면 이런 느낌을 거라고 제이슨이 속으로
중얼거렸다. 그녀는 천사였다. 신이 보내준 천사. 아멘, 그리고
할렐루야.

"사랑해요……."

그가 나도, 라고 대꾸하기 전에 독립의 입술이 먼저 그의 입
을 막았다. 모두 가져가라던 그녀는 오히려 자신이 제이슨을 소
유할 것처럼 커다랗게 입을 벌리며 다가왔다. 기꺼이 그 작은
혀를 내밀어 그의 입 안 구석구석을 핥아주었다. 닦아주었다.
상처에서 피를 닦고 고름을 닦듯이 깨끗하게 만들어주었다.

"하아……."

입에서 달뜬 신음 소리가 새어나왔다. 이렇게 터질 듯한 욕구
를, 누군가를 소유하고픈 욕심을 고통스럽게 느껴보긴 처음이
었다. 머리끝부터 발끝까지 그녀를 갖고 싶었다. 하나도 남김없
이 소유하고 싶었다.

그의 손이 그녀의 가슴을 감싸 쥐었다. 손바닥 안에 전해지는
감각은 완벽했다. 마치 끈적임없는 꿀을 만지는 기분이었다. 한

손으로는 가늘게 휘어진 그녀의 허리를 단단히 지탱하며 다른 한 손으로는 죽어서도 잊지 못할 것 같은 그 감촉을 음미했다. 손바닥 전체로 가슴을 모아쥐던 그의 손이 움직임을 바꿔 엄지 손가락만으로 유두를 간질이기 시작했다. 그에 대한 반응으로 그녀의 허리가 한층 더 농염하게 휘었다. 혀의 움직임이 한층 더 격정적으로 변했다. 키스를 멈추지 않은 채 그의 손이 꾸물 꾸물 기어갔다. 허리를 거슬러 등뼈를 타고 목까지 올라온 선이 고양이를 간질이듯 목 주위를 애무했다. 다시 앞으로 옴팍한 쇄 골을 지나 보송한 가슴 선을 지나 매끄러운 배를 지나 아래로 내려간 손이 허벅지 안쪽에서 맴돌았다. 가느다란 소용돌이를 만들던 그의 손이 어느 순간 강하게 안쪽을 파고들었다.

"학."

그녀가 짧게 신음 소리를 토해냈다. 짧게 혹은 길게, 강하게 또는 약하게 움직이는 그의 손가락이 에로틱한 리듬을 만들어 냈다. 리듬에 맞춰 그녀가 몸을 앞뒤로 움직였다.

잠시 후 그녀가 스르륵 시트 위로 허물어지듯 드러누웠다. 그 의 손을 대신한 것은 입술이었다. 간질이는 것처럼 몸 안쪽을 촉촉이 적시는 입술이 그녀의 몸을 벌어지게 만들었다. 그녀가 손을 뻗어 그의 머리카락 속에 찔러 넣었다. 머리끝부터 시작한 감각이 발끝까지 번졌다. 몸 전체가 감각점이 되었다.

"제이슨……."

나지막한 울림이 피부 위를 굴렀다.

"그래."

둘이 원하는 것은 같았다. 둘이 느끼는 것도 같았다. 죽을 만큼 근사한 감각이었다. 터질 정도로 열정적인 감각이었다. 둘의 몸이 하나로 포개어졌다. 몸 안쪽에서 작은 폭발이 일어나 거대한 화산을 만들어냈다. 맨살이 열정으로 얽혀들어 갔다. 들썩이는 움직임은 점점 속도가 빨라져 끝내 신음 소리를 토해내게 만들었다. 하나의 틈도 없이 서로를 끌어안고 움직이는 두 사람의 리듬은 경이로웠다. 그녀의 다리가 그의 허리를 감싸 안았고, 그의 팔이 그녀의 엉덩이를 움직였다. 그는 단단했고 그녀는 부드러웠다. 그는 파묻혔고 그녀는 감싸 안았다. 그러기 위해 태어난 존재들처럼 서로를 각인시킨 그들의 안에서 마침내 화산이 분출했다.

"아윽."

그녀가 작게 비명을 질렀다.

"아직 아니야."

그가 손을 뻗어 그녀를 부드럽게 이끌었다. 자연스럽게 엎드린 그녀의 등 뒤로 그가 몸을 겹쳐 왔다. 등 뒤에서 뻗어온 팔이 아직도 세찬 감각에 휘말려 있는 가슴을 모아 쥐었다. 아직도 긴장하고 있는 몸 한쪽 작은 입구의 문 안쪽으로 들어왔다.

"긴장을 풀고 원하는 만큼 느껴봐."

그녀의 귓가에 그의 속삭임이 내려앉았다. 동시에 그의 손이 움직임을 이어나갔다. 몸 안 가장 예민한 곳들을 쓰다듬고 어루

만지고 다정하게 두드렸다. 저도 모르게 다시 다리가 벌려지며 신음 소리가 흘러나왔다.

"지금?"

그녀가 고개를 끄덕였다.

"알았어."

다시 한 번 몸이 포개어졌다. 그 뒤로는 생각도 나지 않을 정도로 아찔한 공간 속을 둥실 떠다니는 시간이 이어졌다.

No. 10

오전에서 오후로 넘어가는 따사로운 햇살 속에서 잠을 깬 제이슨은 가장 먼저 양팔 안에 무방비 상태로 가득 안긴 독립의 맨몸을 느끼며 미소 지었다. 그리고 다음 순간,

"욱!"

전혀 의도하지 않았던 신음 소리가 입에서 흘러나왔다.

왼쪽 눈이 떠지지 않았다. 찌르는 듯한 통증은 그의 인내심이 가진 한계치를 훌쩍 뛰어넘어 있었다. 팔 안에 푹 잠긴 독립이 가느다란 실눈을 떴다.

"제이슨, 왜 그래요?"

아직 잠이 무겁게 달려 있는지 제대로 뜨지 못한 눈이었다.

제이슨이 손바닥으로 그녀의 눈을 부드럽게 가렸다.

"더 자."

"우음, 같이 자요."

"물 한 잔 마시고 올게."

"우응……."

다행히도 그녀가 다시 얌전하게 잠을 청했다. 제이슨이 조심스럽게 품 안의 독립을 놓아주고는 소리없이 몸을 일으켰다.

탁!

어디엔가 걸린 발끝이 작은 소리를 냈다.

"……drat!"

한쪽 눈이 보이지 않으니 시선 처리가 자유롭지 못했다. 제이슨이 한쪽 팔로 허공을 더듬대며 조심스럽게 침실을 나섰다. 그가 향한 곳은 일층의 키친이 아니라 그 옆의 드레스 룸이었다.

독립이 잠들어 있는 사이 혼자 병원에 다녀올 생각이었다. 옷장 문을 열고 가장 먼저 손에 집히는 옷을 꺼냈다. 평소에 즐겨 입던 진즈가 아니라 검은색 수트였지만 상관없었다. 대충 옷을 입은 그가 발걸음 소리가 크게 나지 않도록 신경을 곤두세우며 일층으로 내려와 현관을 지났다.

그의 코르벳은 제자리에 얌전히 주차되어 있었다. 제이슨이 서둘러 차 문을 열고 후다닥 올라탔다. 평소보다 훨씬 더 거친 소음을 뿌리며 차가 출발했다. 액셀러레이터를 꾹 밟으며 제이슨은 부디 독립이 오래오래 잠들어 있기를 바랐다.

이 사고는 혼자서 수습할 생각이었다. 닥터 해밀튼이 으름장을 놓고 간 것처럼, 그가 일으키는 사고는 단순한 사고로 끝나지 않을 것이다. 최소한 그는 독립과 앞으로 어떻게 할 것인지에 관한 계획을 세우고, 그 계획을 얘기할 만한 유예 기간이 필요했다. 병원 관계자들이라는 것들은 대부분 융통성이라고는 머리숱만큼이나 없는 존재들이기 때문에 그가 이런 식의 사고를 쳤다는 사실을 알게 되면 어떻게 나올지 모르는 일이었다.

눈이 미칠 듯이 아팠다. 그는 이제 더 이상 아프기 싫었다. 그가 아프면, 훨씬 더 아파할 그녀가 아파서.

"왜……."

그러나 독립은 제이슨의 생각처럼 얌전히 잠들어 있지 않았다. 쿵쾅대는 문소리에 놀라 일어나 보니 커다란 이층 발코니 창문 아래로 코르벳까지 뛰어가는 제이슨의 모습이 눈에 들어왔다.

서둘러 창문으로 뛰어가 아래를 내려다보았다. 무슨 일이냐고 소리쳐 묻기도 전에 제이슨이 차를 출발시켰다. 처음에는 이게 무슨 뜬금없는 일인가 싶어 머리가 멍했는데, 그 다음 순간 머리가 터질 정도로 별의별 상상들이 휘몰아쳤기에 독립은 곧 생각을 그만두었다.

"에이, 저 거지 같은 인간!"

독립이 고개를 좌우로 마구 흔들어대며 소리쳤다.

"저렇게 모르는 짓 하면 내가 당황할 줄 알고!"

사실 당황스러웠다. 걱정스러웠다. 그래서 독립은 더 기를 쓰고 외쳤다.

"오기만 해봐, 아주!"

그 기세를 그대로 몰아 독립이 어마어마한 속도로 샤워를 마치고 침실을 정리했다. 배가 고팠기에 대충 냉장고를 열어 이름도 모를 과일들을 잔뜩 먹어댔다. 그래도 시간은 고작 두 시간밖에 지나지 않았다. TV를 켰다 껐다, 채널을 돌렸다 놓았다 하던 독립이 결국은 심심함에 지친 표정으로 일층 리빙 룸의 소파에 드러누웠다.

"하나, 둘, 셋……."

천장에 조각된 나뭇조각들의 숫자를 세던 독립의 눈에 우연히 책장에 꽂힌 제이슨 H.의 소설들이 들어왔다.

"심심해 죽을 것 같은데 저거나 볼까……."

중얼대던 독립이 결국 몸을 일으켰다.

말과는 달리 그녀는 심심해 죽을 지경이 아니었다. 불안해 죽을 지경이었다.

대체 무슨 일로 그가 허겁지겁, 마치 도망치듯 어디론가 가버렸는지, 왜 한마디 말도 없었는지, 아침부터 검은색 수트는 무슨 일로 챙겨 입었는지 사소한 일 하나하나가 가시가 되어 쿡쿡 가슴을 찔러대고 있었다.

사랑한다고 말했다.

자신이 그를 사랑하게 된 것에는 추호의 의심도 없었다. 문제는 그는 과연 어떠하냐는 것이었다.

제이슨 H.의 〈셔벗랜드의 백야〉를 꺼내 들며 독립이 다시 꾹 눌린 목소리로 웅얼거렸다.

"고마운 줄 알아야지, 망할 인간."

책을 펼쳐 들자 다른 책들과 마찬가지로 'for Haley'라는 문구가 눈에 들어왔다. 왠지 모르게 눈에 눈물이 차 올라서 독립이 황급히 페이지를 넘겼다.

"막말로 정신병자에 생판 한량 아냐. 비록 몸만 딸랑이지만 와주겠다는데…… 이씨."

독립이 주먹으로 눈물을 닦았다.

"그럼 고마운 줄 알아야지. 알아서 잘해야지. 울리고 지랄이야."

아마도 지금쯤이면 그녀는 불법 체류자 신세가 되지 않았을까. 잘은 모르지만 분명 단기 비자로 왔으니 지정된 거처에 머물지 않고 무단 이탈한 게 이민국에 알려졌다면 가차없을 것이다. 집에서는 난리가 났을 것이고, 그 괄괄하고 성질 더러운 돈놀이꾼 할머니는 호적에서 제까닥 파버렸을지도 모를 일이었다. 학교에서는 제적, 아마도. 그리고 또 아마도…….

"아, 몰라몰라!"

제이슨더러 이 모든 걸 알아달라는 것은 아니었다. 다만 불안함이 가중되는 것은 어쩔 수가 없었다. 그가 아니라면, 그녀가 이 모든 일들을 억지로 감수하면서 이곳에 있을 이유가 없으니 그게 더 불안한 것이다. 저런 사실들에 치여 지금 이 사랑이 한 순간의 먼지처럼 사라지게 될까 봐. 지금은 어쩔 수 없이 그녀가 가진 전부가 되어버린 이 사랑이 꿈처럼 아무것도 아닌 게 되어버릴까 봐.

억지로 눈물을 닦아낸 독립이 책에 정신을 집중하기 시작했다. 모르는 단어가 많아 사전이 없으면 제대로 읽지 못할 것 같았다. 사전을 찾아 두리번거리던 그녀가 한구석에 놓여진 컴퓨터를 발견해 냈다. 인터넷이 연결되어 있다면 사전 서비스를 이용할 수 있으리라는 생각에 독립이 컴퓨터를 켰다. 겉모습은 희한했지만 컴퓨터 O/S는 일반적인 윈도우 xp였다. 익숙한 부팅 화면이 지나가고 그냥 파란 물빛만 가득한 배경 화면이 나타났다. start 버튼을 클릭하자 얼핏 마우스를 헛질만 해도 뜨는 Recent 목록에 눈이 갔다. 목록에 있는 문서는 오직 하나, 〈Proportion of the time to open your eyes〉였다.

"이게 뭐지?"

저도 모르는 사이에 손이 파일을 열었다. 프롤로그로 시작하는 그 워드 파일은 200페이지가 넘어가고 있었다.

"이거……."

대충 빠르게 스크롤바를 내리고 있었지만 지문이 나오고 대사가 나오는 것이 소설 같았다.

"으음……."

무슨 내용인지 파악하자면 좀 더 공을 들여야 할 것 같았다. 복잡한 단어도 많았고 문장 구조 역시 한눈에 쉽게 들어오는 단문이 아닌 탓이었다. 이걸 고심해서 읽을까 말까 고민 중이던 독립은, 갑자기 귀를 찌르듯 울리는 현관 벨소리에 놀라 화들짝 마우스를 놓았다.

"제이슨? 왔어요?"

독립이 후다닥 달려나가 문을 활짝 열었다. 덕분에 무릎 위에 얌전히 엎어두었던 〈셔벗랜드의 백야〉가 접혀진 모양새로 바닥을 뒹굴었지만 제이슨이 돌아왔다는 반가움에 주위가 산만해진 독립은 그것을 전혀 눈치채지 못하고 있었다.

"아침부터 대체 어딜……."

수선스럽게 문을 열어젖히던 독립의 동작이 어느 한순간 우뚝 멈췄다.

"……!"

동작이 굳고, 표정이 굳고, 입이 굳었다.

모든 게 굳었다. 시간마저도 그렇게 굳어버릴 것만 같았다.

"뭐냐. 내가 귀신이라도 된다냐?"

독립의 눈앞에 나타난 사람은 제이슨이 아니라 저 멀리 한국에서 그녀의 호적을 파내 버렸을 것이라고 믿고 있었던 할머니, 무적의 일수 손 여사였던 것이다. 멍하니 서 있는 독립을 대신해 손 여사가 반쯤 열리다 만 문을 부술 듯 쾅 열고는 발을 한짝 들여놓았다. 그 뒤로 독립이 줄곧 엄마라고 믿고 있었던 셜로트의 미시즈 슈먼이 독립의 이종사촌 언니인 여진과 함께 들어섰다.

그제야 정신을 차린 독립이 손 여사를 향해 손을 내밀었다. 환영이 아니라 방어의 의미였다.

"나가세요."

독립이 칼칼해진 목을 억지로 다듬어 그렇게 말했다. 그 말이 기가 막힌지 손 여사가 양쪽 눈에 쌍심지를 지폈다.

"뭐라고?"

여진이 끼어들었다.

"어머나, 이 계집애 말하는 것 좀 봐. 두 눈 새파랗게 뜨고 대들기는. 그게 지금 할머니한테 할 짓이야? 너 때문에 지금 무슨 난리가 났는지 알아?"

독립은 울지 않으려 애썼다. 무슨 이유에선지 이 멀리까지 자신을 쫓아온 사람들에게 기죽지 않으려 안간힘을 썼다.

"내 할머니 아니잖아. 나도 알아. 그러니까 이젠 같이 살 이유 없잖아. 서로 얼굴 볼 이유 없잖아."

잔뜩 가라앉은 독립의 목소리. 가장 먼저 반응한 것은 손 여사였다.

"이걸 그냥!"

손 여사가 들고 있던 묵직한 손가방으로 독립을 한 대 내려쳤다. 퍽, 하는 요란한 소리와 함께 독립의 고개가 홱 돌아갔다.

"어머, 할머니!"

황여진이 뒤에서 호들갑을 떨었다. 놀란 것은 독립도 마찬가지였다. 차갑고 심술궂은 할머니이긴 했어도 손 여사가 직접 손을 올린 적은 이번이 처음이었다. 바들바들 떨리는 독립의 손이 손 여사에게 얻어맞은 옆머리로 올라갔다. 머리가 어질어질했다. 독립이 눈을 들어 손 여사를 올려다보았다.

할머니라고는 도무지 볼 수 없는 표정으로, 손 여사가 독립을 내려다보고 있었다.

"너! 대체 얼마나 잡아먹어야 속이 시원하겠니!"

그게 무슨 소리예요.

독립이 소리없이 그렇게 물었다.

"네 엄마라는 년이 하나밖에 없는 내 아들 잡아먹은 것도 모라자 그 새끼인 너까지 이러는 거냐? 대체 얼마나 더해야, 나한테 얼마나 더해야 그놈의 직성이 풀릴 거냐, 응!"

그게 무슨 소리예요.

퍽!

대답 대신 날아온 것은 손 여사의 손가방이었다.

"또, 또! 그 건방진 눈초리!"

내가 뭘요.

"있는 대로 사람 속 긁어놓고는 뭐 잘났다고 빤빤히 쳐다봐! 네가 뭘 잘했다고! 어미 아비 없는 년 데려다 키워줬더니 은혜도 모르고 누구 앞에서 눈을 치켜떠!"

내가…… 뭘…….

"독한 년! 근본부터 몹쓸 년! 그래, 닮을 것이 없어서 네 어미 시키면 낯짝을 빼다박았냐! 말 한마디 없이 내빼더니 어디 감히 여길 와서 헛짓거리야! 여기가 어디라고! 누구 망신을 시키고 있어!"

내가 뭘!

"내가 뭘요!"

독립이 소리를 빽 질렀다. 시야가 흐려졌다. 손끝에서 쥐가 났다. 머리 속에 안개가 몰려오는 듯한 기분이었다.

"친엄만 줄 알았다구요! 친할머닌 줄 알았다구요! 나도, 나도 그렇게 알았다구요! 나도 몰랐다구요!"

주먹을 꼭 쥐고, 이를 앙다물고 외치는 독립의 모습에 손 여사가 주춤거렸다.

"저저……."

"어머머, 쟤 좀 봐. 이제 막 덤비네."

독립이 입술을 깨물었다. 마음속에서 댐 하나가 무너져 내린 것 같았다. 이제는 흘러내리는 지난 세월 동안의 감정을 더는 참을 수가 없었다.

독립이 바들바들 떨리는 주먹을 억지로 펴서 양손을 마주 잡고는 외쳤다.

"미리 말해 줬으면 되는 거였잖아! 안 키웠으면 되는 거였잖아! 이렇게 징그러워할 거 그간 왜 키웠는데! 친아빠 아니라고, 생판 남이라고 알려줬으면 내가 알아서 고아원이든 어디든 갔을 거 아냐! 바보처럼, 바보처럼 아무것도 모르고 생판 남인 당신들 그 잘난 비위 맞추느라 생고생하지도 않았을 거 아냐!"

손 여사가 입을 쩍 벌렸다. 여진도 마찬가지였다. 유일하게 무표정한 얼굴을 유지하고 있는 것은 손 여사의 전 며느리인 미시즈 슈먼뿐이었다.

"이제라도 나 버려! 그럼 되잖아. 애초에 없었다고 생각하면 되잖아!"

독립은 진작에 그들을 버렸다. 그녀에게는 이제 다른 것이 필요없었다. 제이슨이 다른 모든 것을 잃고 그녀를 만났듯이 그녀역시 식구라고 생각했던 저 사람들을 모두 버리고 제이슨을 만났다. 그러니 이제 필요없었다. 죽을 듯 화가 나고 죽을 듯 끓어오르는 것은 지금 한순간으로 족했다. 저들이 가고 나면, 그렇게 단절되고 나면 제이슨과 그녀는 둘만 남겨질 것이다. 그리고 행복할 것이다.

손 여사의 뒤에서 여진이 잽싸게 나섰다.

"그게 지금 할 소리야? 할머니가 그간 널 키워줬잖아. 은혜는 갚아야 할 거 아냐. 이게 어디서 그딴 말을 해. 네가 뭘 알아? 지 친아빠가 누군지도 몰랐던 애가 뭘 아냐고. 네가 당장 사라지면 어떻게 되는지 네가 아는 게 있어? 하, 얘 진짜 웃기네."

발끈해서 뭔가 쏟아내려는 여진을 그새 정신을 수습한 손 여사가 말렸다.

"됐다. 말할 거 없다. 입만 아파. 당장 저년 데리고 돌아가자.

그럼 된 거야."

독립이 창백하게 질린 얼굴로 고개를 저었다.

"누구 마음대로! 난 안 가요. 당신들끼리 가. 여기서 나가!"

여진이 고개를 마구 흔들었다.

"얘가 진짜 미쳤나. 안 가면 어쩌려구. 불법체류라도 하려고? 웃기네, 진짜. 어디서 굴러먹다 온 게 집안 망신을 시키려고 들어. 너 때문에 우리 집안에 불법 체류자가 생겨나야 된단 말이야? 너 그럼 보증인이 물어야 하는 벌금이 얼마인 줄이나 알아?"

손 여사도 거들었다.

"잔말 말고 따라나서. 이 멀리까지 찾으러 와줬으면 고맙다고 할 일이지."

미친 건 당신들이야. 방해하지 마!

독립이 더듬더듬 뒷걸음질을 쳤다.

"안 가. 나 안 가요. 그냥 당신들끼리 가. 제발!"

손 여사가 성큼 앞으로 나섰다.

"내 손에 쥐어서 끌려가고 싶은 거냐?"

손 여사가 망설임없이 독립의 머리채를 홱 휘어잡았다. 심술 궂고 음험한 성격이란 건 알았어도 때리는 일은 없던 손 여사였던지라 방심했던 것이 실수였다. 설마 이럴 줄은 모르고 있던 독립은 머리채가 쥐였다.

어이가 없어서 눈물이 흘렀다. 더불어 오기도 생겼다.

친할머니가 아니라면, 식구가 아니라면 이런 거지 같은 일을 인내해야 할 이유가 없었다. 그런 인내는 이제까지로도 족했다. 차고도 넘쳤다.

독립이 있는 힘껏 소파에 매달렸다.

"안 간다고! 이거 놔!"

손 여사도 힘껏 머리채를 잡아당겼다.

"여진아! 뭐 하니! 어서 거들어!"

"응, 할머니!"

여진이 와서 소파를 붙든 독립의 손가락을 떼어내기 시작했다. 반항하느라 독립이 버둥대기 시작했고, 결국은 세 방향에서 몰아닥치는 힘에 떠밀려 소파가 쾅당 하고 엎어지는 일이 발생했다. 소파가 엎어지는 동안 미시즈 슈먼이 가세했다. 겉보기에는 꽤나 교양있고 고상할 듯한 표정을 짓고 있는 그녀 역시 독립의 친모에게 맺힌 게 많았던지 독립을 끌어내는 손톱 끝이 아주 매서웠다. 긁힌 살갗이 빨갛게 부풀어 올랐다.

"놔! 안 간다고!"

독립이 온몸에 힘을 주고 버텼다.

"이게!"

여진이 달려들어 독립의 목덜미를 붙들고 질질 끌어내기 시작했다.

"놔!"

독립에게 밀린 여진이 쾅, 반대편 벽에 가서 부딪쳤다.

"아얏!"

비명 소리가 울리고 벽걸이형 책장이 흔들대다가 선반에 올려져 있던 물건들이 와르르 쏟아져 내렸다. 몸싸움이 계속될수록 집 안은 엉망이 되어갔다.

"놔! 놔!"

간절하게 반항했지만, 삼 대 일은 애초에 상대가 안 되는 게임이었다. 독립은 조금씩 조금씩 밖으로 끌려나가고 있었다.

"제발 놔줘요! 안 간다고!"

"왜 안 간다는건데! 들으니까 네가 무슨 남자랑 같이 있다던데 그 때문인 거야?"

"어머머, 얘 진짜 큰일날 애네. 그 나이에 남자랑 동거? 남자랑 같이 살려고 여기 남겠다고?"

그래, 그게 어때서!

"이런 미친년! 절대 안 돼! 내 눈에 흙이 들어가기 전까진 절대 안 돼! 망신살이 줄줄이 뻗쳐도 유분수지!"

찌이익!

그때 바닥에 엎어져 있던 〈셔벗랜드의 백야〉가, 그 귀중한 초판본이—독립의 입장에서 볼 때—누군가의 발에 걸려 찢어지는 소리가 들렸다.

"안 돼!"

독립이 순간 바닥에 획 주저앉으며 찢겨진 책을 들어 올렸다. 책은 삼 분의 일 분량 부근에서 길게 갈라져 있었다. 찢겨진 부분이 나풀대던 책에서 무언가가 떨어졌다. 다들 반쯤은 호기심 어린 눈초리로 그것을 응시했다.

그것은 사진이었다. 보통의 스냅사진인 그것은 어리다고 해야 할 소녀의 얼굴이 찍혀 있었다. 검은 머리, 동양인치고는 하얀 피부. 동그스름한 얼굴에 어깨 부근에서 찰랑대는 검은 생머리가 독립과 아주 비슷했다.

"뭐야, 네 사진이야?"

누군가가 물었지만 독립은 대꾸하지 않았다.

당연히 독립의 사진일 리가 없었다. 피부가 하얗다거나 한국 여자라면 80% 정도가 한 번쯤은 해봤을 긴 생머리라는 이유만으로 그것이 독립일 리가 없었다. 동그란 얼굴 윤곽이 아무리 닮았다고 해도 그것이 이곳에 와서는 카메라 앞에 서본 적도 없는 독립일 리가 없었다. 사진 뒤에 사인이 있었기 때문이다. 1988년, Haley라는 글자가.

"헤일리……."

독립이 멍하게 중얼거렸다.

머리 속이 복잡하게 돌아갔다. 1988년, 헤일리. 준영과 준휘. 제이슨 애딩턴. 제이슨 H.

제이슨의 목소리가 귓가를 스치고 지나갔다.

"사람을 죽였어. 이맘때쯤. 아, 정확히 내일이로군. 4월 20일."

그리고 해밀튼의 목소리가.

"그가 가진 언론의 힘이······."
"말 그대로 언론 관계 일이야."

자신의 목소리도 떠올랐다.

"사랑해요."

그럼 제이슨은?
그는 아침 일찍 검은색 수트를 차려입고 도망치듯 어디론가
가버렸다. 마치 상복처럼 보이는 검은 수트를 입고, 검은색 차
를 타고 말도 없이 가버렸다. 준영이라는 그 여자가 죽었다던
4월 20일 날 아침에. 컴퓨터에는 소설처럼 보이는 파일 하나
가 덜렁 들어 있었고 매일 한량처럼 노는 주제에 돈은 펑펑 쓰
고 다닐 수 있을 만큼 번다고 했다.
"헤일리······."
답은 하나였다.
그녀의 제이슨이 바로 그 제이슨 H.였던 것이다.
왜 말하지 않았을까. 왜 숨겼던 것일까.
그가 모든 책마다 서문 대신 써댔던 '헤일리를 위하여'의 헤
일리가 바로 준영이었다. 제이슨 H.의 그 H 역시 헤일리의 이

니셜일 것이다. 독립처럼 동그랗고 하얀 얼굴에 검은색 긴 생머리를 하고 있는 헤일리.

"사랑해요."

그녀는 말했다. 그렇다면, 제이슨은? 뭐라고?

"놓치고 싶지 않아."

왜? 그녀가 헤일리처럼 생겼으니까?
제이슨이 말도 없이 눈을 뜨자마자 사라진 이유는, 그러니까 단 하나였다. 오늘은 헤일리의 기일이었던 것이다.
"헤일리……."
독립의 눈에서 초점이 사라졌다.
"이게 진짜 미쳤나 보네."
멍하니 바닥에 앉아 찢긴 책과 사진을 번갈아 들여다보는 독립을 보면서 여진이 중얼거렸다. 손 여사가 다시 독립의 팔을 붙들었다.
"너도 어서 붙들어. 이대로 끌고 가자, 진짜 일 내기 전에."
그렇게 독립이 다시 질질 끌려가기 시작했다. 겨우 정신을 차린 독립이 고개를 흔들면서 반항을 시도해 봤지만 온몸에 기운이 빠져나간 듯 독립은 무력하게 끌려갔다.

"놔줘요. 안 돼⋯⋯ 나 안 돼. 나 이대로 가면⋯⋯."

"시끄러! 어디서 경박하게!"

"안 돼⋯⋯ 나, 제이슨⋯⋯."

"입 다물지 못해!"

탁, 쾅!

일전에 슈먼가 앞에서 보았던 메르세데스의 뒷문이 열리고 독립이 처참히 구겨져 들어갔다. 차 문이 거칠게 닫히자마자 찰칵 하는 얄미운 소리와 함께 문이 잠겨 버렸다.

"여진아, 어서 타!"

"어휴, 이거랑 같이 앉아야 되네."

종알대는 여진이 차에 오르는 것을 마지막으로, 그들이 출발했다.

"내려줘!"

독립이 비명을 지르듯 외쳐 댔지만 제이슨의 집은 계속해서 멀어지고 있었다.

"내려줘어!"

＊

"⋯⋯이런 빌어먹을!"

눈을 뜨는 순간 제이슨이 내뱉은 소리는 욕설이었다. 어느덧 해가 저물어가는 시간이 되어 있었기 때문이다.

새하얀 병원의 커튼을 뚫고 들어오는 햇살은 분명 열기가 죄식어버린 붉은색이었다.

망할 놈의 닥터. 마취는 하지 말라고 그렇게 말했는데도 기어이 마취를 한 모양이었다. 심각한 각막 손상이 어쩌구 실명의 위험이 어쩌구 하는 긴 소리를 주절주절 늘어놓는 것까지는 참아줬지만, 수술을 꼭 해야 한다는 말도 받아들였지만 지금은 정말로 화가 나버렸다.

독립이 하루 종일 기다렸을 것이다, 말도 없이 나와 버린 것에 대한 분노가 하늘을 찌를 테지. 독립을 다룰 일이 걱정이 된다기보다도, 긴 시간 내내 혼자 불안해하고 있을 그녀에 대한 미안함이 일어났다.

"아, 미스터 애딩턴. 마취가 풀렸군요."

하얀 가운을 입은 누군가가 그에게 친절하게 말을 걸었다. 아직 제대로 움직여지지 않는 손가락 끝을 꿈틀거리며 제이슨이 말했다.

"전화기 좀 갖다 줘요."

휴가 기간이라도 노상 그를 봐주지 못해 안달하는 뉴욕의 주치의들에게 새삼 감사의 마음이 들었다. 그들의 '강력 희망사항'에 의해 집에 일단 전화를 놓긴 했던 것이다. 덕분에 독립에게 전화를 할 수 있으니 이 정도 감사라면야 기꺼이 할 수 있었다.

"예? 전화요?"

하얀 가운을 입은 백인 남자가 의아한 눈빛을 보냈다.

"무슨 용건이시죠? 혹시 뉴욕의 메디컬 센터에 계신 닥터 해밀튼에게 하실 거라면 저희가 미리 연락을 넣어놨습니다만……."

진짜 지랄맞았다. 기껏 눈 좀 다친 것 가지고 왜 상관도 없는 정신병동 주치의에게 연락을 하냔 말이다. 자칫하면 어이없게 휴가가 끝나 버릴지도 모르는데.

"그게 아니라……."

띠리리리!

그때 하얀 가운의 주머니 안에서 셀룰러 폰의 단조로운 기계음이 들려왔다. 백인 남자보다 한 동작 빠르게, 제이슨이 재빨리 손을 뻗어 그의 주머니 안에서 셀룰러 폰을 꺼내 들었다. 그가 폴더를 열고 말했다.

"당장 닥치고 다시는 전화하지 마."

가벼운 한마디로 통화를 종료시킨 제이슨이 집 전화번호를 꾹꾹 눌러댔다. 옆에서 하얀 가운의 백인 남자가 입을 쩍 벌리는 모습이 눈에 들어왔지만 지금은 다 염병할이었다.

아니, 진짜 염병할 일은 따로 있었다.

"……."

전화가 먹통이었다. 제이슨의 입매가 딱딱하게 굳었다.

"혹시 오늘 전화국에 폭발 사고라도 있었나요?"

하얀 가운의 그가 어리둥절한 표정으로 고개를 저었다.

"제가 알기론 없었는데요."

"……쳇."

제이슨이 다시 버튼을 눌렀다. 분명 전화국 넘버가…….

"조회 부탁합니다. 전화가 연결되지 않아요."

단조로운 기계음이 반복되고, 녹음 메시지가 들리고, 여러 번의 버튼을 눌러댄 끝에 연결된 전화국의 교환원이 'Hello, may I help you?' 라는 친절한 시작 멘트를 건네기도 전에 제이슨이 말했다. 그리고 답은,

"이런, 망할!"

지역 회선은 멀쩡하고 전화국 역시 폭발 사고 같은 것 없이 잘 굴러가고 있다는 태평한 대답이었다.

사고가 생긴 것이다!

삑삑삑.

이번에 제이슨의 손끝이 눌러댄 것은 911이라는 숫자였다.

"빨리! 서둘러요!"

통화를 끝낸 제이슨이 임상 베드 위에서 벌떡 일어났다.

"미스터 애딩턴!"

하얀 가운이 두 팔을 휘저으며 외쳤다.

"마취에서 깨어났어도 마취가 다 풀린 건……."

쾅!

그러나 그 말이 채 끝나기도 전에 제이슨이 그를 홱 떠밀어 한쪽 벽에 처박아 버리고는 그대로 병실을 뛰어나갔다. 마음속에서 요란한 소용돌이가 생겨났다. 불안, 초조, 암흑. 그의 머리

속에는 오늘이 헤일리의 기일이라는 생각은 손톱만큼도 남아 있지 않았다. 그저 독립을 향해 달릴 뿐이었다.

                              ✳

그보다 먼저 도착해 있던 경찰들이 난감한 얼굴을 하고 물었다.

"미스터 애딩턴? 괜찮으십니까?"

괜찮아 보일 리가 없었다. 한쪽 눈에는 두터운 붕대를 감고 있는 데다가 베드에 눌린 머리는 개판일 테고 수트 안에 입은 셔츠에는 수술할 때 흘렸던 피도 좀 묻어 있을 게 뻔하니까.

제이슨이 억지로 고개를 끄덕였다.

"괜찮습니다."

아니, 절대로 괜찮지 않았다. 마음속에서 생겨난 소용돌이는 이제 몸 전체로 퍼져 그를 끝도 없는 현기증으로 내몰고 있었다. 뭐든 붙들지 않으면 쓰러질 것 같았다.

그가 억지로 걸음을 떼어 엉망으로 변한 리빙 룸으로 들어갔다.

난장판이었다. 독립은 사라지고 없었다. 이층은 깨끗한데 리빙 룸만 이 모양이었다. 이건 대체 무슨 일을 의미하는 걸까.

"단순한 빈집 절도 같습니다. 현장은 그대로 보존해 두었습니다. 도난품이 있는지 확인해 주시면 즉시 지문 감식에……."

뒤에서 누군가가 중얼대는 목소리가 들렸다. 생각 같아서는 닥치라고 한마디 쏘아주고 싶었다.

빈집 절도라니. 독립이 사라졌는데 어떻게 그런 말을 할 수 있는 것일까. 그녀가 어떻게 되었는지 모르는데 어떻게 그에게 저런 말을 할 수 있는 것일까.

제이슨이 입을 꾹 다물고 날카롭게 주위를 살폈다.

'독립아……'

제발 나와. 제발 어디서든 튀어나와 줘.

"아, 미스터 애딩턴? 그쪽은 건드리지 마시고 일단 도난품이 있는지부터 확인해 주시기……."

태연하게 뱉어내는 경찰의 말에 제이슨이 참지 못하고 소리를 질렀다.

"닥치지 못해? 지금 사람이 없어졌……!"

그때 갑자기 제이슨이 말을 뚝 끊었다. 그의 눈이 어느 한곳에 집중되었다. 이해할 수 없게도, 무언가가 눈에 들어왔다. 시커먼 소용돌이가 이는 머리로는 아무 생각도 들지 않았는데, 그의 눈은 무언가를 발견해 냈다.

책장에서 쏟아져 흩어진 책들 중에 한 권만 없었다. 〈셔벗랜드의 백야〉 초판본이었다. 독립이 아직 읽지 못한 유일한 책인.

그의 시선이 휙 자리를 옮겨 구석에 놓여진 PC로 향했다. 깜박이는 모니터의 불빛이 누군가가 PC를 만졌음을 말해 주고 있었다. 제이슨이 미친 사람처럼 앞을 가로막은 것들을 헤치며 걸음을 옮겨 마우스를 잡았다. 그러자 절전 모드에 들어가 있던 모니터가 환하게 켜지며 작업 중이었던 화면이 드러났다.

"……."

아직 미완의 원고인 〈Proportion of the time to open your eyes〉가 눈앞에 떠올랐다. 하얀 바탕. 무수한 글자들.

이게 대체…….

"미스터 애딩턴?"

그의 표정을 살피던 경찰 중 하나가 물었다.

누군가가 그의 원고를 봤다. 비명을 지르지 않기 위해 제이슨은 이를 꽉 깨물었다. 누군가가 그의 원고를 봤다. 아마도, 지금 이곳에는 없는 누군가가.

"……지문 감식 부탁합니다."

지문 감식 결과는 최악이었다. 엉망진창이 된 리빙 룸에 남아 있는 지문은 대부분 그와 독립의 것이었다. 책 한 권을 제외하고는 딱히 도난당한 물건도 없었다. 강도 따위가 아니라는 얘기였다.

결론은 하나였다. 없어진 〈셔벗랜드의 백야〉, 없어진 독립, 노출된 그의 원고.

독립은 알고 있었던 것이다, 그가 제이슨 H.였다는 것을. 그리고 그가 집을 비우자마자 신작을 확인하고 곧장 떠났다.

무슨 의도였는지, 그녀가 진짜로 누구였는지 하는 것은 차마 생각하고 싶지도 않았다. 아마 그런 생각들에 사로잡힌다면 다시 약을 해야 할지도 모를 일이었다. 매일 밤마다 그를 죽음으로 몰아가는 악몽의 주인공은 헤일리가 아니라 독립이 될지도 모를 일이었다.

그날로 제이슨 애딩턴은 노스 캐롤라이나를 떠나 뉴욕으로 향했다.

그로부터 일주일 뒤, 독립을 태운 비행기가 노스 캐롤라이나 그린스보로에서 가장 가까운 국제공항이 있는 워싱턴에서 한국을 향해 이륙했다.

No. 11

히치하이킹 일 년 팔 개월 후

: 히치하이킹 여행은 때로 상처를 동반할지도 모른다

일 년 하고도 팔 개월이 지난 후에 그 상처까지 추억으로 기억된다면

당신의 히치하이킹은 성공이라고 봐도 좋다

*2*005년 2월, 뉴욕.

"미스터 애딩턴, 이번에는 또 무슨 일입니까?"

닥터 해밀튼이 노골적인 불유쾌함을 담아 제이슨에게 시선을 던졌다. 그의 눈에 담긴 '귀찮아 죽겠네'라는 메시지를 가볍게 무시한 제이슨이 닥터 해밀튼의 오피스에 놓인 푹신한 가죽 소파에 몸을 파묻듯 앉았다.

"말했잖습니까, 불면증이 생겼다고."

커다란 티탄 원목 소재의 데스크에 기대 커피 잔을 물고 있던 해밀튼이 어쩔 수 없다는 듯 혀를 차고는 제이슨의 앞으로 다가

와 앉았다.

"이봐요, 미스터 애딩턴. 당신은 이제 완벽한 정상인이란 말입니다. 제발 좀 사회로 복귀해 그간 못한 정상적인 생활을 즐기시란 말입니다."

제이슨이 입가를 실룩거렸다.

"정상인은 무슨. 잠을 못 잔다니까요."

"이런, 젠장. 수면제를 처방해 드렸잖습니까?"

"약은 한계가 있다, 닥터의 입버릇 아닙니까?"

"당신 같은 정상인에게는 원래 아스피린 이상의 처방은 할 수 없단 말입니다."

"정상인이 아니라고 한다면?"

"정상인 맞습니다."

닥터 해밀튼이 팔짱을 꼈다. 일 년 하고도 팔 개월 동안 해밀튼은 체중이 십 파운드나 늘었다. 그의 말로는 가장 골머리를 썩이던 환자인 제이슨 애딩턴이 어느 날 갑자기 기적처럼 회복된 탓이라고 했다. 주된 스트레스의 원인이 사라졌으니 살이 찔수밖에 없다는 것이다. 십 파운드의 체중만큼 그의 몸은 한층더 비대해졌지만 닥터 해밀튼은 이것을 기꺼이 축복이라 불렀다. 더불어 보험 외판원 같은 그의 용모는 이제 길거리의 프리즐 장사꾼처럼 변했다. 외모만으로 본다면 누구도 그를 신경정신학 분야에 있어서 최고의 권위를 자랑하는 베테랑 의사라고는 생각하지 못할 것이다.

해밀튼이 팔짱을 풀고 희끗희끗해져 가는 회색 머리카락 속에 손가락을 찔러 넣으며 제이슨을 빤히 응시했다. 그의 표정은 이제 처연해 보였다.

"좀 봐주십시오, 미스터 애딩턴. 내가 어떻게 사는지 알고 있지 않습니까? 매일 하는 일이라고는 이 오피스에 틀어박혀 정상적이지 않은 사람들의 정상적이지 않은 얘기를 듣는 것뿐입니다. 대부분 당신처럼 고질적이라 제 아무리 성의껏 말을 해줘도 대부분 씨알도 안 먹히죠. 내가 신경정신 전문의가 된 지 올해로 딱 십칠 년째인데, 정말이지 사람 미칠 노릇입니다. 그런데 당신 같은 정상인까지 합세한다면 그야말로 아멘이죠. 제발 절 좀 괴롭히지 말란 말입니다."

벌써 수십 번은 들은 이야기다. 제이슨이 히죽 심술맞은 웃음을 지었다.

"괴로운 건 닥터가 아니라 접니다. 잠이 안 온다니까요."

해밀튼이 이번에는 이를 갈며 제이슨을 쏘아보았다.

"애원도 통하지 않는군요. 당신은 정말이지 두 번 다시 손대고 싶지 않은 환자입니다, 미스터 애딩턴."

결국 그의 본심이 나왔다.

"독특하고 이례적이며 어떻게 손쓸 도리가 없을 정도로 엉망진창인 환자였죠. 그간 당신과 당신 보험회사가 제게 지불한 천문학적인 금액은 사실 잘 받긴 했습니다만, 빌어먹을, 사실 양심에 걸린단 말입니다. 대체 별의별 수단을 다 동원해도 꿈쩍도 안 하던 환자가 어느 날 갑자기 훌쩍 저 혼자 알아서 자리 털고 일어나면, 의사로서의 제 자존심은 어쩌란 말입니까?"

그래서 닥터 해밀튼은 그간 제이슨이 찾아올 때마다 질색을 하며 달아나기 바빴다.

"뭐, 다 좋단 말입니다. 고맙게도 환불은 요구하지 않으신다니 저와 뉴욕 메디컬 센터는 파산을 면했습니다. 그러니 좋게좋게 잊고 끝내잔 말입니다. 당신 역시 이곳에서 그닥 좋은 기억은 없지 않습니까? 그런데 왜 자꾸 오시는 겁니까?"

제이슨의 대답은 여전히 고집스러웠다.

"잠이 안 와요. 미치겠습니다."

마침내 해밀튼도 포기한 듯, 고개를 절레절레 흔들었다. 그가 내키지 않는 걸음걸이로 다가와 제이슨의 맞은편에 앉았다.

"알았습니다, 알았다고요, 젠장. 십 분 정도는 들어줄 테니 어디 뭐든 말해 보십시오. 왜 잠을 못 자는 것 같습니까?"

해밀튼의 말에 제이슨이 어딘지 모르게 몽롱한 눈빛이 되었다. 눈앞에 앉은 닥터 해밀튼이 아닌, 눈앞에 보이는 현재가 아닌 무언가 아주 멀고 그리운 것을 바라보는 그런 눈이었다.

제이슨 역시 일 년 팔 개월이 지나는 동안 변해 있었다. 가장 큰 변화는 그의 왼쪽 눈이었다. 각막이 크게 손상된 그의 눈은 원래의 짙은 검은색을 벗어나 거의 말간 회색 빛으로 옅게 변해 있었다. 그의 매혹적인 생김새는 여전했지만, 그의 표정에는 지난날의 날카로움이 아닌 좀 더 다른 것이 배어 있었다. 닥터 해밀튼이 십 파운드의 체중을 얻는 사이, 제이슨은 꼭 그만큼의 체중을 잃었다. 차갑고 냉혹한 느낌이 옅어진 대신 그에게서는 훨씬 더 깊이 있는 무언가가 생겨났다.

한참 후에 제이슨이 입을 열었다.

"침대에 누우면, 그녀가 생각납니다."

닥터 해밀튼이 인상을 구겼다.

"지금 연애 상담 하시려는 겁니까?"

그러나 이미 제이슨은 해밀튼의 말을 듣고 있지 않았다. 그의 말이 빠르게 이어졌다.

"처음에는 잊을 수 있을 거라고 생각했습니다. 아주 간단하게. 그녀가 날 버린 것처럼, 아주 손쉽게."

해밀튼이 퉁명스럽게 대꾸했다.

"거 안됐군요. 빨리 다른 여자 찾아보십시오."

"그런데 간단하지 않았습니다. 불면증에 걸릴 정도라니까요."

"다른 여자 찾아보세요."

"도무지 안 되겠다면?"

"그럼 별수있습니까. 다시 가서 매달리세요. 애원하고 사정하십시오. 누가 압니까, 그녀가 마음을 바꿔먹을지."

"그녀가 내 신작 소설을 훔쳐 갔을 거라고 생각했습니다."

그제야 해밀튼이 조금 흥미롭다는 표정을 지었다.

"아, 저런."

"그런데 일 년 하고도 팔 개월이 지났는데도 잠잠하더군요.

〈눈 뜨는 시간의 비례〉는 다음 달에 출판될 겁니다. 무사히."

"아, 그럼?"

제이슨이 그제야 해밀튼과 시선을 맞추었다. 순식간에 그는 그 혼자만의 과거에서 현재로 날아왔다.

"그렇다면 그녀가 제게 했던 말은 모두 진실인 걸까요?"

닥터 해밀튼이 '내가 그걸 어떻게 압니까?' 라고 퉁명스럽게 쏘아주는 대신 제이슨의 검은 눈을 오래도록 들여다보았다. 평소 제이슨을 대하는 태도와는 달리 꽤나 진지한 표정이었다.

"미스터 애딩턴, 당신은…… 지금 당신은 아주 정상적인 표정을 짓고 있군요."

닥터 해밀튼이 엉뚱한 말을 토해냈다.

"당신도 이렇게 인간적인 표정을 지을 수 있는 줄 오늘 처음 알았습니다."

순간 제이슨이 꽤나 시니컬한 표정을 지었다.

"인간적이지 않았다면, 내가 어땠다는 말입니까?"

"내가 당신을 위험인물로 간주했던 것은, 당신의 끊임없는 자해 충동이나 약물 의존증 때문이 아니었습니다. 당신이라는 사람 자체였죠. 미스터 애딩턴, 나는 당신 소설을 좋아하지 않습니다. 당신의 글을 읽을 때마다 당신이 천재라는 사실을 뼈저리게 깨닫게 되니까요. 그게 오싹오싹했습니다. 이런 머리로, 당신이라는 사람이 무슨 생각을 하는지 알 수 없어 무서웠단 말입니다. 당신 눈이 그간 어땠는 줄 아십니까? '접근 금지, 타협 불

가' 따위는 아무것도 아니었죠. 당신 눈이 끔찍했던 건, 아무것
도 읽히지 않아서였습니다. 밤마다 닥치는 대로 어디든 물어뜯
으며 자살 충동과 싸우던 당신이, 정작 가만히 들여다보면 아무
것에도 집착하지 않는 눈을 하고 있더란 말입니다. 당연히 끔찍
하죠. 소름이 돋을 만큼 끔찍했습니다."

닥터 해밀튼의 말을 듣던 제이슨이 물었다.

"그것은 정신과 의사로서의 소견입니까?"

해밀튼이 고개를 저었다.

"아닙니다. 한 인간으로서의 견해입니다."

그리고 그가 제이슨을 향해 미소를 지었다.

"그리고 당신을 그저 끔찍했던 천재에서 인간으로 되돌려 놓
은 사람은 분명히 사라져 버린 그녀겠군요."

제이슨이 고개를 끄덕였다.

"맞습니다."

"후회합니까?"

"무엇을요?"

"그녀를 믿지 못했던 것, 그리고 그녀를 잡지 않았던 것."

"……."

그 말에 제이슨이 잠시 침묵했다. 생각을 이어나가는 표정.

닥터 해밀튼이 빙긋 웃으며 입을 열었다.

"흠, 제가 알지 못하는 다른 무언가가 있는 모양이로군요."

확실히 제이슨은 후회하고 있었다. 독립을 믿지 못했던 것,

그리고 독립을 '찾지' 않았던 것을. 일 년 팔 개월이라는 시간이
지나, 그의 신작이 안전하다는 사실을 두 눈으로 확인하고 나서
야 그런 후회를 시작했다는 사실 또한 후회의 대상이었다.

독립은 오래전에 사라져 버렸다. 이젠 어디 가서 찾아야 할지
막막한 상황이었다. 그게 마음에 걸렸다.

그녀는 왜 사라져 버렸을까. 왜 말도 없이 사라져 버렸을까.
왜 말도 없이 그를 이토록 막막한 상황에 버려두었을까.

"표정을 보니 엄청나게 복잡한 모양인데, 여기서 백날 저를
붙들고 있어봤자 아무것도 안 나옵니다, 미스터 애딩턴. 그냥
그녀에게로 날아가세요. 그리고 뭐든 물어보세요. 그게 제일 빠
를 겁니다."

제이슨이 시선을 삐딱하게 돌렸다.

"나는……."

그는 자신이 없었다. 그녀가 왜 사라져 버렸는지. 왜 말도 없
이 사라져 버렸는지. 왜 말도 없이 그를 이토록 막막한 상황에
버려두었는지.

제이슨의 얼굴을 들여다보고 있던 해밀튼이 혀를 차더니 소파
에서 일어나 책상으로 다가갔다. 깔끔한 오피스의 내부와는 달리
무언가가 복잡하고 너저분하게 잔뜩 쌓여 있는 책상 위를 이리저
리 뒤지더니 그가 하얀색 종이를 한 장 꺼내 들고는 무언가를 빠
르게 써 내려갔다. 잠시 후 그가 그것을 제이슨에게 건넸다.

"처방전입니다, 미스터 애딩턴. 당신의 불면증에 특효약일 겁

니다.”

제이슨이 그것을 받아 들었다. 닥터 해밀튼의 처방전에는 딱한 문장이 쓰여 있었다. 그것을 읽은 제이슨이 빙긋 웃었다.

“효과는 확실합니까?”

해밀튼이 어깨를 으쓱했다.

“보증한다니까요.”

“효과가 없으면 정말 당신이 돌팔이라고 소문 낼 겁니다.”

“마음대로 하시죠. 난 자신있으니까.”

제이슨이 소파에서 일어나 진즈의 뒷주머니에 해밀튼의 처방전을 찔러 넣었다. 개운하고 밝은 표정이었다.

“그럼.”

“행운을 빕니다, 미스터 애딩턴.”

묘한 웃음을 남긴 채, 제이슨이 닥터 해밀튼의 오피스를 떠났다. 해밀튼이 그에게 건넨 처방전에는 단 한 문장이 적혀 있었다. 'go to her' 이라는.

그로부터 24시간 뒤, 제이슨 애딩턴은 사설탐정을 고용했다. 누군가의 행방을 알아봐 달라는게 그의 의뢰 내용이었다.

＊

그로부터 두 달 뒤, 서울.

"이독립 씨! 이독립 씨! 이거 봤어?"

어울리지 않은 뿔테 안경을 걸친 우스꽝스러운 모습으로 책상 위에 고개를 파묻고 있는 독립에게 관리부의 주난영이 잡지 한 권을 들고 뛰어들어 왔다. 한국판 피플지였다.

독립이 고개를 들어 그녀를 바라보았다.

"뭔데요?"

주난영 씨는 어딘지 모르게 신이 난 표정이었다.

"짜잔! 여기 봐봐!"

손가락으로 가리키는 잡지 기사 한 페이지에 시선을 돌리자 누군가의 얼굴이 눈에 들어왔다. 검은색 수트에 검은 머리를 짧게 자른 묘한 분위기의 남자가 잡지 안에서 무표정한 시선으로 독립을 응시하고 있었다. 숨이 막힐 정도로 익숙한 얼굴이었다.

"뭐……."

빙글. 순간 눈앞에서 소용돌이가 만들어졌다.

저 얼굴이라니. 저 얼굴이라니!

"이……."

성대가 석고처럼 굳어버렸다. 아니, 얼굴 전체가 굳어버렸다. 하얗게 질린 채 아무 말도 못하고 있는 독립의 등짝을 난영이 철썩 한 대 내려쳤다. 격식없고 사람 좋은 그녀는 누구에게나 그런 식으로 대했다.

"그럴 줄 알았어! 놀랐지, 놀랐지! 그 제이슨 H.가 한국계였다잖아, 글쎄! 세상에, 진짜 놀라 버렸다니까. 아아, 한국에 팬

사인회 같은 거 하러 안 오나?"

난영의 목소리가 꿀럭꿀럭 한 귀를 파고들다가 다시 반대편 귀를 통해 스르륵 빠져나가 버렸다.

"와, 그런데 소설가 맞냐. 왜 이렇게 잘생겼대. 한국 와서 모델 해도 되겠다. 기사에서 그러는데 이 사람, 하버드 다녔대. 머리도 끝내주게 좋은가 봐. 하긴 이 사람이 쓴 글 보면 당연히 머리가 좋아야 하겠지만. 그래도 이게 말이나 돼?"

그 사람, 제이슨이었다.

제이슨 애딩턴. 제이슨 H. 나의 제이슨.

독립의 제이슨. 하지만 헤일리의 제이슨.

"아……."

독립이 망연하게 손을 뻗자 난영이 독립의 손에 피플지를 쥐여주었다.

"독립 씨 이 사람 팬이라고 했지? 와, 감회가 새롭겠다. 기사 보니까 이 사람 신작 소설 발표했다던데? 제목도 근사해. 한 권짜리라는데 무려 이 년 하고도 반 동안 쓴 거래. 아직 한국에서는 안 나왔는데. 출판사는 어딜까? 분명 배팅도 어마어마할 거야. 그치?"

미안한 말이었지만 독립의 귀에는 난영의 말이 하나도 들어오지 않았다. 붕어가 소리없이 뻐끔대듯이 움직이는 입만 어렴풋이 보일 뿐이었다.

"아, 저기……."

독립이 간신히 책상에서 몸을 일으켰다. 그리고 반쯤 굳어버린, 실없는 억지 웃음을 얼굴 위로 흘렸다.

"저기, 저 화장실 좀 다녀올게요."

사람 좋은 난영은 생각없이 고개를 끄덕여 주었다.

"응, 그래."

"그럼."

그대로 독립이 사무실 밖으로 나서려고 하자 난영이 뒤에서 다급히 독립을 붙들었다.

"잡지는 주고 가. 그거 내 거야. 화장실 가는데 왜 들고 가?"

독립이 그녀를 보고 다시 억지로 웃었다. 그리고는 다음 순간 표정을 바꿔 그녀에게 붙들린 팔을 홱 뿌리쳤다.

"내 거예요!"

난영의 입이 벌어졌다.

"……엥?"

그 위에 대고 독립이 한층 더 앙칼진 목소리로 외쳤다.

"내 거라구요!"

"어라? 독립 씨!"

독립이 뒤도 안 돌아보고 도망치듯 사무실을 빠져나갔다. 그리고는 옥상으로 향하는 비좁은 계단을 쿵쾅대며 두 칸씩 마구 뛰어올라 갔다.

끼이익.

휘잉!

"헥헥……."

옥상을 통과하는 녹슨 철문을 열고 나자 매서운 겨울 바람이 휘몰아쳤다. 평소 같으면 춥다고 엄살을 떨었을 그녀였지만 지금은 망설임없이 그 바람 속으로 뛰어들었다.

파닥파닥.

각종 먼지가 진득하게 쌓인 콘크리트 바닥에 주저앉아 피플지를 펼쳐 들자 매서운 바람이 얇은 종이를 마구 뒤흔들었다.

"이 망할 것들아! 얌전히 좀 있어봐!"

독립이 버럭 소리를 질렀다. 바람으로서는 억울한 일이었지만, 그녀는 아주 진지한 표정이었다.

"그 사람이잖아! 난 좀 봐야겠다고!"

파닥.

그렇다고 잔잔해질 바람도 아니었다. 이리저리 바람에 따라 제멋대로 페이지를 옮겨가는 잡지를 억지로 붙들면서 독립이 외쳤다.

"제발, 좀!"

파닥! 파닥파닥! 휙!

말을 듣지 않는 바람. 말을 듣지 않는 잡지. 말을 듣지 않는 손. 말을 듣지 않는 그. 뭐라고 해도, 절대로 듣지 않는 그.

"……어흑!"

결국 울음이 터져 나왔다. 흩날리는 피플지를 가슴에 꽉 끌어안은 채 독립이 소리소리 질러가며 엉엉 울기 시작했다.

사람이 바보가 되는 것은 순식간이었다.

독립의 학생 비자에는 후견인이 손향숙 여사로 되어 있었고, I—20를 발행한 스토니브룩 대학 측은 독립의 실종 사실—혹은 대탈주 사실—을 알게 되자마자 이민국에 연락을 취해 즉각 I—20를 취소했다. 함께 간 노교수들은 별다른 도움이 되지 않았다. 독립은 불법 체류자도 아닌 불법 입국자가 되어 강제 출국되었다. 이리저리 뛰어다니며 있는 힘껏 노력해 봤지만 취소되어 버린 비자를 회복할 방법은 전무했다.

그 다음으로 미시즈 슈먼에게 전화를 했다. 제이슨이 혹시 자신을 찾아오지 않았냐는 물음과 함께 제이슨과 함께 살았던 그 집의 전화번호가 혹시 전화부에 나와 있다면 알려달라는 짤막한 용건이었다. 미시즈 슈먼은 대꾸없이 전화를 뚝 끊었다. 끈질기게 열 통쯤 해대자 그녀는 독립을 비웃듯이 제이슨이 찾아온 일은 절대 없었으며 그 집도 이미 매물로 나왔다는 얘기를 해주었다.

마지막으로 독립은 〈함정이라 이름하는 열아홉 가지 그물〉과 〈용의 혈통〉을 출판한 출판사에 국제전화를 걸어 제이슨 H.와 연락할 수 있는 방법을 물었다. 대부분 제대로 된 응답은커녕 이런 전화를 해대는 독립을 정신이상자, 혹은 범죄자 취급했기에 족히 수십 통은 한 것 같았다. 개중 가장 만족할 만한 대답은, 제이슨 H.는 워낙 낮도깨비 같은 작자로 어디에 살고 있는

지 알고 있는 사람은 아무도 없으며 연락할 방법 또한 전무하다
는 것이었다. 하다못해 이메일 주소라도 알려달라고 사정했지
만, 그들도 모른다는 대답뿐이었다. 독립은 자신의 이름과 전화
번호를 남겼다. 혹시라도, 혹시라도 기회가 된다면 꼭 전해달라
고. 그렇게 일 년을 기다렸다.

짧다면 짧았고, 길다고 하면 그렇다고 할 수도 있는 시간이었
다. 그동안 독립은 학교를 그만두고, 손 여사의 집을 나왔다. 더
이상 그 얼굴을 마주하고 있을 수 없던 탓이었다.

떠나는 독립을 지켜보며 입을 꼭 다문 채로 어딘지 모르게 찜
찜한 표정을 하고 있는 손 여사에게 독립은 마지막으로 이렇게
말했다.

"그간 키워주신 거 감사했습니다. 이유가 뭐였든 신세진 건
사실이니까요. 당신 손녀들하고 차별한 거나 진심으로 대해주지
않은 점 같은 건 원망하지 않습니다. 이해해요. 나라도 그렇게
했을지도 모르니까요. 친할머니가 아니라는 것을 알기 전까지
는, 어쩌면 손녀다운 애정으로 당신을 사랑했을지도 모르구요."

"……."

손 여사는 대꾸하지 않았다. 독립이 손에 든 가방을 힘껏 움
켜쥐었다.

"하지만 그것과는 별개로 난 당신이 정말로 싫어요. 날 한국
으로 억지로 끌고 온 것은 정말 용서 못해요. 당신이 죽는 날까
지 원망하고 저주하고 증오할 거예요. 당신은 내 인생에서 최대

악이었어. 최대한 고통스럽게, 비참하게 늙어 죽길 바라요. 치매라도 걸려 버려요, 손 여사."

이 되바라지고 당돌한 말에 손 여사가 입을 딱 벌렸다. 손으로 뒷목을 잡는 꼴이 혈압 수치가 급상승한 모양이었다. 독립이 손등으로 눈물을 닦으며 몸을 홱 돌렸다.

"그럼, 안녕히 계세요."

그것이 마지막이었다. 그것으로 다시 미국에 갈 길은 끊어졌다. 그 후로 독립은 살기 위해 돈을 벌었고, 불확실한 과외와 아르바이트를 전전하다가 삼 개월 전에 장르문학 소설들을 출판하는 자그마한 출판사에 취직했다. 마침 동아리 선배와 연줄이 닿아 있던 출판사였기에 대학 중퇴인 그녀를 고용해 준 것이었다. 오늘은 이제 막 수습 기간을 마치고 정직원이 된 지 하루가 지난, 그런 날이었다.

"독립 씨! 얼굴이 왜 그래!"

옥상에서 돌아오자 난영이 물었다. 독립의 얼굴을 향해 있던 눈길은 가슴에 엉망으로 구겨진 채 안겨 있는 피플지로 옮겨갔다.

"내 잡지!"

독립이 민망한 얼굴로 중얼거렸다.

"죄송해요. 하나 새로 사드릴게요."

난영이 작게 입을 벌렸다. 한숨 같은 것이었다.

"그거 두 달 전 잡지거든. 요 앞 가판대에서 재고 정리하잖아.

나도 그 작가 좋아해서 마지막 하나 남은 거 건져 온 건데."

"아, 저런……."

우물대는 독립의 말에 그녀가 정말로 한숨을 내쉬었다.

"뭐, 그냥 독립 씨 가져."

"죄송해요……."

독립이 난영의 책상이 놓여 있는 방을 지나 안쪽에 마련된 편집부 사무실로 들어가 자기 책상에 앉았다. 난영이 안쓰러운 얼굴을 하고 그 뒤를 따라왔다. 벌써 독립이 망쳐 놓은 잡지 일은 잊은 모양이었다.

"왜 그래. 얼굴이 왜 그 모양이야. 화장실에도 없더만. 어디서 뭐 했어?"

난영이 사람 좋은 거야 익히 알고 있었지만 지금과 같은 관심은 절대로 사양하고 싶었다.

날 내버려 둬.

그 사람을 생각할 때는 날 좀 내버려 둬.

"답답해서 옥상에 올라가 바람 좀 쐬고 왔어요."

독립이 자리에 앉자 맞은편 자리의 편집부장인 이경희가 빙긋 웃으며 한마디 던졌다.

"그 원고, 지독하지? 바람 쐬고 싶어질 만하지?"

편집부에서 독립이 하는 일 중 가장 큰일이 출판사에 들어온 원고를 검토하는 일이었다. 일이 많을 때는 하루에 다섯 권도 넘는 원고 뭉치들을 읽어나가야 했다. 작가들에게서 직접 오는 원고라 정리가 잘된 것도 더러 있었지만 상태가 엉망진창인 것들도 많았다. 특히나 지금 검토하고 있는 판타지 소설은 작가가 어느 초등학교를 나왔는지 묻고 싶어질 정도로 한장한장 읽을 때마다 심호흡을 해야 했다. 올해로 이 바닥 인생 십 년째를 맞이하고 있는 노련한 편집부장 경희가 그것을 모를 리 없었다.

독립이 허옇게 뜬 얼굴로 고개를 끄덕였다.

"네, 지독하네요."

그보다 더 지독한 건 피플지였다. 피플지에 실린 제이슨에 대한 기사였다.

"한 일 년쯤 보고 나면 무슨 원고든지 간에 익숙해질 거야. 그런 게 더 많은 게 유감이지만, 일이라는 생각이 안 들 정도로 훌륭한 원고도 있어. 그러니까 어떤 원고든 다 똑같다고 생각해. 직업이 될 거면 익숙해지는 게 낫지."

"네."

관리부의 주난영도 그렇고, 직장 사수인 이경희도 그렇고 다들 좋은 사람들이었다. 작지만 좋은 직장이었고 좋은 직업이라고 생각하고 있었다. 다 좋았다. 다 좋았다. 나쁜 건 하나도 없었다. 다만,

"이독립 씨, 울어?"

다만 문제는 제이슨이었다. 그 망할 놈의 인간.

독립이 휴지를 뽑아 들며 고개를 끄덕였다.

"원고가 아니라 다른 일이구나. 무슨 일인데?"

이번에는 도리도리 고개를 저었다.

제발 묻지 마세요. 아무것도 묻지 마세요.

지금 죽을 것 같거든요. 심장이 터져 버릴 것 같거든요.

"왜, 누가 죽었대?"

아뇨. 잘사는 것 같아요.

역시 신작 소설 제목은 〈눈 감는 시간의 비례〉였어요. 젠장할 인간.

"독립 씨, 뭐라고 말을 해야 나도 알지. 그냥 울고만 있을 거야? 그간 싹싹하게 일 잘하더니 오늘은 왜 그래?"

오늘만 지나면 괜찮아질 거예요. 오늘 하루만 이러고 말 거예요. 오늘 그 인간 소식을 듣게 될 줄 몰랐거든요. 진짜진짜 몰랐거든요.

"안 되겠다. 어디 아파? 조퇴할래?"

눈물샘이 고장난 것 같긴 하지만 아픈 덴 없는데.

"독립 씨, 말을 해야 알지."

독립이 간신히 고개를 들고 좌우로 흔들어댔다.

"괘, 괜찮아요."

그런 독립을 보고 이 부장도 고개를 절레절레 내저었다.

"괜찮긴, 얼굴은 그 모양을 하고. 후딱 일어나서 화장실 다녀와. 거울 보면 독립 씨가 먼저 기절할 거다."

음, 그 정도예요?

독립이 두말없이 자리에서 일어났다. 사무실 한구석에 앉아 질질 짜고 있는 것도 확실히 민폐였다. 간신히 얻은 소중한 직장인데 민폐라니, 안 될 말이다.

자리에서 일어서는 순간, 책상 위 책꽂이에 소중히 꽂아두었던 어떤 책이 우연히 눈에 들어왔다. 그 무슨 불운한 사고 때문인지 반으로 갈라진 책은 조심스럽게 꽂혀진 모양만큼이나 조심스럽게 일련의 테이프로 수리를 마친 상태였다. 매일 보는 책. 그러나 감히 펼쳐 보지는 못한 책. 제이슨의 집에서 들고 나왔던 〈셔벗랜드의 백야〉 초판본이었다.

"……우앙!"

일어서던 독립이 왈칵 울음을 터뜨리며 다시 자리에 철퍼덕 주저앉았다. 어쩔 도리가 없었다. 민폐고 나발이고 지금 당장 울지 않으면 죽어버릴지도 모르겠는데.

다시 꺽꺽대고 울기 시작한 독립을, 질렸다는 표정으로 바라보던 이 부장이 한숨을 내쉬었다.

"그냥 조퇴해라, 독립 씨."

뒤에서 안절부절못하는 얼굴로 서 있던 난영이 독립의 등을 두들겨 주었다.

"그래, 독립 씨. 뭐 안 좋은 일 있는 모양인데 그만 가봐. 사장님한테는 내가 말씀드릴게."

마침 그 순간, 누군가가 기세 좋게 문을 탕 열어젖히며 편집실 안으로 들어왔다.

"다들 안녕! 나 왔어!"

헐렁한 청바지에 금방이라도 흘러내릴 듯한 스웨터. 대충 비끄러매듯 틀어 묶은 머리와 이 초 간격으로 터지는 하품. 올해로 결혼 삼 년차의 원숙한 주부이자 독립이 고용된 이 작은 출판사의 사장인 이비우였다.

"좋은 아침!"

으레 그렇듯 그녀가 들어오는 것을 기점으로 출판사의 분위기가 묘하게 늘어지기 시작했다. 딱히 게으른 인간은 아니었지만 일하는 데 별 도움이 안 되는 사장이라는 의견은 직원들 사이에서 이미 합의를 본 사항이기도 했다.

그녀가 독립을 둘러싼 직원들 사이로 고개를 휙 들이밀었다. 일에는 별 도움이 안 되는 주제에 간섭은 빼놓지 않는 성격이기도 했다. 그녀의 눈이 퉁퉁 부운 독립의 얼굴을 발견해 냈다.

"얼레? 그런데 우리 독립이 표정이 왜 그래?"

＊

"저기, 언니, 나 진짜 괜찮은데요."

"사양하니까 너 아닌 것 같다, 이독립. 응?"

어쩐지 미안한 마음에 극구 사양하는 독립을 억지로 차에 태운 도서출판 책이랑의 젊은 사장 이비우가 배시시 웃으며 차에 시동을 걸었다. 현재는 고용주와 고용인의 관계가 되어 있지만, 비우는 독립의 학교 선배였다. 같은 과도 아니었고, 같은 수업을 들은 적도 없었지만 중앙 동아리를 통해 선후배의 연줄이 졸업 이후에도 끈질기게 남아 있는 한진대학교의 전통에 힘입어 지금까지 원만한 관계를 이루고 있는 사이였다.

아니, 원만한 관계라는 말로는 부족해도 한참 부족했다. 손 여사 가족과 함께 살았던 이십 년의 세월보다 비우와 터놓고 지냈던 이 년의 시간 동안 얻은 게 훨씬 더 많았다. 그녀가 다시 한국 땅에 떨어진 이후로 비우와의 연결 고리가 없었다면, 독립은 진작에 말라 죽었을 것이다.

지금 독립이 얹혀 살고 있는 거처 역시 비우가 다리를 놓아준 곳이었다. 듣기로는 집주인과 그녀가 둘도 없는 친구 사이라고 했다. 침실 두 개인 13평짜리 작은 아파트인 그곳에서 결혼 전의 비우와 집주인은 각자 하나씩 방을 나눠 쓰는 룸메이트였고, 지금은 손 여사의 집을 나온 뒤 딱히 거처가 마땅치 않았던 독립이 그녀를 대신해 비어 있던 그 방을 쓰고 있었다.

"너 바래다주는 김에 나도 친구 볼 거야. 네가 계속 안 간다고 그러면 나 혼자 간다."

비우의 차는 불타는 듯한 빨간색이 인상적인, 꼭 007 영화에서나 등장할 법한 날렵한 느낌의 스포츠카였다. 독립은 전에도 이런 모양의 차를 본 적이 있었다. 물론 그것은 검은색이었지만.

"……이 차, 코르벳이네요."

독립의 말에 비우가 활짝 웃었다.

"이거? 남편 차야. 그 사람이 차를 좋아하거든. 오늘은 내가 뺏었어. 이 차, 출근하는 데는 좀 그렇잖아. 나야 뭐, 전혀 신경 안 쓰지만. 그 사람은 늙어서 신경 쓰이나 보더라구. 독립이 너도 이 차 좋아해?"

독립이 고개를 흔들었다.

"아니요. 예전 애인이 이 차를 끌었거든요."

"어머, 그 사람도 스피드광이었나 보다."

"이 차 좋아하면 그래요?"

"그럼. 이거 마음먹고 밟으면 300km/h는 그냥 나와. 남편 말로는 한국에서 타기에는 좀 아까운 차래. 나야 그냥 끌고 다니지만. 헤헷."

독립의 시선이 이 년 전의 그날로 돌아갔다. 비에 젖은 하이웨이에서, 위스키를 마시며 마구 액셀러레이터를 밟아대던 엉망진창인 남자를 만났던 그날로.

독립이 저도 모르게 비죽대는 웃음을 흘렸다.

"뭐, 미친놈이긴 했어요."

독립의 말에 비우가 어깨를 들썩이며 낄낄 웃었다.

"미친 사람이 이 차 끌면 위험할 텐데. 어쩌다 그런 사람을 만났어?"

히치하이킹 하다가요.

별로 긴 대답도 아니었다. 그런데 독립은 차마 말을 하지 못하고 있었다. 뭔가가 목을 콱 막아버린 모양이었다. 대답이 들리지 않자 비우가 시선을 돌려 조심스럽게 독립을 살폈다.

교차점이 나오고, 핸들을 살살 꺾으며 우회전을 시도하던 비우가 다른 얘기를 꺼냈다.

"우리 남편, 전에 봤지?"

독립이 고개를 끄덕였다.

"좀 늙었지만 잘생겼지?"

그제야 독립이 울 것 같은 얼굴로 가늘게 웃었다. 비우의 남편인 박경진은 고작 잘생겼다는 표현 정도로는 어림도 없을 만큼 괜찮은 남자였다. 똑똑하고, 잘 빠진 데다가 생긴 것도 근사하고 돈도 많았다. 얼핏 들은 바로는 그 S 재벌가의 사람이라고 했다. 비우의 코딱지만한 출판사가 이렇다 할 히트작 없이, 게다가 사업 경험 전무의 어린 사장이 이끌고 있음에도 불구하고 그럭저럭 굴러가는 이유는 순전히 그녀의 이해심 넘쳐 나는 남편 덕분이었다.

"에이, 늙었다는 건 너무했다."

비우도 독립을 따라 웃었다.

"아냐, 진짜 늙었어. 벌써 서른일곱이라니까? 나잇값 한다고 곰살맞고 질투도 많지. 한 번 꽁한 것도 오래가. 그거 외에는 다 괜찮지만. 무엇보다 돈도 많고. 아, 남편 자랑하려는 게 아니라…… 내가 왜 우리 남편 사랑하게 됐는지 얘기했어?"

독립이 고개를 저었다.

"아뇨."

"언제더라, 아무튼 내가 좀 안 좋은 일이 있어서 밤새도록 운 적이 있었어. 당연히 얼굴이 엉망이었지. 그때는 연애 전이었는데, 남편이 내 얼굴 보더니 고질라 CG를 눈앞에서 보고 있는 것 같다잖아. 뭐, 그러더니 집까지 태워다 주더라고. 그때 난 그 사람을 굉장히 미워한다고 생각하고 있었는데 기분은 그렇지, 얼굴은 엉망이지, 그런데 그 말이 되게 고맙더라고. 그래서 그랬는지 밤새도록 운 이유를 미주알고주알 털어놨어. 지금 생각해 보면 그게 사랑으로 발전하는 계기였던 것 같아. 그러니……."

비우가 독립을 바라보며 생긋 웃었다.

"귀여운 후배님, 우리도 사랑에 빠져보는 게 어때? 오늘 무슨 일 있었어?"

"……."

독립이 입만 뻐끔대고 아무 말도 없자 비우가 콧등에 주름을 그려 넣었다.

"내가 맞춰봐? 너 작년까지 오매불망 기다렸던 그 옛날 애인 일 아니야? 아니면 네가 이렇게 울 일이 뭐가 있어."

비우의 입에서 옛날 애인이라는 말이 나오는 순간이었다. 독립이 두 눈을 질끈 감고 입을 크게 벌렸다.

"……우앙, 비우 언니!"

그리고 마음껏 울기 시작했다. 이 년 전, 그를 만났던 날 탔던 것과 같은 모양의 차 안에서.

No. 12

"낄낄. 그 인간 진짜 골 때리네. 그래서? 그래서?"

한두 모금씩 깔짝대며 마시기 시작한 맥주도 알코올이라고, 양 볼이 빨갛게 된 채 헤롱대는 몸을 제대로 가누지 못하고 있는 독립이 작은 트림 소리와 함께 얘기를 마저 이었다.

"끅. 그래서는 뭘요. 개자식이라고 해주고 뛰쳐나왔죠오."

벌써부터 혀가 제대로 돌아가지 않는 독립의 말에 비우가 방바닥을 치며 웃어댔다.

"으하하! 어떡해, 너무 웃겨! 거기가 어딘 줄 알고 뛰쳐나와? 그래서? 그래서 어떻게 됐어?이거 소설 하나 나오겠다!"

"이히, 그렇죠오?"

"응, 응! 그렇게 못된 인간 어디가 좋았어?"

비우의 물음에 독립이 알딸딸한 고개를 갸웃거렸다.

"으응, 잘생겼어요."

"애걔, 잘생겨서 좋아했어?"

"응. 잘생겼는데…… 정신병자라서요오."

비우 역시 고개를 갸우뚱거렸다.

"정신병자? 그래서 좋아했다고?"

독립이 배시시 웃으며 고개를 끄덕였다.

"응응. 정신병자…… 거짓말쟁이, 그리고 또오…….."

이어지는 알 수 없는 얘기에 비우가 독립의 등을 한 대 매섭
게 후려쳤다.

"옹야! 아파요오."

"애가 취했구나. 그게 무슨 소리래."

"우웅, 그게 아니요오…….."

"이 바보야. 그런 남자 뭐 한다고 이 년씩이나 기다려. 말이
나왔으니까 말인데 너 그간 죽을 뻔했었잖아. 이거 진짜 바보
아냐?"

"아니, 아니…… 그게 아니라요오…….."

독립도, 비우도 다들 술이 발갛게 오른 상태였다. 술 취한 두
여자를 내려다보는 한 남자가 혀를 찼다.

"어이구, 둘이 똑같구나."

그는 현재 독립이 얹혀 살고 있는 이 작은 아파트의 실명 소

유주이자 비우의 대학 동기, 그리고 독립의 대학 동아리 이 년
선배인 박상혁이라는 남자였다. 올해 스물일곱, 아직 팽팽하고
매끄러운 피부가 한창 시절 제법 날렸을 법한 미모를 말해 주고
있는 자유로운 싱글 독신남이기도 했다.

　방 안 여기저기 흩어져 있는 소주병과 맥주병, 보기만 해도
괴로운 소리가 나올 법한 양의 칩들과 스낵 더미, 반쯤 녹은 아
이스크림 통, 통통한 딸기들, 아직도 짭짤한 냄새를 풍기는 오
징어 쥐포 등의 마른안주가 전형적인 자취생의 술자리 풍경을
만들어주고 있었다. 소주는 상혁을 위한 것이었고, 알코올 냄새
가 거의 나지 않는 과일 향의 맥주들은 독립과 비우를 위한 것
이었다. 빈 소주병은 모두 세 개였고, 빈 맥주병은 고작 하나에
불과했는데 가장 많이 취한 것은 아직 한 병도 제대로 비워내지
못하고 있는 독립이었다.

　"그게 아니라…… 아, 재수없어. 무슨 남자가 그렇게 밥맛인
지이, 세상 여자들이 다 자기만 좋아하는 줄 아나 봐. 뭐라더라?
덤벼든다고 덥석 받아먹고 팔 정도로 내 글은 싸구려가 아냐!
이러더라니까요오……."

　비우가 아이스크림 통을 집어 들며 의아한 눈빛을 보냈다.

　"응? 글? 그 남자 글 써?"

　독립이 고개를 끄덕거렸다.

　"네에."

　"무슨 글? 나도 알 만한 글이야?"

"으응……."

"헤에, 뭔데?"

"우웅……."

열심히 떠들어대던 독립이 결국 무거워지는 고개를 주체 못
하고 옆에 앉은 상혁의 어깨를 향해 푹 고꾸라졌다. 얌전히 소
주잔을 비워내던 상혁이 휘청대는 독립의 고개를 아슬아슬하게
받아 등을 기대고 있던 침대에 기대게 했다.

"그만 마셔라, 이비우. 독립이 완전히 취한 거 같은데?"

비우가 벌써 흐리멍텅해진 눈을 들었다.

"응? 우리 독립이 취했어?"

"그래. 얘도 술 되게 약해. 신입생 환영회 때 한 잔 마시고 뻗
던 거 기억난다."

"으응, 그랬나?"

"그랬어. 아무튼 먼저 술 마시자고 한 것들이 다들 왜 이래.
김빠지게."

상혁이 따듯하게 데운 우유처럼 부드러운 웃음을 흘리며 비
우의 입으로 스낵 하나를 밀어 넣었다.

"덕분에 나만 입맛 버렸다."

상혁의 말에 비우가 스낵을 깨물며 배시시 웃었다.

"이놈 자식, 이거 완전 술꾼이라니까. 세 병이나 마셨으면 됐
지 뭘 더 바라."

"아직 두 병 반이야."

"쳇, 그거나 그거나."

비우가 종알종알대며 남은 맥주병을 마저 비워냈다. 병을 흔들어 완전히 빈 것을 확인한 비우가 빈 맥주병을 또르륵 방바닥에 굴렸다.

"에구, 그나저나 우리 독립이 어쩐다."

비우의 손이 반쯤 눈을 감고 있는 독립의 엉덩이를 팡팡 두들겨 댔다.

"야, 애 아파."

상혁이 눈짓으로 비우를 말렸지만, 술 취한 비우는 기분이 좋은 모양인지 계속해서 독립의 볼을 잡고 양쪽으로 쭉 늘어뜨렸다.

"아우, 얘는 어쩜 이렇게 귀엽냐. 완전 만두잖아, 이거."

손길이 좀 과한 모양이었다. 반쯤 정신을 놓고 있던 독립이 통증을 느꼈는지 고개를 흔들어댔다.

"우이잉!"

비우의 양손에 볼을 붙들린 채 버둥대는 독립의 모습을 지켜보던 상혁이 어깨를 들썩이며 웃어댔다.

"와, 얘 진짜 귀엽다. 머리끝부터 발끝까지 장난감 같아."

비우가 상혁에게로 고개를 돌려 빙글대는 웃음을 지어 보였다.

"넘보지 마셔, 이 처녀킬러."

상혁이 낄낄대며 웃었다.

"와, 억울하다. 나 요새 마음 잡았다니까. 너 시집가고 나 계속 싱글이었어."

"흥. 그래도 독립인 안 돼. 너 같은 바람둥이한테는 너무 아까워."

비우의 말처럼 상혁은 한때 못 말릴 바람둥이였다. 비우가 알기로도 꽤 많은 여자가 그를 스쳐 갔고, 그를 사랑했고, 그와 헤어졌고, 그리고 상처받거나 화를 낸 채 가버렸다. 그 기간 동안 상혁 역시 스스로도 알지 못하는 상처를 받았다. 그가 그런 식의 삶에 대해 무언가 잘못된 점을 느끼기 시작한 것은, 룸메이트였던 비우의 결혼과 거의 엇비슷하게 일어난 일이었다. 그것이 삼 년 전이다.

"걱정 마라. 손 안 대."

"호오, 그러셔?"

계속 짓궂은 웃음을 던지는 비우를 피해 상혁이 정색을 하고 일어났다.

"얘는 장난으로 하면 안 되는 애잖아. 얼굴에 나 장난 몰라요, 이렇게 써붙이고 있던데 뭘. 이런 사람 건드리면 내가 더 다쳐."

"왜 네가 더 다쳐?"

상혁이 독립의 허리 아래로 손을 넣어 끙차 들어 올렸다. 잠시 그대로 서서 독립의 눈 감은 얼굴을 들여다보던 그가 조심스럽게 허리를 굽혀 그녀를 침대 위에 내려놓았다.

"좋아하기 시작하면, 진짜로 좋아할 것 같아서."

"그……."

상혁의 표정을 보고 비우가 무슨 말을 하려던 입을 꾹 다물었다.

띵―동.

상혁의 집 현관 벨소리가 울린 것은 바로 그때였다.

"누구세요?"

두터운 현관문 안에서 들려오는 누군가의 음성을 들으며, 제이슨은 목 안쪽이 뻣뻣하게 굳어오는 것을 느낄 수 있었다. 네 시간 전 뉴욕에서 서울까지 장시간의 비행을 마치고 지상의 콘크리트를 밟았을 때보다 한층 더 어질어질한 느낌이었다.

이 너머에 과연 독립이 있을까? 정말로⋯⋯?

찰칵, 끼이익!

문이 열리고 누군가의 얼굴이 드러났다. 이마를 가린 적당한 길이의 검은 머리, 새하얀 얼굴, 얇게 쌍꺼풀이 패인 맑은 눈, 보드랍고 건조해 보이는 입술. 남자였다. 그보다 몇 살은 어려 보이는.

"누구십니까?"

낯선 남자가 그를 올려다보며 다시 한 번 물었다. 그보다는 머리 하나 정도 더 작은 키였다.

제이슨이 손 안에 쥐고 있던, 이곳의 주소가 적힌 메모지를 저도 모르게 구겨 버렸다. 혹시나 해서 들고 온 것이었다. 혹시라도 잊어버릴까 봐서. 그러나 제이슨은 자신이 고작해야 숫자

따위를 잘못 외울 리가 없다는 것을 알고 있었다.

"사람을……."

칼칼한 목소리가 입 밖으로 새어나왔다.

"……찾아왔습니다만, 혹시 이독립이라는 사람이 여기 살고 있지 않습니까?"

심장 박동 수치가 비정상적으로 높아졌다. 두 달 전 사설탐정 회사에 독립의 행방을 알아봐 달라는 의뢰를 할 때까지만 해도 그는 자신이 한국행 비행기를 탈 거라는 생각은 꿈에도 하지 못하고 있었다. 그는 독립이 뉴욕 어딘가의 ELS 기관에서 수업을 받고 있을 것이라 생각했다. 결국 독립이 그에게 했던 말에도 거짓은 있다는 소리였다.

독립이 모종의 이유로 강제 출국을 당했다는 보고를 접한 순간, 그는 망설임없이 한국행을 택했다. 그는 믿었다. 독립이 사라져 버린 것에는 그가 알지 못했던 이유가 있노라고. 독립은 떠난 게 아니라 떠날 수밖에 없었던 것이고, 돌아오지 않은 게 아니라 돌아오고 싶어도 돌아올 수 없었던 것이라고. 그러니 그가 찾아가는 것이 당연한 일이라고.

그렇게 그는 한국의 서울, 독립의 집 앞에 섰다. 그런데 초인종을 누르자 나온 것은 굉장히 낯선 얼굴의 젊은 남자였다.

젊은 남자가 고개를 끄덕이며 미심쩍은 눈초리를 보냈다.

"그렇습니다만, 누구시죠?"

그가 물었다. 제이슨은 그의 물음을 가볍게 무시했다.

"지금 있습니까?"

"그런데요."

"볼 수 있을까요?"

"지금은 자는데. 먼저 누구신지……."

끈덕지게 이어지려는 남자의 말을, 제이슨이 두 번째로 무시하며 현관문의 손잡이를 잡고 홱 잡아당겼다.

"그럼 좀 들어가겠습니다."

그러나 문은 생각처럼 쉽게 당겨지지 않았다. 문 안쪽에서, 이 남자가 단단하게 버티고 서서 손잡이를 꽉 움켜쥐고 있었기 때문이다.

"지금 잡니다. 누군지 말씀해 주시면 전해 드릴 테니 지금은 그냥 가세요."

제이슨의 눈매가 차갑게 굳었다.

"상관없습니다. 기다리죠."

그가 다시 한 번 문을 잡아당겼다. 물론 이번에도 남자는 쉽게 문을 열어주지 않았다. 그가 제이슨을 올려다보며 기분 나쁜 표정을 지었다.

"여긴 제 집입니다. 전 제가 모르는 사람이 들어오는 게 싫고요."

순간 제이슨이 멈칫, 굳었다.

"……독립이 여기 산다고 알고 있습니다만."

그가 금방이라도 갈라져 버릴 것 같은 목을 억지로 열어 이렇게 말했다. 아직 어스름하게 남아 있는 오후의 햇살이 반사되는 제이슨의 두 눈은, 확연히 차이가 나는 이질적인 두 홍채의 색으로 인해 그라는 존재 자체를 이질적으로 비춰내고 있었다.

아마도 그 모습이 위협적으로 보였던 탓일 것이다. 젊은 남자가 어깨를 으쓱하더니 충분히 방어적인 눈빛으로 이렇게 말했다.

"제 집이고, 독립이는 여기서 저와 함께 사는 게 맞습니다."

터질 것처럼 뛰다가 다시 돌처럼 굳는 심장. 제이슨이 다시 한 번 입을 열어 '우리 독립이랑 네놈이랑 무슨 사이인데!' 라고 묻기 전에, 남자가 그림으로 그린 듯한 예쁘장한 미소를 지어내며 문을 홱 잡아당겼다.

"그럼."

쾅!

그렇게 그의 눈앞에서 문이 닫혔다. 다시는 열리지 않을 것처럼, 그렇게 아주 단단하게.

"상혁아아…… 누구야?"

현관문을 닫자 비우의 혀 꼬인 목소리가 들려왔다. 돌아서는 상혁은 묘한 표정을 짓고 서 있었다. 대꾸를 하는 그의 눈은 자신이 쓰는 침대 위에 엎어진 채로 정신없이 자고 있는 독립에게 고정되어 있었다.

"글쎄, 모르는 사람."

"모르는 사람이 왜 와아?"

묘한 얼굴. 묘한 표정. 묘한 목소리.

상혁의 눈길은 여전히 독립에게 향하는 채였다.

"상관없어. 이젠 안 올 거야."

＊

"아우우우우우…… 머리 아파아……."

새벽 즈음, 독립이 찡얼대며 부스스 눈을 떴다. 입 안이 바짝
마르고 머리가 어질어질한 게 꼭 목 안으로 비행기 한 대가 통
과한 느낌이었다.

"우우우……."

침대에 누워 팔다리를 한참 버둥대던 독립이 결국 밀려오는
갈증을 참지 못하고 일어섰다. 욱신거리는 머리는 온몸의 몸무
게가 온통 쏠린 듯 무거웠고 손발은 연체동물이 된 듯 흐느적거
려 미칠 맛이었다. 독립이 더듬더듬, 어두운 방을 더듬어 걸음
을 옮겼다. 아직도 몽롱한 상태였다. 여기가 어딘지, 자신이 누
구인지도 잘 기억이 안 났다. 생각나는 것은 갈증뿐이었다.

탁!

몇 발자국 걷던 독립의 발끝이 문지방에 걸렸다.

"윽!"

캉!

동시에 이마가 유리로 된 미닫이 문을 받아버렸다.

"우욱……."

느닷없는 통증에 진저리를 치면서 독립이 방문을 기어나가 바로 놓여 있는 냉장고의 문을 열었다.

"끙!"

그런데 냉장고 문은 왜 이렇게 무거운 걸까. 힘이 안 들어가는 팔로 냉장고 문을 붙들고 비틀대던 독립이 결국 포기하고 현관 쪽으로 갔다. 무언가 시원한 게 필요했다. 양 뺨에서는 불이 붙은 모양이었다. 욱신대던 머리 속은 이제 지진이 난 것처럼 헝클어지기 시작했다.

"우이씨……."

몇 번을 더듬대던 독립이 냉장고 문을 여는 것보다 훨씬 힘이 덜 들어가는, 현관문 손잡이의 잠금쇠를 돌리는 일에 성공했다.

찰칵!

그렇게 잠금쇠가 돌아가는 소리가 들리는 순간이었다.

홱!

갑자기 밖에서 확 당겨지는 문 탓에, 가뜩이나 비틀대던 독립이 앞으로 고꾸라질 것처럼 몸을 홱 숙였다. 그렇게 현관 바닥에 코를 박기 직전, 누군가가 재빨리 그녀를 안아 들었다.

"우왁!"

입에서 비명이 나오는 순간, 익숙한 체취가 코끝을 스쳤다. 사고회로가 엉망진창으로 꼬인 독립의 머리 속에서, 이 년 동안 꽁꽁 싸매두었던 기억 하나가 툭 튀어나왔다. 독립이 눈을 가늘게 뜨고는 억지로 고개를 치켜들어 자신을 단단하게 받치고 있는 누군가의 얼굴을 들여다보았다.

"……얼레?"

저 익숙한 얼굴. 저 숨 막히는 얼굴. 저 그리운 얼굴.

"제…… 이슨?"

아무래도 머리가 어떻게 된 모양이었다. 독립은 이게 술을 너무 많이 마신 후유증일 거라고 생각했다. 그런 생각이 당연했다. 그녀의 삶에서 다시 제이슨이 등장하는 일이 있을 리가 없었으니까. 이건 그저 술 취해 꾸는, 엉망진창인 꿈 정도인 모양이었다.

"헤에……."

독립이 손을 뻗어서 제이슨의 얼굴을 만졌다. 뭐가 뭔지 모르겠다. 뭐가 어떻게 된 건지 잘 모르겠지만 제이슨이 만져졌다.

"으음……."

독립이 콧등을 찡그렸다. 수십 번, 수백 번을 더 생각해 오던 일이었다. 어느 날 다시 제이슨을 만나게 되면, 그렇게 되면 해주고 싶었던 말이 잔뜩 있었다. 가슴이 터질 정도로 쌓여 있었다.

잘 지냈어요?

이씨, 네가 그 제이슨이라며!

헤일리가 나랑 정말 닮았어?

사랑해요.

보고 싶어하다가 죽어버리는 줄 알았어.

나 가출했어요.

할머니더러 치매나 걸려 버리라고 했어. 속 시원해.

사랑해.

보고 싶어.

나 죽어버리는 줄 알았어.

당신, 진짜 전화번호가 어떻게 돼요?

당신 사랑해.

사랑해…….

그러나 가장 먼저 하고 싶은 것은,

"이씨…… 이 개자식아!"

라고 외치면서 그를 죽도록 패주는 것이었다.

독립이 기우뚱대는 머리로 그의 가슴팍을 떠밀었다. 움찔, 뒤로 물러날 것처럼 반 걸음 정도 옮기던 그가 그대로 독립의 머리를 붙잡아 확 끌어안아 버렸다.

"뭐든 다 해."

이 목소리. 죽을 정도로 그리웠던 이 목소리. 그 목소리가 이렇게 중얼거렸다.

"뭐든 다 해. 무슨 소리든 다 해. 대신 곁에만 있어."

"이씨…… 그…….."

그 정도 가지고는 어림도 없었다. 독립은 날마다, 매일같이 제이슨을 욕하며 두들겨 패는 장면을 상상했다. 그리고 그가 눈물을 줄줄 흘리면서 용서를 구하는 장면도. 그러니 이 정도 가지고는 어림도 없었다. 더 때리고 더 욕하고, 그는 더 울고 더 비참하게 그녀에게 매달려야 했다.

"이, 그……."

독립의 눈이 스르륵 감겼다.

이러면 안 되는데. 더 욕하고 더 때려줘야 하는데.

머리가 무거웠다. 몸이 무거웠다.

이씨…… 당신, 더 미안해하란 말이야. 더 빌란 말이야. 내가 얼마나…… 내가 얼마나 기다렸는…… 데…….

"이이……."

결국 독립이 제이슨에게 푹 파묻힌 채로 다시 눈을 감아버렸다. 제이슨이 그대로 그녀를 안아 들고는 서둘러 그 좁은 아파트 복도를 빠져나왔다.

독립과 함께 산다고 말했던 그 젊은 남자에 대한 죄책감은 새발의 피만큼도 없었다. 독립은 원래 그의 것이었다. 독립이 이 년 전에 그에게 전부 주었으니.

그는 당연한 걸 찾아가는 것뿐이었다. 다만 한 가지 유감스러운 것은, 이렇게 새벽 늦은 시간에 야반도주라도 하듯 몰래, 술 취해 정신이 없는 독립을 조용히 끌고 간다는 사실이었지만. 어쨌거나 그딴 소리를 들었다고 맥없이 물러나는 게 아니라 끝까지 기다리고 있었던 보람이 있었다.

뭐, 눈을 뜨면 독립도 기꺼이 잘했다고 말해 줄 것이다.

히치하이킹 일 년 십 개월 하고도 하루 후

: 여행 계획을 세우는 데는 한 시간도 필요없다
가방 속에 속옷 몇 개를 주셔 넣는 시간 정도면 충분하다
그동안 당신은 이전 여행에 대한 불유쾌한 상처를
기꺼이 털어버릴 수 있다

"**끼**에엑!"

그리고 아침. 박상혁과 이독립이 함께 사는 작은 아파트에 비명 소리가 메아리쳤다.

"난 몰라! 여기서 자버렸어!"

먼저 눈을 뜬 이비우가 펄쩍 뛰며 소리를 질렀다. 가장 먼저 확인하는 것은, 역시 핸드백 안에 들어 있는 휴대전화. 휴대전화는 전원이 오프된 상태였다. 당연한 것이었다. 어제 술 취한 독립을 먼저 재운 다음 그녀는 상혁과 한 병 정도 더 마셔댔으니까. 중간에 그 잘생기고 돈도 많고 나이도 많은 남편에게서 쉴 새 없이 걸려오는 전화가 짜증나 그녀 스스로가 전원을 꺼버

렸으니까.

"우엥! 어떡해!"

방방 뜨는 비우의 비명 소리를 듣고 방 한구석에서 부스스 눈을 뜬 상혁이 대수롭지 않은 목소리로 말했다.

"너 술 먹고 여기서 잔 게 한두 번이냐. 그냥 가서 또 빌어. 그럼 잘 해결되잖아."

비우가 어제 밤새 입고 있느라 엉망이 되어버린 옷가지를 매만지면서 징징거렸다.

"네놈이 몰라서 그래. 그 인간 얼마나 쪼잔하게 구는데. 한 이틀은 나하고 말도 안 할걸. 아우, 이게 대체 무슨 일이야!"

비우가 징징대는 것에 비해서 그리 심각한 일이 아니라는 것을 이미 알고 있는 상혁은 태연한 얼굴이었다. 그와 술을 마시느라 곧잘 외박을 일삼는 비우는 문제 가정의 문제 주부가 아니라 남편을 끔찍하게도 사랑하는, 정말로 사랑받는 아내였다. 그녀의 남편인 박경진이 분명 이번 일로 잔소리는 좀 늘어놓을 테지만 비우가 이곳을 친정처럼 여기고 있다는 것을 그도 알고 있기에 이전까지처럼 별일은 없을 것이다.

늘어지게 기지개를 켜고 일어나 어제 혼자서 소주 세 병을 비워낸 사람이라고 도무지 믿을 수 없는 생기 넘치는 표정으로 잔뜩 어질러진 방 안을 한 바퀴 슥 돌아본 상혁이 의아한 얼굴로 다시 비우를 바라보았다.

"그런데 독립이는 어딨냐?"

"웅?"

비우가 두 눈을 깜박깜박하더니 상혁을 따라 방 안을 한 바퀴 둘러보았다. 그리고 주방도, 화장실도, 독립이가 쓰는 작은 방도.

결과는,

"끼에엑!"

또 다른 비명 소리였다.

"독립이 얘 어디 갔어!"

*

"끼에엑!"

비명 소리는 제이슨이 머물고 있는 메리어트 호텔 객실에서도 튀어나왔다. 눈을 뜨자마자 자신이 웬 남자의 팔 안에 폭 갇혀 있다는 것을 깨달은 독립이 내지른 비명이었다.

기껏해야 고막과 오 센티미터 내외에서 울려 퍼지는 시끄러운 소음에 제이슨이 진저리를 치며 몸을 일으켰다.

"넌 잘 잔 표시를 꼭 이렇게 내야 되냐."

말투는 엉망이었지만, 그는 심장을 조여오는 아찔한 감정에 저도 모르게 긴장된 미소를 짓고 있었다.

독립이다. 그가 만들어낸 상상이 아닌 진짜 독립이.

그 역시 이 순간을 수백 번, 수천 번 상상했다. 다시 만나게 되면 일단 제일 먼저 독립이 비명을 지를 때까지 힘껏 안아볼 생각이었다. 우유 푸딩같이 말캉한 그녀의 맨몸을, 그 보드라운 촉감을 질릴 때까지 맛본 다음 이번에는 질릴 때까지 키스를 퍼붓고, 그 다음에는 질릴 때까지 그녀를 바라볼 생각이었다. 그렇게 한 이십 년쯤은 해야 할 것 같았다. 무언가 따져 묻고 캐묻는 것은 그 이십 년 뒤에 해도 아무 상관이 없을 것 같았다.

제이슨이 독립을 향해 힘껏 팔을 뻗었다.

어서 와. 와서 안겨. 그래서 지난 이 년은 거짓이었다고 말해 줘.

그러나,

퍽!

제이슨의 품에 안긴 것은 독립이 아니라, 방금 전까지 베고 있던 커다란 베개였다. 독립이 지닌 못된 버릇 중 하나가 고스란히 튀어나온 것이다.

"당신 뭐야!"

독립이 새하얗게 질린 얼굴로 이렇게 말했다. 제이슨의 얼굴에 잠깐, 아주 잠깐 혼란이 스쳐 지나갔다.

이 반응은 대체 뭐지?

"뭐긴 뭐야."

"여긴 또 뭐야! 당신이 왜 여기 있어! 나는 또 왜 여기 있고! 여긴 어디야!"

발갛게 달아올라 씩씩대는 독립은 이 년 전의 그녀와 꼭 같았다. 이렇게 꼬치꼬치 따지는 대신 눈물을 흘리며 안겨오는 환대를 기대했던 그가 잠시 달콤한 꿈을 꿨던 모양이다. 그러나 유감스럽게도, 제이슨은 그녀를 다루는 방법을 잘 알고 있었다. 이 년 전에도 즉효였으니 지금도 효과는 백발백중일 것이다.

제이슨이 인상을 쓰며 손가락으로 머리를 짚었다.

"소리 지르지 마. 설명할게. 일주일 정도 잠을 못 잤더니 큰 소리를 들으면 골이 흔들려."

순간 독립의 표정이 변했다.

"……왜 잠을 못 자?"

빙고.

그가 아프다고 하면 언제든 기꺼이 온몸으로 걱정해 주는 독립은 여전했다. 그들 사이에 이 년이라는 시간 따위는 없었다. 그들을 가로막는 것은 아무것도 없었다. 그간 제이슨은 아주 질이 나쁜 꿈을 꿨을 뿐이다.

그녀는 여전히 그의 것이었다. 그녀는 여전히 예뻤고 여전히 말캉했고 여전히 사랑스러웠다. 울컥 치솟는 감정에 그는 다시 독립을 끌어안고 싶어 손이 근질대는 것을 느꼈다.

"불면증. 병명이 하나 추가됐어."

그가 부스럭대며 몸을 일으켜 어제 입고 왔던 수트 안 주머니에서 무언가를 꺼내 들었다. 닥터 해밀튼이 써준 처방전이었다. 몸을 돌린 제이슨이 그것을 독립에게로 내밀었다.

"상담을 했더니 닥터 해밀튼이 처방전을 써주더라고. 그래서 어제하고도 하루 전 비행기를 탔어. 그러니까 여기는 내가 묵는 호텔이고. 어젯밤 술 취한 너를 내가 데리고 왔어."

독립이 인상을 잔뜩 구기고는 그것을 받아 들었다.

"이게 뭐래요?"

"그게 처방전이야."

네모 반듯하게 접혀 있긴 하지만 어딘지 모르게 꾸깃꾸깃한 그것을 독립이 펼쳐 들었다. 그 안에 쓰여진 해밀튼의 글씨를 읽은 독립의 얼굴이 벌겋게 달아올랐다. 그녀의 표정에 담긴 의미를 읽을 수가 없던 제이슨이 곤혹스러운 미소를 지어 보였다.

독립아, 뭐라고 말을 해줘야지.

그래야 내가……

탕!

독립이 침대 옆 스탠드 테이블에 해밀튼의 처방전을 소리나도록 내려놓았다. 원래 만만치 않은 성격이라는 걸 알고는 있지만 저 표정은 왠지 모르게 불안했다.

"불면증? 당신 원래 못 자는 병 있었잖아."

그리고 저 목소리. 다정함 따위라고는 눈곱만큼도 없는, 뭔가가 뚝뚝 떨어지는 듯한 저 목소리.

"못 자는 병은 아니었어. 과민성 수면 장애라니까."

"어쨌든!"

독립이 목소리를 높였다. 제이슨은 그녀의 전투적인 반응이 정말로 마음에 들지 않았다. 왜 저러는 걸까. 혹시 그 같이 산다던 남자와 심각한 사이로 발전하느라 자신을 잊어버린 것일까?

독립이 손톱을 물어뜯기 시작했다. 낯선 모습이었다. 그가 그 동안 한 번도 보지 못한 모습이었다.

"불면증이라고 했더니 의사가 나한테 가보래요? 왜요?"

제이슨의 어떤 표정을 지어야 할지 도무지 모르겠다는 표정으로 입을 열었다.

"나를 구할 수 있는 건 너뿐이니까."

"하, 왜요? 내가 의사야?"

"그건……."

아무래도 다른 얘기를 먼저 하는 게 나을 것 같았다. 제이슨이 침대 위에 앉아 있는 독립에게로 좀 더 몸을 숙였다.

"닥터 해밀튼의 말로는, 자신이 사기꾼이라도 된 것처럼 내과민성 수면 장애가 사라졌대. 이제 꿈 따위는 꾸지 않아. 자살 충동도 없고, 습관성 자해와 약물 의존증도 사라졌어. 대신 불면증이 생겼지."

독립이 그를 떠난 시점을 기준으로. 그의 불면증은 그녀로 인해 생겨난 것이었다.

독립이 그의 얼굴을 빤히 들여다보았다.

"무슨 말이 하고 싶은 건데요?"

"그러니까 닥터 해밀튼이 말하길……."

독립이 그의 말을 다 듣지도 않고 왈칵 성질을 냈다.

"그러니까 그 보험 외판원같이 생긴 정신과 의사가 뭐라고 했

냐고요. 당신 병에는 내가 필요하대요? 밤마다 같이 꼭 붙어서
자줄 여자가 필요하대요? 당신이 어떤 인간인지, 당신이 어떤
빌어먹을 성격인지 하나도 안 따지고 오냐오냐 빌붙어 있어줄
여자가 필요하대요? 그래서 날 찾아왔어요? 이 년이나 지난 지
금에서? 여전히 내가 오매불망 당신만 기다리고 있을 줄 알고?"

이번에는 그가 물을 차례다.

"빌어먹을! 그게 대체 무슨 소리야!"

그래, 독립이 무슨 소리를 하는지 그는 하나도 모르겠다. 그
는 독립을 찾아온 것이다. 그녀가 배신했다는 생각에 일 년 팔
개월을 죽을 듯 괴로워하다가, 그래도 안 될 것 같아 다시 그 두
달 후에 그녀를 찾아서 온 것뿐이었다.

오냐오냐 빌붙어줄 여자?

천만의 말씀이었다. 그가 필요로 하는 것은 독립이었다. 사사
건건 시비에다가 십대처럼 철이 없고 비 오는 한밤중에 하이웨
이 한복판에서 목숨을 내건 히치하이킹을 할 정도로 엉망진창
인 그녀가.

독립이 다시 베개를 들어 그의 얼굴을 내려쳤다.

퍽!

이 호텔이 깃털 베개를 쓰지 않는 것이 다행이었다. 독립은
정말로 인정사정 안 봐주고 내려쳤으니.

"어디서 소리를 질러! 누구한테 화를 내! 그래서 당신, 그 지
랄 같은 병이 다 나았을 때는 어디로 사라졌는지든 말든 나 몰

라라 내팽겨쳐 두었다가 이제야 다른 병이 생기니까 홀랑 생각이 났다는 말이잖아! 아플 땐 생각나던? 이 년 내내 코빼기도 안 내밀다가 아파지니까 다시 생각났냐고, 이 지랄 같은 인간아!"

제이슨의 얼굴이 구겨졌다. 그녀의 말은 앞뒤가 뒤바뀌어 있었다. 먼저 떠난 것은 그녀였다. 그가 먼저 훌쩍 그녀를 떠난 것이 절대 아니었다.

제이슨이 독립의 손에서 억지로 베개를 빼앗아 들고 그녀와 눈을 맞췄다.

"너야말로 무슨 소리를 하는 거야! 먼저 사라진 건 너잖아! 아무 말도 없이, 기별도 없이 사라져 버린 건 너라고! 이 년 동안 내가 무슨 생각을 하며 살았는 줄 알아? 불면증이 생기자마자 네 생각이 났냐고? 천만에! 불면증은 너 때문에 생긴 거야! 어제 오늘 생긴 게 아니라 네가 사라지고 생겼어!"

독립이 머리를 흔들어댔다.

"그럼 그동안은 뭘 했는데! 그동안은 안 찾아오고 뭘 했는데! 내가 그간…… 내가 그간 어떻게 기다렸는데! 어떻게 버텼는데!"

그녀는 울고 있었다. 정말 잘 우는 여자였다. 그리고 그녀가 울 때마다 제이슨은 차갑게 굳었다고 생각한 심장에 새 피가 도는 것을 느꼈다.

그가 손을 뻗어 독립의 작은 머리를 가슴께로 끌어당겼다. 독립이 순순히 끌려왔다. 제이슨이 그녀의 머리칼에 얼굴을 파묻고 속삭이듯 말했다.

"네가 사라지고…… 제정신이 아니었어. 집 안은 엉망이지, 강도는 아니라고 하지, 책은 없어졌지, 파일은 열려 있었지…… 그래서 네가 집을 나간 건 줄 알았어. 내 원고를 가지고……."

그때였다.

어깨를 들썩이던 독립이 그 순간 움직임을 딱 멈췄다.

"뭐라고?"

독립이 그의 품 안에서 휙 고개를 들었다. 온통 젖은 작고 하얀 얼굴이, 기묘할 정도로 차갑게 보였다. 손을 대면, 그대로 쩡하고 깨져 버릴 것만 같았다.

"내가 당신 원고를 가지고 뭘 어쨌다고?"

제이슨이 안타깝게 고개를 흔들었다.

"얘길 들어봐. 물론 그랬다는 게 아니라 당시 정황이 그랬다는 거야. 나는 너를 찾을 수도, 그렇다고 너를 고발하거나 신고할 수도 없었어. 잊는 게 가장 나을 거라고 생각했어. 그대로 잊어서, 아무 일도 없었다는 것처럼……."

"뭐라고!"

다시 독립이 빽 소리를 질러대는 통에 그의 말이 뚝 멈췄다. 순식간에 기묘한 정적이 만들어졌다. 독립이 그 새하얗게 질린 얼굴로, 최대한의 경멸을 담아 그를 바라보고 있었다.

둘의 시선이 얽혔다. 독립의 눈빛은 마치 생선 가시 같았다. 가시처럼 따끔했다.

"정말 그렇게 생각했어?"

"……."

"내가 당신 원고를 훔쳐갔다고? 그럴 목적으로 당신한테 매달렸다고?"

부정할 수 없었다. 그때는 정말 그렇게 믿었으니까.

"……그때는 그랬어."

제이슨의 힘겨운 대답에 독립의 새하얀 얼굴이 엉망으로 구겨졌다. 아주 깊게 숨을 들이킨 그녀는 마치 호흡 한자락에 일 년 치의 수명이 빠져나가는 것처럼 천천히, 고통스럽게 숨을 내뱉었다.

"내가 그……."

탁, 탁.

가시처럼 마디가 끊기는 독립의 말.

"나…… 우리…… 그, 그러……. 그러니까 결국…… 날, 날 의심해서……."

토막난 그녀의 말은 당연히 무슨 의미인지 전달이 되지 않았다. 그래서 제이슨은 그녀의 창백한 얼굴을 뚫어지게 바라보기만 했다. 그 괴롭고 긴 호흡 동안 계속 더듬대던 독립이 결국은 이런 말을 토해냈다.

"……아니, 아니야. 무슨 소용이야, 이게 다."

독립이 고개를 들고 그를 바라보았다. 그녀의 젖은 얼굴은 더 이상 울고 있지 않았다. 하지만 그는 우는 독립보다 훨씬 더 건

드리기 힘들어 보이는 그녀를 마주하고 있는 듯한 느낌이었다.

눈가에 투명하게 고여 있는 독립의 눈물은 마치 벽 같았다. 건드릴 수도 없고, 넘을 수도 없는 아주아주 단단한 벽.

그녀가 흐느적 몸을 일으켰다.

"당신…… 오지 말지 그랬어. 여기 오지 말지 그랬어. 날 찾아오지 말지 그랬어. 이러려거든 그냥 사라지지 그랬어."

순간 제이슨은 머리 속에서 무언가가 끊어지는 소리를 들은 듯했다. 정신을 차리고 보니 눈앞에 독립의 등이 보였다. 그가 재빨리 달려가 그녀의 팔뚝을 움켜잡았다. 그럴 마음은 아니었는데, 그녀를 움켜잡은 손에 힘이 잔뜩 들어갔다.

분명 그녀의 하얀 피부에는 새파란 멍이 만들어지고 있을 것이다.

"어째서, 설명해 봐."

그의 목소리도 새파란 멍 같았다.

"내가 알아듣게끔 설명해 봐. 왜 내가 널 찾아오면 안 되는 건데?"

바라본 독립의 눈은 소름이 끼쳤다. 그제야 그는 닥터 해밀튼이 말한 '타협 금지, 접근 불가' 보다 훨씬 더 끔찍한, 아무것도 보지 않는 눈이 무엇인가를 깨달았다. 독립은 그를 보고 있지 않았다. 그녀의 눈 속에는 더 이상 그가 없었다.

"지난 일이니까."

그녀가 말했다.

"이제 다 없어진 일이니까."

거짓말이었다. 없어진 건 하나도 없었다. 없어지기는커녕 날마다 새로 생겨나 미칠 지경이었다. 날마다 생겨나는 독립과의 일은 마음이 터지도록 쌓이고 또 쌓여갔다. 독립은 지금 거짓말을 하고 있었다.

"너는…… 그래?"

그가 물었다.

너는 그래? 너는 다 잊었니? 너에게는 이미 아무것도 아닌 일이 되어버렸어?

"너는 그…….."

말이 잠시 끊겼다. 아직도 독립을 꽉 붙들고 있는 그의 손이 파르르 떨렸다. 이해할 수 없는 분노가 끓어올랐기 때문에.

"어제 그 남자 때문이야? 너랑 같이 산다고 한 그 남자? 그 남자가 지금 네 애인이야? 고작 이 년 사이에 다 잊고 새 남자 찾은 거야? 그 남자한테도 널 다 줘버렸어?"

이 사이에 넣은 채 물어뜯고 있는 독립의 입술에서 핏기가 사라졌다. 그리고…….

짝!

그녀가 망설임없이 그의 뺨을 한 대 갈겨 버렸다.

"다시는 내 눈앞에 나타나지 마."

이 말 한마디를 남기고 독립은 그대로 떠나 버렸다. 더 이상 그가 담겨 있지 않은 끔찍한 눈을 한 채.

＊

"너 어디 갔었어!"

독립이 책이랑 출판사에 출근한 시각은 정확히 열 시 십오 분. 먼저 출근해 있던 비우가 그녀를 잡아먹을 듯 노려보는 것은 당연한 일이었다. 비우 역시 어제 입었던 옷 그대로 후줄근한 차림이었다. 과도한 음주로 인해 퉁퉁 부은 얼굴과 감기라도 걸린 듯 낮게 가라앉은 목소리는 두 여자를 둘러싼 분위기를 한층 더 음산하게 만들고 있었다.

독립이 고개를 들어 비우가 아닌 다른 곳을 바라보았다.

"그러게요. 저도 잘 모르겠어요."

독립은 비우에게 화가 나 있었다. 동네 아파트를 기웃대기에도 민망한 몰골로 아침 출근 시간에 메리어트 호텔 로비를 통과해 밖으로 나오는 내내 생각해 본 결과, 어젯밤의 소동은 비우나 상혁 둘 중 하나의 탓이라는 결론을 내렸기 때문이다.

제이슨이 자신을 데리고 자기 마음대로 호텔로 데려갈 수 있었던 이유는, 하나였다.

"뭐?"

비우가 독립을 한 대 칠 기세로 벌떡 일어섰다.

"이놈의 기집애! 말하는 것 좀 봐! 너 때문에 난 아침에 그대로 출근했단 말이야! 상혁이는 집에서 너 기다리느라 회사도 못

갔어! 넌 집에서 걱정할 사람들은 생각도 안 해봤어? 전화 한 통 못해? 그러면서 뭐가 어쩌고, 이것아!"

그제야 독립이 비우를 바라보았다. 그리고 비우가 직장 상사라는 사실을 망각한 채 그녀를 향해 소리를 빽 질렀다.

"언니가 잘못한 거잖아요!"

비우가 아무 말도 못하고 입을 벙긋거렸다.

"어제 언니가 문 열어준 거죠? 그래서 그 인간이 나 데리고 나갔던 거죠? 그러니까 언니 잘못이잖아! 그 인간한테 왜 문을 열어줘요!"

비우가 아주 멍한 얼굴로 독립을 향해 벙긋, 입을 벌렸다.

"……엥?"

"아우, 몰라! 아무튼 언니 잘못이야!"

엉뚱한 화풀이를 마친 독립이 몸을 홱 돌려 비우가 사장실로 쓰고 있는 작은 방을 나와 버렸다.

쾅!

요란하게 문 닫히는 소리와 함께 저 안에 남아 있을 비우의 표정이 대충 상상이 갔다. 분명 떨떠름하고 멍한, 그리고 씩씩대는 표정을 하고 있겠지.

그러나 지금 독립은 남 사정 살필 만큼 넉넉한 마음이 아니었다. 퉁퉁 부은 얼굴 뒤로 그녀의 마음은 치열한 전투를 치르고 있는 상태였다. 우느냐, 울지 않느냐. 혹은 잊느냐, 계속 잊지 못하느냐. 죽느냐, 죽지 않느냐라고 하는.

이 년을 기다리던 기다림이 깨졌다.

그 시간 동안, 독립에게는 하루하루가 괴로웠던 그 시간 동안 제이슨은 여전히 독립을 자신의 원고를 훔치기 위해 의도적으로 접근한 산업 스파이 정도로 취급하고 있었다. 생각만으로도 머리 속에서 쥐가 나는 것 같았다.

결국 제이슨은 사랑이 뭔지도 모르는 인간이라는 소리였다. 자기 말대로 너무 잘나신 천재라서 다른 사람은 아무도 필요없는 사람이었다. 자기가 필요할 때는 손에 쥐고 있다가, 필요가 없어지면 언제라도 손을 놓아버릴 수 있는 그런 작자였다. 더럽고, 비열하고, 이기적이고, 끔찍한 개자식이었다.

독립이 사랑한 제이슨은 그런 사람이 아니었다. 상처받고 모난 인간이었지만 독립은 자신을 사랑하는 제이슨을 사랑했다고 믿고 있었다. 독립은 그런 개자식을 사랑한 적이 없었다.

쿵쿵대며 자기 자리로 돌아온 독립이 책상 앞에 앉아 책들 사이에 꽂혀 있는 〈셔벗랜드의 백야〉 초판본을 쓰레기통 속에 처박아 버린 다음, 결연한 태도로 고개를 돌려 자신을 멍하게 바라보고 있는 이경희 편집부장에게 말했다.

"이 부장님, 그때 그 원고 다시 주세요. 오늘 안에 다 보고 넘겨 드릴게요. 저 오늘 야근할 거예요. 그거 말고도 볼 거 있으면 다 넘겨주세요."

우느냐, 울지 않느냐.

혹은 죽느냐, 죽지 않느냐.

독립은 절대 울지 않을 작정이었다. 그런 쓰레기 같은 인간에게 바친 그간의 마음이 억울해서라도.

"나 독립이 저년 잘라 버릴 거야!"

독립이 나가자마자 사장실에 혼자 남은 비우는 엉엉 울면서 상혁에게 전화를 걸었다.

"나쁜 년! 어떻게 그렇게 말할 수가 있어! 내가 남편한테 쫓겨날지도 모르는 이 상황에서 집에도 안 들리고 회사로 바로 와서 기다리고 있었구만!"

수화기 너머로 상혁이 낄낄대고 웃었다.

[말은 잘한다. 네가 독립이를 어떻게 잘라. 자른다고 잘릴 독립이도 아니고. 서로 성격 뻔히 아는데 네가 그냥 참아라.]

"못 참아! 나쁜 년!"

[근데 독립이는 어디 있었대?]

"몰라, 몰라. 이상한 소리만 해대. 누가 어제 자기를 데리고 나갔대. 표정이 하도 살벌해서 더 못 물어보겠어."

[뭐?]

"나더러 왜 문을 열어줬냐고 억울한 누명을 씌우잖아! 그게 말이냐 되냐고! 이 나쁜 년!"

[……]

수화기 너머로 상혁이 잠시 침묵하는 시간이 이어졌다. 여전히 코를 훌쩍대면서, 비우가 물었다.

"넌 뭐 아냐?"

상혁이 여전히 뜸을 들이면서 대꾸했다.

[흐음…… 그럼 그 사람인가?]

비우가 펄쩍 뛸 듯한 기세로 귓가에 갖다 댄 휴대전화를 노려
보았다.

"뭐? 그 사람이 누군데? 니들 나 빼놓고 그게 무슨 소리야?"

[아, 별거 아냐. 어제 왜 누가 벨 눌렀었잖아. 내가 나갔더니
독립이를 찾아왔다고 하던데.]

"엉? 그런 일도 있었어?"

[너랑 독립인 취해 있었으니까 몰랐지. 여튼 그럼 그 남자가
데리고 갔던 건가 보네. 그런데 진짜 어떻게 들어왔지? 네가 문
열어준 거 아냐?]

"뭐야! 어떤 놈이 우리 독립일! 그리고 문을 열긴 누가 열어!
난 그런 놈이 찾아왔다는 것도 몰랐다고!"

[흐음…… 그래?]

상혁의 목소리에는 망설임이 묻어 있었다. 무언가 생각을 정
리하는 듯한 망설임이. 무려 칠 년씩이나 그의 친구로 남아 있
는 비우가 그것을 눈치채지 못할 리가 없었다.

"뭐가 그래야? 뭐가 뭐래?"

[아냐, 아무것도. 그나저나 독립이 걔 멀쩡해?]

"이놈 자식아, 나도 좀 걱정해 달란 말이야. 내가 걔보다 더
큰일이라구!"

[넌 남편 있잖아. 남편한테 걱정해 달라고 해. 그럼 나 출근해야 되니까 끊는다.]

찰칵.

상혁이 제꺽 전화를 끊었다. 뚜뚜 하는 신호음이 들리는 휴대전화를 비우가 거칠게 책상 위에 내려놓았다.

"에이, 독립이만큼이나 나쁜 놈!"

똑똑.

그때 누가 사장실의 유리문을 두들겼다.

"누구?"

비우가 외치자 문이 빼꼼히 열리면서 관리부의 주난영의 얼굴이 드러났다.

"비우 사장, 전화 왔어. 육 번 전화야."

"누구래요?"

"그게…… 받아봐야 알 것 같은데. 지금 나도 좀 얼떨떨하거든."

"누군데 그래요?"

난영이 애매한 표정의 얼굴을 살짝 구겼다. 도무지 어떤 감정 상태라고 분류할 수 없을 것만 같은, 그런 종류의 표정이었다.

"절대 믿을 수 없지만, 자기 말로는 제이슨 H. 래. 〈용의 혈통〉 작가."

그리고 그러한 표정은 비우도 마찬가지였다.

"엑! 뭐라고?"

비우의 입이 딱 벌어졌다.

*

그리고 오후 다섯 시 반.

아직 본격적인 손님이 없는 한산함을 즐기고 있는 메리어트 호텔의 레스토랑, 디 모다의 위스키 바에는 제이슨 애딩턴이 앉아 있었다. 그는 사람을 기다리고 있는 중이었다.

제이슨이 손목에 찬 시계를 힐금 들여다보았다. 그새 여섯 시 반에서 삼 분이 넘어가고 있었다. 그러니까 오늘 약속한 사람은 무려 삼십삼 분씩이나 지각을 하고 있다는 소리였다.

예전 같으면 어림도 없을 일이다. 당장 자리를 박차고 나가 그런 출판사 따위 다시는 상종하지 않았을 것이다. 그쪽 업계에서 제이슨 H.가 얼마나 괴팍하고 성질 더러운 인간인가에 대한 소문이 파다한 이유는, 분명 십 분 이상 쓸데없는 시간을 허비하지 않는 그의 날카로운 시간 감각 때문이었을 것이다.

그러나 제이슨은 지금 화를 내야 한다는 사실을 잊고 있었다.

"두 번 다시 내 눈앞에 나타나지 마."

독립의 목소리가 귓가를 쟁쟁 울리고 있었다. 스스로도 어떻게 해야 좋을지 모를 정도로 고통스럽게.

그녀는 그를 기다리지 않고 있었던 것일까. 그가 그토록 고통스럽게, 잊으려고 했지만 도저히 잊을 수 없는 그녀의 환영에서 몸부림치고 있는 동안 그녀는 그를 잊었던 것일까?

그 사실을 인정할 수 없기에 괴로웠다.

"그럼 날 가져요. 내가 다 줄게."

독립은 영원히 자신의 것이라 생각했는데.

"두 번 다시 나타나지 마."

그런데 이젠 아닌 것일까. 그렇다면 그는 이대로 독립을 잊어야 하는 것일까. 독립이 그를 다 잊어버린 것처럼?

그때였다.

"헥…… 헥헥! 제이슨 H? 맞으세요?"

누군가가 그의 앞으로 달려와 헉헉 숨을 몰아쉬며 아는 척을 했다. 목소리를 들어보니 오늘 오전 통화를 했던 책이랑 출판사의 젊은 사장이 맞는 모양이었다. 아니, 젊다는 말이 무색할 정도로 어려 보이는 여자였다. 동글동글한 얼굴에 역시나 동글동글한 눈을 하고 있는 무척 귀여운 느낌. 빨간 색의 커다란 후드 코트가 동화책에서 방금 툭 튀어나온 것처럼 인상적이었다.

"맞습니다."

제이슨의 대꾸에 그녀가 맞은편 자리에 냉큼 앉으며 손을 불쑥 내밀었다.

"역시 맞네요. 사진이랑 똑같아서 금방 알아봤어요. 제가 이비우예요."

제이슨이 고개를 끄덕이며 그녀가 내민 손을 가볍게 잡았다.

"반갑습니다."

"저두요. 아니, 저는 반가운 정도가 아니라 영광이에요. 직접 실물을 보다니."

비우가 그를 바라보며 배시시 웃었다. 제이슨이 딱딱히 굳은 입매로 그녀를 따라 억지 웃음을 지어 보였다.

"그럼 본론으로 들어가죠."

제이슨이 독립이 일한다는 출판사의 사장에게 전화를 건 이유는, 스스로가 생각해도 납득 못할 것이었다. 아직도, 독립이 그와의 관계를 깨끗하게 잘라낸 지금도 그는 독립과의 연결 고리를 놓지 않고 있었다. 스스로가 할 수 있는 일은 몽땅 해보자는 심산이었다. 한심하고 우스울지언정.

본론으로 들어가자는 그의 말에, 책이랑 출판사의 어린 사장이 고개를 절레절레 흔들었다.

"아뇨, 아직 안 돼요."

뭐라고?

"먼저 그쪽 분과 우리 독립이가 어떤 관계인지부터 밝혀주셔야겠어요. 나한테는 지금 이게 더 중요하거든요. 제이슨 씨가 저 같은 영세 출판사 사장에게 먼저 연락을 한 이유가 뭘까, 나여기 오는 동안 내내 머리가 터지도록 생각해 봤어요. 아무래도 결론은 독립이라는 얘기가 되더군요. 그러니까 당연히 독립의 일이 우선순위예요."

제이슨이 비우를 뚫어지게 바라보았다. 그의 날카로운 눈빛에도 그녀는 전혀 겁먹지 않은 태도였다. 그리고 그가 뭐라고 대꾸하기도 전에 엉뚱한 질문을 던졌다.

"실례지만 제이슨 씨 차가 뭐죠? 코르벳 맞나요?"

맞다. 비록 이 년쯤 전에 팔아치우긴 했지만.

"그중의 하나였습니다. 그건 왜 묻습니까?"

그러자 이비우가 씨익 웃었다.

"독립이가 헤어진 애인이 끌던 차가 코르벳이라고 했거든요. 그러니까 그 말은 두 사람이 애인 사이였다는 거죠. 그런데 왜 지금은 아니에요?"

그도 모르겠다, 지금은 왜 그 모양인지.

제이슨이 얼굴을 찡그렸다.

"대답해야 합니까?"

불쾌했다, 저 여자는. 우리 독립이라는 친근한 호칭도 무슨 영문인지 몰라 불편했고, 만나서 영광이라는 말과 달리 호전적인 기세로 번뜩이는 눈빛도 짜증이 났다.

빌어먹을. 그냥 다 그만둬 버릴까.

이비우가 제이슨을 똑바로 바라보았다.

"나로서는요, 당연히 해야 한다고 봐요. 왜냐하면 제이슨 씨 때문에 난 독립이한테 미움을 샀거든요."

저런. 어쩌다가?

"어제 그쪽이 술 취한 독립이를 데리고 어디론가 사라졌다면서요? 덕분에 아침에 난리가 났어요. 어디 갔는지도 모르고, 연락도 안 되고. 그래서 오늘 아침에 늦게 출근했길래 야단 좀 쳤더니 도리어 걔가 화를 내지 뭐예요. 나더러 내 탓이라고, 그러니까 제이슨 씨한테 문을 열어준 내 탓이라고 방방 뜨더라고요. 물론 저는 제이슨 씨를 지금 처음 보는 거구요. 그러니까 억울하지 않겠어요? 어젯밤 일이 왜 생겨났는지 충분히 들을 권리가 있다구요, 저는."

직장 상사에게 '네 탓이야'를 외치며 방방 뜨는 독립의 모습이 머리 속에 그려졌다. 그러자 전혀 그럴 기분이 아니었음에도 불구하고 제이슨이 저도 모르게 피식대는 웃음소리를 뱉어냈다. 독립은 여전히 그 모양이었다. 그가 한눈에 반해 버린 그 모습 그대로.

제이슨을 따라 비우가 다시 한 번 배시시 웃었다.

"그러니 말씀하세요, 어서요. 지금 저는 독립이 보호자 대신이라고 생각해요. 일 년도 넘게 나 그렇게 생각하고 살았어요. 독립이는 내 학교 후배고, 우리 출판사 직원이기도 하지만 이것저것 다 떠나서 나한테는 그 이상의 존재예요. 난 어물쩍 못 넘어가겠어요. 이 년 전 무슨 일이 있었길래 애가 지금 저 모양이

됐는데요?"

얼굴 근육은 배시시 웃고 있지만 저 눈은 전혀 웃는 눈이 아니었다. 날카롭고, 긴장되게, 충분히 무언가를 보호하는 눈빛으로 그를 노려보고 있었다. 겉모습이야 어떻든 간에 절대 만만하지 않은 여자라는 소리였다.

그 모습이 독립과 꽤나 닮아 있었다. 그러니 그에게는 선택의 여지가 없는 일이었다.

"……좋습니다."

결국 제이슨의 입이 열렸다. 그 스스로도 덮어두었던, 이 년 전의 일을 향해. 그와 독립이 만났던 일과 그와 독립이 헤어지게 된 일들을 모두 말하자니 생각보다 무척 긴 이야기가 되었다. 제이슨이 긴 이야기를 마쳤을 때 시간은 벌써 여덟 시를 넘어가고 있었다.

얘기를 다 들은 비우가 콧등에 주름을 잔뜩 집어넣은 채 주먹을 꽉 움켜쥐었다.

"당신……."

씨근덕.

"……진짜 개자식이잖아."

그녀의 말에 제이슨은 하마터면 테이블을 뒤엎을 뻔했다.

"뭐?"

화를 내면 그가 내야 했다. 자신이 독립의 보호자라고 주장하는 저 여자가 아니라.

그렇게 괴상한 형태로 먼저 떠나 버린 것은 독립이었다. 남겨진 그는 괴로워하고 힘겨워하고 방황했다. 결국 잊지 못해 먼저 찾아온 것도 그였다.

그런 것을, 지금 뭐라고?

비우가 그를 쳐다보며 손을 내저었다.

"당신 개자식이라구요, 제이슨 씨. 나 화가 나서 미칠 지경이에요. 내 키가 5㎝만 더 컸어도 일어나서 제이슨 씨를 한 대 쳤을 거라구요."

도무지 알아듣지 못하겠다.

제이슨이 의자를 뒤로 빼 망설임없이 몸을 일으켰다.

"먼저 실례하겠습니다."

닥터 해밀튼의 처방전은 실패였다. 독립은 그사이 그를 잊고 다른 남자를 만났으며, 스스로 과거에 저질렀던 일 따위는 하나도 생각하지 않고 그를 비난하고 있었다. 그 사실이 억울하다거나 화가 난다는 소리가 아니었다. 독립은 그를 떠난 것이다. 그러니 이곳에 더 머물 이유가 없었다.

서둘러서 떠날 일만이 남았을 뿐이다. 그가 스스로, 엉망진창으로 망가지기 전에. 엉망진창으로 스스로를 망가뜨리기 전에.

그러나 제이슨이 두 걸음도 채 걷기 전에 비우가 그의 팔을 붙들었다.

"독립이! 어제 보고 뭐 이상한 거 못 느꼈어요?"

제이슨이 그녀의 팔을 가볍게 뿌리치며 대꾸했다.

"글쎄요."

"걔 학교 제적당한 건 알아요? 집에서 나온 것도? 그래서 지금 내 친구 집에 얹혀사는 것도?"

……빌어먹을.

"모릅니다."

"모른다고요. 뭐, 좋아. 이것 정도면 괜찮아. 어차피 독립이가 결정한 거고 선택한 거니까. 그럼 이것도 알아요? 걔 거식증 있었다는 거. 10kg도 넘게 빠졌더랬어요. 머리카락도 숭숭 빠졌죠. 그 예쁜 머리카락이 반밖에 안 남았어요. 뭐, 지금은 좀 나아졌지만. 한동안은 밥도 전혀 못 먹었다구요. 왜 못 먹었는지도 알아요?"

"……"

알 리가 없었다. 비우의 말이 빠르게 이어졌다.

"우느라고요."

뚝. 제이슨이 동작을 멈췄다. 호흡도 멈췄다.

"독립이 미국에서 강제 출국당해서 돌아오고, 그 집에서 어떻게 살았는지 나도 얼핏 듣기만 했어요. 매일 소리 지르고 싸우고, 가끔은 얻어맞고…… 그렇게 지냈대요. 그러다…… 그러다 나한테 전화를 했어요. 아마 전화 안 했으면 나도 독립이 그렇게 사는지 몰랐겠지. 전화해서는, 완전 패닉 상태였어요. 말도 못할 정도였죠. 제발 살려달라고 우는데…… 어우, 정말이지 내가 죽어버리는 줄 알았다니까. 난 절대 그날 못 잊어."

비우가 잠깐 말을 멈추고 눈물을 닦아냈다. 독립의 집에서 독립을 데리고 병원으로 갔던 그날 일은 아직도 소름 끼치는 악몽이었다. 독립이 미국에서 돌아온 지 넉 달 정도가 지난 그때.

그녀가 잠시 생각하는 표정으로 말을 골랐다.

"우리 남편하고 내가 병원으로 데리고 갔어요. 일주일쯤 입원해 있다가 퇴원했죠. 내가 데리고 간다고 하니까 독립이가 안 가겠다고 버텼어요. 자긴 그 집에 있어야겠대. 이해를 못했죠. 왜 그러냐고, 미친 게 아니냐고 소리 지르고 다그쳤는데도 자기는 거기 있어야 된대요. 그렇게 그 집에서 일 년을 살았어요. 그리고는, 그리고는 결국 어느 날 나한테 전화해서는 그러더라고요. 자기 집 나오겠다고. 이제 기다릴 만큼 기다렸다고. 이제는 못하겠다고. 그 일수 할멈, 그러니까 그 집 할망구 얼굴을 볼 때마다 구토가 일어서 못 견딜 지경이더래요. 소리 지르고, 욕하고, 때리고 싶어서 미치겠더래요. 오늘 자면 내일은 정말이지 틀림없이 미쳐 있을 것 같더래요. 왜 그랬는지 알아요? 그 사람이 독립이를 미국에서 끌고 온 장본인이기 때문이에요. 그러니까 대충 그림이 그려지죠? 그 일수 할멈이 미국까지 독립이를 찾으러 갔던 거야. 그 별 거지 같은 이유야 잘 모르겠지만, 어쨌든. 그래서 머리채를 붙잡고 강제로 끌고 왔죠. 그게 독립이가 당신 집에서 사라졌던 이유야."

"……."

잘못하면 그대로 무릎이 꺾일 것 같아 제이슨은 비우에게서

등을 돌린 채로 손가락 하나 까딱하지 않고 서 있었다. 아니, 그대로 굳어 있었다. 무슨 말을 해야 할지도, 무슨 동작을 해야 할지도 몰랐다.

"그 집에서 독립이가 이제까지 버틴 이유가, 제이슨 씨 당신 때문이에요. 당신이 찾아올 거라고 생각했대요. 밥도 못 먹고 잠도 못 자면서 그 집에서 버텼어. 그런데 제이슨 씨는 그간 뭘 했는데요? 제이슨 씨가 한 일은 고작해야 독립일 도둑 취급하는 것뿐이었잖아요. 무엇보다, 당신이 절대 그래서는 안 될 그런 시기에. 다른 누구보다도 당신이 필요했던 그 시기에."

비우가 말을 멈추고, 부비부비 눈가를 닦아냈다. 자신을 위해서 흘리는 눈물이 아니라는 점에서 독립과 아주 비슷한 느낌이었다.

"걔 지금은 밥 잘 먹어요, 일도 열심히 하고. 믿겨지지 않을 정도로요. 걔가 지금처럼 다시 멀쩡한 얼굴을 하게 된 게 난 아직도 안 믿겨져요. 아직도 불안해. 어느 순간 또 맥없이 미쳐 버릴까 봐 무서워. 지금 제이슨 씨가 다시 나타난 것도 무섭고 불안해요. 어설프게 흔들어놓고 괴롭게만 만들까 봐 걱정이 돼요. 그럴 거면 차라리 그만두세요."

괴롭게 한다…… 라. 그가 독립이를 괴롭게 한다라.

"당신 글은 최고예요, 제이슨 씨. 하지만 당신은 최저야. 쓰레기만도 못해. 아마 독립이도 질렸을 거야. 혹시 다시는 보지 말자고 그런 말은 안 했어요?"

제이슨의 입가가 실룩거렸다. 다른 사람도 아닌 출판사 관계자로부터 이런 말을 듣게 될 줄은 몰랐다.

그가 몸을 돌려 그녀를 똑바로 바라보았다.

"그랬습니다. 그래서 이비우 씨에게 전화했던 것이고요."

비우는 잔뜩 젖었지만 여전히 전투적인 눈을 들어 그에게 물었다.

"내가 뭘 어떻게 해주길 바라서요?"

글쎄, 조금 전까지만 해도 그는 왜 여기서 엉뚱한 사람을 만나고 있는 걸까 하며 스스로도 기막혀하고 있었다. 하지만 지금은 확실히 깨달았다.

그는 원했다. 독립이 다시 그를 사랑하기를. 그는 원했다. 독립이 그를 용서하기를. 그는 그녀를 원했다.

"제가…… 잘못했습니다."

그가 비우를 향해 정중하게 고개를 숙였다. 힘껏 움켜쥔 주먹이 마음만큼이나 쓰라리기 시작했다.

"도와주십시오."

히치하이킹 일 년 십 개월 하고도 이틀 후

: 당신은 이제 첫사랑도 별게 아니라는 것을 깨달았을 것이다

"**독**립아!"

자신을 부르는 목소리에 독립이 책상 위에 처박고 있던 고개를 들었다. 어리둥절한 고개를 돌려 입구를 바라보니 룸메이트이자 학교 선배인 상혁이 하얀색 종이 봉투를 들고 서 있었다.

"어, 상혁 오빠."

그가 생글생글 웃는 낯으로 다가와 독립의 책상 옆에 종이 봉투를 내려놓았다.

"비우한테 전화했더니 너 야근한다고 하더라. 그래서 도시락 사 왔어."

독립이 그를 올려다보며 배시시 웃었다.

"와아, 고마워라. 이거 식비에 포함되는 거예요?"

그 말에 상혁이 씨익 웃으며 독립의 머리를 가볍게 툭툭 두드렸다.

"아니, 선물이야. 그나저나 혼자 야근하면 무섭지 않아?"

지금 시간은 오후 여덟 시 십오 분 정도. 해는 벌써 저문 지 오래였고, 사장 이비우를 포함한 출판사 식구들 역시 모두 퇴근하고 난 뒤였다.

"음…… 좀 전까진 몰랐는데 오빠가 그런 말 하니까 무서워요."

독립의 말에 상혁이 다시 하하, 작은 웃음소리를 흘렸다. 스물일곱이나 먹었지만 그도 꽤나 귀여운 남자였다. 독립이 학교에 입학했을 때는, 그가 마침 휴학했던 시기라 직접 두 눈으로 목격하진 못했지만 그가 저 상냥해 뵈는 웃음으로 인생 망치게 한 여자가 여럿 된다고 들었다.

"그래? 그럼 나 가면 무서워지는 거야?"

"응, 아마도 그러겠죠?"

"그럼 너 끝날 때까지 여기서 기다려야겠다."

독립이 낄낄대고 웃었다.

"오빠, 그렇게 할 일 없어요? 되게 심심한가 보다, 여기까지 다 오고."

"흠, 우리 회사가 여기서 가깝긴 하지만 심심하진 않았어. 너 보러 온 거야. 걱정되기도 하고."

독립의 웃는 얼굴에 비하면, 상혁은 정말로 무서울 정도로 진지한 얼굴을 하고 있었다. 뭔가 매끄럽지 않은 분위기를 짐작한 독립이 고개를 갸우뚱했다.

"오빠, 무슨 일 있어요?"

"응, 없다고는 할 수 없지."

상혁이 태연히 비운 옆 자리의 의자를 끌어다 앉았다. 그리고는 들고 온 종이 봉투를 뒤적거려 알록달록한 무늬의 투고박스(to go box)를 두 개 꺼내놓았다. 독립의 얼굴에 당장 화색이 돌았다.

"와, 이거 시마네. 나 여기 초밥 되게 좋아하는데."

상혁이 독립에게 포장 용지를 뜯은 나무젓가락을 쥐어주었다.

"응, 좋아하는 거 알고 사 왔어. 남기지 말고 다 먹어라."

"응, 넵."

독립이 열심히 먹는 모습을 바라보면서 상혁이 불쑥 얘기를 꺼냈다.

"어제 그 사람이랑 있었어?"

"캑!"

그리고 독립의 입에서 밥알들이 튀어나왔다. 주먹으로 연신 가슴팍을 두드리며 기침을 해대는 것이 무척 놀란 모양이었다.

"아우, 오빠 미워."

독립이 눈물이 그렁그렁한 눈으로 상혁을 노려보았다.

"밥 먹는데 그런 얘길 하면 어떡해."

상혁이 그녀를 묘한 눈길로 응시했다.

"그런 얘기가 어떤 얘긴데? 왜, 하면 안 돼?"

그래서 독립은 혼란스러운 표정이 되었다. 삼 개월이라는 짧은 시간 동안 그녀가 겪은 바로는, 상혁은 늘 조용히 웃고 있는 상냥한 사람이었다. 감정을 잘 드러내지도 않았고, 그나마 잘 드러내지 않는 감정의 기복이 심한 사람도 아니었다. 젊은 남녀 단둘이라는 편치 않은 공동생활에서도 그는 항상 예의 바르고, 적정 거리를 알아서 유지하는 타입이었다. 불편하지도, 편하지도 않은 사람. 그것이 독립이 판단한 상혁이라는 사람이었다. 따라서 제이슨의 터무니없는 억측은 뺨을 맞아도 쌌다.

"아니, 그게 아니라…… 밥 먹는데 지저분해지니까 하는 소리죠. 오빠가 신경 쓸 거 없게 할 거예요. 그 사람 이제 안 와. 이제 볼 일 없어."

그러나 그렇게 생각하는 쪽은 독립뿐이었다.

오늘 상혁은 무언가 달라 보였다. 독립을 향해 반짝이는 눈은 무언가 거리를 재는 듯한 느낌이었다. 그는 초밥에는 아예 손도 대지 않고 있었다.

"왜, 그 사람이 예전 애인 아니야?"

뚝. 독립의 젓가락질도 멈췄다.

"내가 말 안 해도 다들 아네. 맞아요."

한층 낮아진 그녀의 목소리.

"그런데 왜? 나는 너 그 사람 때문에 집 나온 거라고 들었는데. 그런데 왜 이대로 끝내려고 하는데?"

독립이 고개를 저었다.

"아니에요. 그 사람 때문에 집 나온 거 아니에요. 어차피 우리 집도 아니었는데 뭘. 언제 나와도 나와야 했어요."

상혁도 고개를 저었다.

"아니, 나올 필요 없었잖아. 너 우리 집에서 살게 된 이후로도, 너희 집 식구들 가끔 찾아왔었잖아."

독립이 입술을 작게 물어뜯었다. 그 위로 상혁의 목소리가 무심히 내려앉았다.

"그리고 너 다시 데려가려고 애썼고."

사실 그랬다. 독립이 결연한 태도로 집을 나온 이후로도, 손 여사는 이해할 수 없는 집착으로 그녀를 붙들었다. 아마도 독립이 살면서 겪은 일 중 가장 이해할 수 없는 일일 것이다. 상혁의 집으로 옮겨간 어느 날 독립을 찾아온 손 여사는 딱딱히 굳은 얼굴로 '데리러 왔다'라고 말했다.

독립은 너무 놀라 화를 낼 수도 없었다.

"……왜, 왜요?"

움찔하며 튀어나오는 독립의 물음에 손 여사의 얼굴은 한층 더 단단히 굳었다. 마치 금방이라도 깨질 것처럼.

"잔말 말고 짐 싸라."

손 여사의 말에 지극히 당연한 수순으로 독립이 경계심 어린 눈빛을 보냈다.

"안됐지만 지금 같이 사는 사람은 죽고 못살 정도의 애인이 아니에요. 그저 신세지는 선배일 뿐이에요. 날 끌고 가봤자 그때처럼 뿌듯한 만족감은 없을 게 뻔하다구요. 여긴 미국도 아니고, 지금 내 머리채를 휘어잡아서 끌고 간다고 해봤자 난 얼마든지 다시 돌아올 수 있어요. 그러니까 그냥 가세요. 난 더 이상 당신들 때문에 망가지지 않아. 아무리 망가뜨리고 싶어해도, 그래도 망가지진 않을 거예요. 더 망가질 것도 없으니까."

사실 이런 되바라진 말을 하면서 독립은 뺨이라도 한 대 맞을 거라고 생각했다. 무적의 일수 손 여사가 독립을 그렇게 질색팔색했던 것은, 독립이 그녀의 인격이나 돈에 다른 손주들처럼 무한한 존경을 표시하지 않았기 때문이었으니.

그러나 손 여사는 독립의 따귀를 한 대 갈기는 대신 새파래진 안색으로 더듬대는 입을 열었다. 그것도 아주 간신히.

"내가……."

저게 과연 손 여사의 그 표독한 음성이 맞는 것인지, 독립은 아연한 얼굴이 되었다.

"내가…… 그렇게 못난 할미였냐?"

짐작도 못했던 대꾸에 독립이 잠시 할 말을 잃었다. 그녀가 정신을 차린 것은, 같은 동 옆 호에 사는 신혼 삼 개월 차 부부가 장을 보러 가는 것처럼 가벼운 차림으로 팔짱을 낀 채 문을 열고 복도를 가로질러 가는 소리가 들리고 난 이후였다.

"못났다는 말은 잘못됐어요, 손 여사. 당신은 못난 할머니가 아니라 날 미워하는 할머니였어요. 날 끔찍하게 싫어하고 징그러워하는 할머니였다구요. 그건 당신이 더 잘 아는 일 아니에요?"

너무 당연한 말이라서 독립은 새삼 이런 말을 꺼내야 하는 이유가 더 궁금해졌다. 저 할망구가 대체 무슨 속셈이야? 라는 식의 경계심이 뭉클뭉클 자라났다.

"……그런 적 없다."

그리고 기절초풍할 정도의 대답.

손 여사가 독립의 머리채를 움켜쥐려는 듯, 곱게 주름진 손을 들어 올렸다가 다시 망설이듯 내려놓았다.

"아니, 그랬을 거야. 그랬다. 네가 우리 집에 온, 그때…… 그때는 말도 못하는 이것 때문에 내 아들이 반 미쳐서 죽었구나 싶은 생각에 밉고 또 미웠다. 어디든 꼬집고 할퀴어주고 싶을 정도로 미웠다. 난 네가 미웠어."

독립이 뭘 어째야 좋을지 모르겠다는 표정으로 현관문 앞에 서 있는 손 여사를 바라보았다.

"이해해요, 말했잖아요. 사과하지 않으셔도 돼요. 당신은 날 미워하고 나도 당신을 미워하는 거죠. 날 미워하는 이유도, 그 감정도 다 이해해요. 나도 그러니까."

손 여사 역시 독립을 바라보았다.

"그런데…… 그런데 사람이 그런 거냐?"

역시 독립은 손 여사가 정확히 무슨 말을 하는지 이해할 수가 없었다.

"사람이 그런 게 아니다. 미워하고, 징글맞아도…… 같이 살았으면, 그래도 그런 게 아니야. 너는 말 한마디 없이 미국에서 눌러 살면 그만이라고 생각했냐? 네 멋대로, 네 마음 내키는 대로, 도망치고 내빼 버리면 그만이라고 생각했냐? 집에 남은 사람들은 생각도 안 했냐? 그게 괘씸하고…… 그게 괘씸하고 미워서, 그래서 끌고 왔다. 그래서 내가 널 미국까지 데리러 갔어. 그랬던 게야. 그걸…… 그걸 모르냐?"

태어나서 독립은 이런 손 여사의 얼굴을 한 번도 본 적이 없었다. 이렇게 가늘게 흔들리는 손 여사의 얼굴은 단 한 번도 본 적이 없었다.

"키우는 게 징글맞아서 징그러워한 게 아니다. 네가 징글맞은 애라서 징그러워한 게 아니야. 내 아들…… 네 아비가 그리 죽은 게 징그러워서 그게 어린 네 탓이 된 게지. 하나 있는 아들 잃고, 제정신인 부모가 어딨겠냐. 그래서 내가……."

손 여사의 아들, 그리고 독립이 이 년 전까지 자신의 친부라 믿어온 그의 죽음은 보험회사에서도 두 손을 들 정도로 끔찍한 사건이었다.

폭풍 같은 비가 쏟아지던 날, 그는 교외의 어느 국도에서 가드레일을 들이받고 그 아래 절벽으로 추락했다. 목뼈가 부러지고 그 외의 뼈들이 산산조각난, 듣기조차 참혹한 시체가 되어 죽었다. 처음에 경찰 측에서는 사고사라고 말했다. 그러던 것이 자동차의 결함이라고 번복되었다. 브레이크 오일이 새고 있었다는 것이다. 이 사실이 밝혀지자 보험회사와 경찰들은 벼락이라도 맞은 것처럼 미친 듯이 뛰어다니기 시작했다. 브레이크 오일이 새고 있었던 이유는, 인위적인 훼손. 누군가가 그의 차에 손을 봤다는 소리였다.

그러던 중 부검 결과가 나왔다. 그는 운전 중 만취한 상태였다. 여기서 보험회사와 경찰들뿐만이 아니라 식구들 역시 뒤집어질 듯 놀랐다. 음주운전이라니. 평소의 그를 생각해 볼 때 전혀 믿기지 않는 결과였던 것이다. 부검 결과는 시시각각 변했다. 위에서는 다량의 수면제가 발견되었고 손목에는 자해한 흔적도 역력하다고 했다. 사고로 인해 생긴 자상이 아니라, 의지를 가지고 힘껏 날카로운 무언가로 내리그었다는 것이다. 그 뒤로 진행된 수사 결과, 그의 방에서는 정신병원 이름이 콱 박혀 있는 내복약들이 발견되었고 정신과 진료 기록 또한 때를 맞춰 드러났다. 벌써 몇 번씩이나 뒤바뀐 사인은 우울증으로까지 변질되어 버렸다. 이 얘기를 전해듣는 순간, 결국 손 여사는 그대로 혼절해 버리고 말았다.

사고사냐, 자살이냐, 타살이냐.

브레이크 오일을 손본 것은 누구이며, 그에게 술을 먹인 사람은 누구이며, 그의 위 안에 수면제를 쏟아 부운 사람은 누구이며, 그를 우울증으로 몰아냈던 사람은 대체 누구인지. 아무도 알 수 없는 살인자가 비 오는 밤이었는지, 고장난 자동차였는지, 술이었는지, 수면제였는지, 독립인지, 독립의 친모인지, 아니면 그토록 절실했던 시절에 독립의 친모와 그를 갈라놓은 손 여사 자신이었는지. 그 누구도 모를 일이었다.

그 누구도 속 시원히 대답해 주지 못했다. 그는 죽었다는 사실 자체보다 죽음을 택한 방식으로 남아 있는 사람들을 훨씬 더 많이 괴롭게 만들었다. 아직 어린 독립은 하나도 기억하지 못하고 있었지만, 손 여사에게는 그 하나하나가 몸에 새긴 문신처럼 매일 마주 대해야 하는 아픔이었다.

"내가 그랬다. 내가 그래서…… 내가 말을 못했다. 네가 징그러운 게 아니라고 말을 못했어. 내가 왜 모르니. 내 아들한테 네가 어떤 존재인지 내가 왜 모르니. 네 언니 오빠들…… 늙어 죽을 때까지 내 돈만 바라보고 사는 것들이 너한테 어떻게 했는지 내가 왜 모르니. 그 애들이 그것밖에 안 되는 인간이라 나는 네가 더 미웠다. 너는 안 그럴 애라는 걸 아니까. 하필이면, 내 아들을 그리 보낸 그 여자가 낳은 애가 안 그럴 애라는 사실이 또 징그러워서 네가 미웠다. 내가 왜 모르니. 내가 널 이십 년을 키웠는데 그걸 어떻게 모르니."

아스락.

마음속에서 그런 소리가 났다. 무언가가 잘게 부숴지는 소리가.

"내가 늦었다. 이제 안 그러마. 짐 싸서 돌아가자."

"그런……."

독립의 얼굴이 창백하게 질렸다.

"그런…… 생각……."

흔들리는 독립의 얼굴을 보며 손 여사가 다시 손을 내밀었다. 그녀의 손은 독립의 머리채를 휘어잡는 게 아니라 독립의 손을 움켜잡고 있었다.

"아프게 한 거…… 미안하다. 이제 안 그러마. 돌아가자."

하마터면 독립은 그대로 손 여사의 가슴팍에 안겨 울 뻔했다. 그녀가 제이슨을 만나기 전까지 인생에서 가장 절실하게 필요로 했던 것을 꼽으라면 지금과 같은 손 여사의 따뜻한 손이었을 것이다.

그러나 독립은 손 여사의 손에 잡혀 있는 손을 홱 잡아 뺐다.

"……흡!"

심호흡과 함께 마음속에서 부쉬지기 시작한 것들이 경직되기 시작했다. 그래도…… 너무 늦었다. 돌이킬 수 없는 일은 이미 일어나 버렸다.

손 여사가 아무리 미안해해도, 그녀가 제이슨을 만나고 그와 헤어지고 다시는 볼 수조차 없게 된 이 상황은 되돌릴 수가 없었다. 이미 늦었다. 몸이 망가지는 만큼, 독립은 마음도 망가져 있었다.

그녀는 손 여사를 용서할 수 없었다. 손 여사를 용서하면 그녀 스스로를, 그리고 제이슨을 용서할 길이 사라지기 때문이었다.

"너무 늦었어요."

독립의 조용한 목소리가 허름한 아파트 복도를 울렸다. 소름 끼치도록.

"너무 늦었어요. 당신이 그런다고 해서, 죽은 사람이 살아 돌아오는 건 아니니까."

독립이 현관문의 손잡이를 움켜잡았다.

"그만 가세요, 손 여사."

쾅!

문을 닫았다. 닫힌 문 안쪽에서 다리에 힘이 풀린 독립이 스르르 주저앉아 버렸다. 이 기운 빠지는 전개에 대해서 뭐라고 할 말이 없었다.

제이슨을 잃은 그녀의 삶을 지탱해 준 것은, 엉뚱하게도 손 여사였다. 그가 그리운 만큼, 그가 보고 싶은 만큼 독립은 손 여사를 미워하고 원망하며 버텼다. 손 여사는 독립에게 있어서 그런 존재였다. 손 여사를 미워하지 않았다면, 독립은 훨씬 더 견딜 수 없는 상태가 되어버렸을 것이다. 제이슨을 향한 그리움은, 그와 헤어지던 순간의 안타까움은 잠깐의 방심으로도 그녀를 질식할 듯 압박해 와 독립은 기를 쓰고 무언가를 해야 했다. 기를 쓰고 누군가를 미워하고 기를 쓰고 아파해야 했다.

이제 와서 손 여사를 맥없이 용서해 버리면, 독립은 아마도 제이슨을 미워해야 할지도 모를 일이었다.

"아우, 징글맞아."

독립이 어깨를 들썩이며 내뱉었다.

"저 할망구는 끝까지 저렇게 징글맞네."

그리고 독립은 그날, 내일 지구가 붕괴되기라도 할 것처럼 목을 놓아 울어댔다. 그 후로도 손 여사는 두어 번가량 같은 말을 반복하러 찾아왔고, 독립은 지금처럼 문을 닫아건 채 울고 또 울었다.

이 전개를 모두 알고 있는 상혁이 그 일을 짚어낸 것은 전혀 우연이 아니었다. 그가 재차 날카로운 목소리로 물었다.

"그럼 학교는? 제적당한 것도?"

"그것도 그 사람 때문 아니야. 미국에 떨어지자마자 도망친 건 난데 뭘."

"그럼 거식증은?"

"그, 그건……."

그제야 독립이 멈칫거렸다.

"그건…… 그것도 상관없어요. 지금은 밥 잘 먹잖아. 지금 날 보면 누가 거식증 걸렸던 사람이라고 하겠어. 일 년 동안 빠진 살 삼 개월 동안 다 쪘어요. 비우 언니가 워낙 잘 먹여서 그런 거지만. 지금 생각하면 아까워 죽겠어요. 그냥 날씬한 채로 사는 건데. 비우 언니도 못됐어."

상혁은 속지 않았다.

"그럼 병원에 갔던 건? 그것도 그 사람이랑 상관없는 일이야? 그것도 너는 괜찮다고 할 거야?"

독립의 얼굴에서 핏기가 사라졌다.

달캉.

그녀의 손에서 젓가락이 굴러 떨어졌다.

"오빠, 그건⋯⋯."

상혁이 몸을 굽혀 바닥에 떨어진 젓가락을 주웠다. 그리고는 아직 포장조차 뜯지 않은 자기 몫의 젓가락을 다시 독립의 손에 쥐어주었다.

"알아, 금기라는 거지? 절대로 아는 척해서는 안 된다는 거지? 하지만 주변에서 몰라주는 척한다고 해서 네가 그 사실을 잊어버리는 건 아니잖아. 너 병원 갔던 건 사실이야. 너도 알고, 나도 알고, 비우도 알아."

독립이 입술을 깨물고 가만히 있었다. 그 위로 상혁의 말이 이어졌다.

"좋아, 그것도 아니라고 하자. 그럼 다 상관없다면서 어제는 왜 울었어? 그 사람 왜 따라갔어? 아직 마음이 있는 거 맞잖아. 넘치도록 있는 게 맞는 거잖아. 그렇지?"

그 말에 독립이 얼굴을 붉히며 앉은 자리에서 튀어오르듯 일어났다. 그녀는 무언가에 잔뜩 찔린 표정이었다.

"그거야 난 술 취해서 몰랐으니까! 대체 문 열어준 사람이 누구래? 왜 내가 끌려가는 꼴을 얌전히 보고 있었대요? 오빠가 문 열어준 거예요?"

상혁이 그 진지한 얼굴로 고개를 저었다.

"그것 봐, 상관없는 거 아니잖아. 그 사람 얘기 나오면 왜 공격적이 되는데?"

독립이 펄쩍 뛰었다.

"내가?"

"응, 지금 그러고 있잖아."

"아니, 저기…… 오빠, 그게 말이지…….."

"왜 나한테 변명하려고 드니? 좀 이상한데? 엄밀히 말하면 나 이렇게 따져 물을 권리 없는 사람이잖아. 내가 너 혼내려는 것도 아니고. 그런데 왜 변명을 해?"

상혁은 정확히 핵심을 짚어내고 있었다. 독립이 딱딱히 굳은 얼굴로 아직까지 손에 쥐고 있던 젓가락을 내려놓았다.

"내가 아니더라도 이럴 거지? 그러니까 나한테 하려는 게 아니라 너 스스로한테 하는 변명이지?"

정답이었다.

독립의 눈에서 왈칵 눈물이 쏟아졌다. 독립이 눈을 질끈 감고 양손으로 입을 틀어막았다.

그리웠다. 죽을 만큼 그리워했다. 그래서…….

"용서가 안 돼요. 도무지…… 도무지 용서가 안 돼!"

독립이 꺽꺽대는 울음소리가 절반쯤 섞은 괴상한 소리를 토해냈다.

"나 진짜…… 머리가 어떻게 되는 게 아닌가 싶을 정도로 기다렸어요. 기다리고 또 기다렸어. 그 망할 인간들하고 부대껴 악착같이 살면서 내가 할 수 있는 일이라고는 기다리는 것밖에 없었어. 그런데…… 그런데 그 인간은 내가 도둑인 줄 알았다잖아! 그래서 안 찾아온 거라잖아! 겨우…… 겨우 살 만해지니까 이제야 나타나잖아! 왜 왔는 줄 알아요? 다시 아프대. 이번에는 불면증이래. 그 보험 외판원처럼 생긴 뚱땡이 의사가 나한테 가 보라고 했대. 그게 말이나 돼? 그게…… 그게 말이나 돼?"

독립은 거의 숨이 넘어가기 직전이었다. 할딱이는 호흡이 안쓰럽게 주변을 메웠다. 바르르 떨리는 주먹은 아무것이라도 내려칠 기세였다. 상혁이 독립의 주먹을 붙들고는 억지로 고부라진 손가락을 폈다. 새하얀 손바닥에 손톱 자국 모양으로 피가 배어 있었다.

독립이 상혁의 팔을 붙들고 매달렸다. 그녀는 지금 낭떠러지의 끝 자락에 가까스로 매달려 있는 사람 같았다.

"대체 사람을…… 사람을 뭘로 아는 거야, 진짜. 진짜 말이지……. 나를 대체 뭐라고 생각한 거야. 내가 자기한테 대체 뭐라는 거야. 평생 그렇게 살라고 해버려! 평생 다른 사람, 그렇게 물건 취급하면서 살라고 해! 대체 필요할 때나 되어서 나타난다는 게 말이 되냐구요! 그동안 내가 어떻게 살았는데. 그동안 내가 어떤 마음으로 살았는데!"

상혁이 독립을 끌어안고 등을 툭툭 두드려 주었다. 독립이 한층 더 절박하게 그에게 매달렸다.

"용서가 안 돼! 나 절대 용서 못해요. 내가 그 인간을 용서하면…… 그러면 난 어떻게 되는데. 내가 보낸 이 년은 대체 뭐가 되는데. 절대, 절대 용서 못해. 절대 안 돼요. 절대 안 된다구……."

가늘게 들썩이는 독립을 꾹 안고서 상혁이 계속해서 다정하게 등을 두드려 주었다.

"그래, 알겠어. 그 사람이 너무 늦었구나."

"응! 늦어도 너무 늦었어. 돌이킬 수 없어요. 돌이킬 수 없을 정도로 늦어버렸어."

"그래, 그 사람 잘못이네."

"응, 다 그 사람이 잘못한 거야. 그 사람이 나쁜 거야."

"응, 그래."

"그래, 정말……."

"……."

독립의 울음소리가 그렇게 잦아들었다. 대충 울음이 멈췄다고 생각되는 시점에서 상혁이 독립의 얼굴을 가슴에서 들어 올렸다. 남자답지 않게 고운 느낌의 하얀 손이 독립의 얼굴을 부드럽게 닦아주었다.

"독립아."

그가 흔들림 하나 없는 눈빛으로 독립을 바라보았다.

"그만 좋아해라."

언제나 웃음을 입가에 달고 있던 그가 지금 이 순간만큼은 전혀 웃고 있지 않았다.

"그런 사람 그만 좋아해."

독립이 의아한 표정으로 그를 올려다보았다. 묻지 않아도 왜 오빠가 그런 말을 해요? 라고 묻는 표정이었다.

"왜냐하면, 내가 널 좋아할 거니까."

"······!"

독립의 눈이 커다래졌다. 마치 뺨이라도 한 대 얻어맞은 듯한 얼굴이었다. 그녀의 표정을 보고 상혁이 빙긋 웃었다.

"네가 싫다고 해도 난 좋아할 거니까. 말리기엔 벌써 늦었어."

✱

그리고 다음날 아침.

밤새 잠을 설친 독립은 눈가가 퉁퉁 부어 엉망진창인 얼굴을 한 채 출근하자마자 비우의 호출을 받아야 했다.

"너 얼굴이 가관이다?"

상큼한 얼굴로 사장실의 폭신한 가죽 의자에 앉아 있던 비우가 던지는 아침 인사에 막 문을 열고 들어서던 독립이 입을 쑥 내밀었다.

"언니가 굳이 말 안 해도 알아요."

"아쭈, 표정 봐라? 너 아직도 삐친 거야?"

"응. 다른 건 다 몰라도 그 인간한테 문 열어준 건 용서 못 해."

그 말에 비우가 낄낄대고 웃었다.

"얘가 누명 씌우네. 난 절대 안 그랬어. 상혁이한테 물어보지 그래?"

독립이 삐딱하게 고개를 돌렸다.

"상혁 오빠 안 그랬어요."

"그걸 어떻게 알아?"

독립이 잠깐 얼굴을 붉혔다. 어젯밤 상혁의 느닷없는 고백이 얼떨떨하게 귓가를 맴돌았던 탓이다.

"상혁 오빠 기억에 없다고 했단 말이야. 그리고 오빠 그때 안 취했잖아요. 그러니까 오빠가 문 열어줬으면 기억했을 거라고."

한 치의 양보도 없는 독립의 고집스러운 표정에 비우가 고개를 절레절레 흔들었다.

"아우, 진짜. 아무튼 난 억울해."

"억울해도 할 수 없잖아. 그 말 하려고 부른 거면 나 가봐도 돼요, 사장님? 어제 다 보려고 한 원고 아직 못 봤거든요."

비우가 다시 고개를 흔들었다.

"아니, 다른 얘기 하려고 불렀어."

독립이 흠칫, 뒤로 한 발자국 물러났다.

"와, 무서워라. 언니 진짜 사장님 같아요, 그런 표정 지으니까."

"응, 지금은 나 사장님이야. 그러니까 얘기 잘 들어. 나 어제 부부 싸움 했다."

얘기를 꺼내는 비우의 표정은 심각했다. 독립 역시 그녀가 결혼한 이후로 이렇게 심각한 얼굴로 부부 싸움을 했다는 얘기를 꺼내는 경우는 겪어보지 못했으므로 덩달아 심각한 표정이 되었다.

"……왜요?"

"이 출판사, 우리 남편 거잖아. 지금은 내가 여기 앉아 있지만 원래 우리 남편이 시작한 회사고, 그 사람이 본사 불려 들어가면서 여긴 접으려고 하는 걸 내가 억지로 달라고 졸랐던 거고. 여튼 난 책이랑이 좋아. 내 사회 생활 처음 시작한 곳도 여기고, 경희 언니나 난영 언니, 영업부 김 부장님 다 너무너무 좋아. 무슨 말인지 알지?"

독립이 마른침을 꿀꺽 삼기며 고개를 끄덕였다.

"네, 알아요. 저도 여기 너무너무 좋아해요."

"그런데 그놈의 남편이 여기 때려치우라지 뭐야."

독립의 얼굴이 대번에 확 구겨졌다.

이게 대체 무슨 소리냐!

"엑! 왜요!"

비우가 앉은 자리에서 몸을 들썩였다.

"내 말이 그 말이야! 대체 왜 그러냐고! 이유도 진짜 거지 같아. 내가 여기 일한답시고 밖으로만 도는 게 마음에 안 든다는 거야. 그 인간 말이지, 결혼 전에는 혼자 멋있는 척 다 하더니 결혼하고 나서는 아예 입 싹 닦더라? 아우, 진짜 열받아서. 글쎄, 나한테 그러는 거야. '소꿉장난도 정도껏 해라. 네가 그간 책이랑 맡아하면서 뭐 해놓은 거 있냐? 직원들 월급 빼면 건물세 낼 돈도 못 만들고 있잖아. 네가 집안 살림 다 팽개치고 밖으로 돌아다니면서도 돈 한 푼 못 번다는 소린데, 이 년씩이나 했으면 됐다. 그만 해라. 나도 지겹다' 라잖아!"

비우가 씩씩대면서 책상 아래로 쓰레기통을 걷어찼다.

"아우, 재수없어. 아무리 지 잘나고 돈 많다지만 그래도 그게 나한테 할 소리야? 어젠 어찌나 화가 났는지 막 치고받고 싸웠다니까. 물론 내가 다 때렸지만. 여튼 오늘 아침까지 말 한마디 안 하고 그냥 나와 버렸어."

순간 어디선가 벼락 치는 소리가 들리는 줄 알았다.

"그럼 언니…… 여, 여기 어떻게……."

독립이 더듬더듬 말을 이었다.

여기가 없어지면, 그렇게 되면 난 어쩌라고!

비우가 다시 한 번 쓰레기통을 걷어찼다.

"말도 안 되지! 내가 누구 좋으라고 여길 접어? 해체도 안 되고, 다른 사람한테 넘기는 것도 못해. 그럼 책이랑이 아닌 거잖아. 절대, 절대 안 된다고. 그래서 '돈 벌어오면 되잖아!' 라고 소리 빽 질러 버렸어. 그러니까 이건 지상 과제야. 오늘부터 비상 모드 돌입이다. 우린 오늘부터 돈 벌 거야. 그러니까 내 말은,

무조건 팔리는 책을 찍어야 된다고. 내가 내 이름으로 빌딩 하나 짓는다, 진짜."

열의야 좋다. 문제는 잘 팔리는 책을 찍기가 그렇게 쉽냐는 거다.

"음…… 그럼 어떻게 해야……."

그때 갑자기 비우가 벌떡 일어섰다. 그러더니 책상을 돌아와 독립의 손을 꼭 움켜잡았다.

"그러니까 독립아, 책이랑의 미래는 너한테 달렸어."

저 진지한 눈빛. 저 진지한 이비우의 사장님 눈빛.

"에? 언니, 나더러 뭘 어쩌라고……."

비우가 독립을 바라보며 애처롭게 웃었다.

"이거 알지?"

"이, 이게 뭔데요?"

"아이, 알면서."

비우가 독립의 팔 아래로 옆구리를 콕 찔러댄 것은 두터운 양장본 책 한 권이었다.

"에?"

책의 제목은 〈Proportion of the time to open your eyes〉. 제이슨 H.의 가장 최근 작품이었다. 예상대로 독립이 펄쩍 뛰었다.

"언니! 이게 무슨……."

비우가 독립을 향해 싱긋 웃었다.

"안 믿기지? 나도 안 믿겨. 글쎄, 어제 이 현존하는 스릴러 작가들 중에서 단연코 우주 제일인 이 작가, 제이슨 씨가 전화해서는 우리 출판사에서 번역본을 내줬으면 한다잖아. 그게 말이나 돼? 우리 같은 영세 출판사를 어떻게 알고 연락했데? 그래서 솔직히 탁 까놓고 말해라, 했더니 번역가 따로 쓸 필요 없이 자기가 직접 번역한다는 거야. 그간 한국에서 내놓은 번역본이 마음에 안 들었대. 그래도 그게 여전히 말이냐 되냐고. 난 절대 못 믿겠다, 무엇보다 선인세를 줄 만한 자금력이 없는 코딱지만한 출판사다, 했더니 사실 자기는 어렸을 때 해외 입양된……."

독립이 비우의 말을 뚝 잘랐다.

"언니!"

"아, 좀 조용히 해봐. 내 얘기 안 끝났어. 아무튼 그래서 한국은 이십오 년 만에 처음이래. 뭐라더라? 익숙한 건 고작해야 한국말 정도라잖아. 한국 사람들이 다 외국인처럼 보인대. 뭐, 여기에 연고지도 없고 말이야. 그래서 자기가 번역 작업을 할 동안 곁에서 친절히 돌봐주며 한국을 소개해 줄 사람을 제공해 주는 대가로……."

독립이 머리를 흔들며 발을 동동 굴렀다.

"언니이!"

"아, 조용히 하라니까! 그런데 그 사람이 너였으면 한다잖아! 그렇게만 해주면 인세는 책 팔고 줘도 된대. 그러니까 너 지금 원고 보던 거 다 캔슬하고 오늘부터 그 사람 호텔로 출근해. 이게 내가 할 말이었어."

"언니!"

독립이 비우를 잡아먹을 듯 노려보았다.

"어마, 왜? 너 이 작가 팬이라며? 좋은 거 아냐?"

독립이 눈을 질끈 감고는, 다시 어쩌면 좋을지 도무지 모르겠다는 듯 발을 동동 굴러댔다.

"아니, 아니…… 그게 아니라아!"

"그럼 뭔데. 생각해 봐. 너 최근에 가장 많이 팔린 책이 뭔줄 알아? 두말할 것도 없이 〈다빈치 코드〉지. 그게 몇 부나 팔렸게? 자그마치 이백만 부야, 이백만 부. 제이슨 H.가 댄 브라운보다 못할 것 같아? 천만에! 홍보만 제대로 해주면 그 정도는 거뜬히 넘어설 걸. 아니, 사실 그 정돈 바라지도 않아. 그 반의 반만 팔려줘도 책이랑은 만만세야. 더구나 직접 번역해 준다니 그만큼 돈도 굳지. 그 돈 다 네 보너스로 챙겨줄게. 더 이상 말이 필요없을 정도로 최고라구. 우리 남편 그 잘난 얼굴에 돈다발을 뿌려줄 수도 있어!"

지금 돈다발이 문제냐!

"난 못해요!"

독립이 핏대를 세웠다. 며칠 전에 수습 기간을 간신히 마친 새파란 신입 사원이 사장한테 하는 태도치고는 할 말이 없을 정도로 결연한 모습이었다.

"언니, 진짜 사람이 그러기예요, 네? 언니 그렇게 직원 신상

꿰차고 부당 근무나 강요하는 악덕 업주였어요?"

비우가 흥, 하고 콧바람 소리를 냈다.

"웃기고 있네, 기집애. 야, 사장은 나다. 엊그제 수습 기간 끝낸 신입 사원이 배짱도 좋다, 너."

"아무튼! 아무튼 안 돼요!"

"그러니까 왜?"

"왜랴뇨! 그 인간은…… 그 인간은……."

"그 인간은? 둘이 잘 아는 사이인 모양이네?"

얄미워라!

독립이 고개를 들어 비우를 흘겨보았다.

"언니 다 알면서 일부러 그러는 거죠."

"응? 내가 뭘 알아?"

"그 인간이 그 인간이라는 거 언니 다 아는 거잖아. 그 인간이 다 말했어요?"

비우가 고개를 저었다.

"뭘 말해?"

"언니, 그렇게 시침 떼는 게 더 웃겨! 딱 그림 나오잖아! 내가 이렇게 생난리치는 이유야 뻔하지 않아? 그 인간이 그 인간이니까 그렇지!"

"그 인간? 그 인간이 누군데?"

"언니! 시침 떼지 말라니까!"

비우가 빙긋 웃으며 돌아서서 다시 책상에 가서 앉았다.

"선택의 여지가 없어, 이독립. 네가 안 하면 이 출판사가 기적의 회생을 할 가능성은 제로라고. 인정머리없는 우리 남편이 기꺼이 접어버릴 거다. 그 인간, 가업을 잇더니 아주 속물 다 됐어."

독립이 바닥에 쭈그리고 앉아 책상 너머의 비우를 쩨려봤다.

"그래도 난 못해요!"

비우 역시 지지 않고 그녀를 노려보았다.

"어디 경희 언니나 난영 언니 앞에서 가서도 그래 봐. 너 하나 몇 달 외근 나가면 금방 해결될 문제를, 네가 고집 피워서 이 출판사 고대로 말아먹을 거라고 말이야."

이미 비우는 마음을 굳게 먹은 모양이었다. 치사하지만 이번에는 선후배 간의 의리에 기대보는 수밖에 없었다. 독립이 표정을 바꿔서 울상을 지었다.

"언니, 그 사람, 그 인간 말이에요…… 나 정말 두 번 다시 보고 싶지 않아요. 언니, 진짜 너무너무 싫다고요. 나 그 사람……."

비우가 독립의 징징 소리를 뚝 잘라먹었다.

"왜, 옛날 애인이라서?"

독립이 힘껏 고개를 끄덕였다.

"응!"

"그럼 더 편하겠네. 이참에 그냥 친구로 돌아서. 그런 유명 작가 친구라니, 나라면 남편 팔아서라도 옆에 끼고 살겠다."

"언니! 그런 게 아니잖아!"

"뭘 그런 게 아냐. 나 옛날에 무려 사 년씩이나 박상혁 짝사랑했던 적이 있거든. 그땐 정말 그놈 아니면 안 되는 줄 알았는데, 우리 남편 만나고 나니까 아무것도 아니더라. 남녀 관계 다 그래. 언젠간 잊혀지고 언젠간 변질돼. 너도 그렇지, 언제까지 옛사랑 못 잊고 절절맬 거야. 이참에 확 잊고 새 인생 시작해. 아, 그거 좋다. 책이랑도 새 출판사로 거듭날 테니 너도 같이 거듭나는 거야. 낄낄, 이거 멋진데?"

"언니이! 그게……."

탕!

순간 비우가 책상 위에 놓인 주문서 서류철을 소리나게 내려놓았다. 지금 그녀의 표정은 굉장히 단호하고, 또 굉장히 차가웠다. 평소 독립이 알던 마음씨 좋고 상냥하고, 부잣집 사모님 표시, 그러니까 무려 그 S 그룹의 사모님 표시가 전혀 안 나는 털털한 비우의 모습과는 전혀 다른 얼굴이었다.

"이제 외근 나가, 이독립. 아니면 그만두든지. 일하는 데 사감이 어딨어? 요 며칠 네 옛 사랑 때문에 징징대는 거 봐줬으면 됐잖아. 이제 더는 못 봐줘. 여기 엄연히 직장이고 일하는 데야. 회사가 안 되면, 당연히 월급도 못 줘. 우리 남편이랑 내가 자선사업하니? 제이슨 씨 묵고 있는 호텔은 어딘지 알지? 출퇴근 시간은 그 사람이 알아서 정해줄 거야. 기간은 원고가 완성될 때까지."

"언니……."

"더 물어볼 거 없으면 나가봐."

그리고 비우는, 정말로 독립이 없는 사람인 것처럼 수화기를 들고 어디론가 바삐 전화를 하기 시작했다. 통화 내용을 들어보니 편집부에서 일하는 독립으로서는 전혀 소원한, 서점 영업 관계자들인 모양이었다.

정말로 사장님 같은 얼굴을 하고 있는 비우가 어쩐지 야속해서 독립은 그대로 얌전히 고개를 떨군 채 사장실을 나왔다. 그녀의 말처럼 지금 독립에게는 선택권이 없었다. 비우의 말은 틀린 구석이 없었다. 제이슨 그 인간이 무슨 심보로 이런 제안을 했는지는 모르지만, 책이랑으로서는 무슨 수를 써서라도 붙잡아야 할 정도로 눈이 돌아갈 만한 제안인 것은 사실이었다. 무엇보다 책이랑 출판사가 없어진다는 것은, 꿈에서도 생각해 보고 싶지 않을 정도로 끔찍한 일이었다.

"하아……."

아니, 말도 안 되는 소리였다. 제이슨에게는 그저 어떤 '심보'일지 몰라도 독립에게는 생존이 달린 문제였으니까.

"이게……."

그녀에게는 선택의 여지가 없었다. 몸이 뒤틀릴 정도로 끔찍한 기분이었다.

"응, 자기. 나야. 내가 말한 거 어떻게 됐어?"

독립이 나간 뒤 사장실 안에는 비우의 즐거운 목소리가 울려 퍼졌다. 그녀는 지금 회사에서 열심히 일하고 있는 남편과 통화하는 중이었다.

"아, 정말정말? 진짜 할아버님이 사대 신문사마다 한 달 내내 지면 광고 실어주시겠대? 꺄아, 역시 할아버님 멋지셔."

어제까지 치고받고 싸웠다는 주제에, 게다가 오늘 아침까지 한마디도 안 하고 출근했다고 한 주제에 통화하는 비우의 목소리에는 다정함이 뚝뚝 묻어 떨어지고 있었다.

"헉! 진짜?"

갑자기 비우가 벌떡 의자에서 일어섰다. 한눈에 보기에도 엄청나게 흥분한 얼굴이었다.

"이참에 사무실도 옮겨주겠다고? 사업자 등록증도 내 명의로 바꾸고? 우와, 자기 최고야!"

혹시라도 독립이 들었다면 기절할 만한 내용이었다.

"사랑해, 미칠 정도로."

다행히도 독립은 벌써 코트를 단단히 여며 입은 채 밖으로 나서고 있었다. 사장실에서 무슨 내용의 통화가 오갔는지 한마디도 듣지 못한 것은 당연한 일이었다.

히치하이킹 일 년 십 개월 하고도 삼 일 후

: 깨닫는 김에 인생은 확실히 여행과는 다르다는 사실도

마저 깨달을 것

따랑.

경쾌하게 고막을 두드리는 벨소리에 제이슨이 창밖을 주시하던 고개를 돌려 복도를 향해 난 문을 바라보았다.

그녀가 온 모양이었다. 방금 전 이비우라는 그 어린 출판사 사장이 깔깔대는 음성으로 걸어준 전화에 따르면, 독립은 삼십 분쯤 전에 출발했다고 했으니.

제이슨이 문을 향해 뚜벅뚜벅 걸어갔다. 문고리에 손을 얹기 전 저도 모르게 심호흡이 나왔다. 그녀를 어떤 표정으로 봐야 할지 도무지 답이 나오지 않았다. 어떻게 해야 할까. 무릎이라도 꿇고 빌어야 할까. 아니면 제발 용서해 달라고 눈물이라도

보여야 할까.

복잡한 머리 속과는 달리 그의 손은 빠르게 움직여 문을 열었다. 예상대로 문밖에는 독립이 서 있었다. 그 못지않게 끔찍할 정도로 복잡한 표정을 짓고 있는 상태였다.

"들어와."

스스로도 놀랄 정도로 부드럽게 목소리가 튀어나갔다. 다행이다. 긴장했다는 표시가 고스란히 묻어 있는, 쩍쩍 갈라진 괴상한 소리가 나올 줄 알았는데.

독립이 고개를 흔들었다. 그를 올려다보는 눈빛은, 그들이 처음 비 오는 하이웨이 위에서 만났을 때보다 훨씬 더 전투적이었다. 그래서 자신도 모르게 움찔 몸이 굳었다.

"이유부터 말해요."

"이유?"

"날 이곳까지 불러들인 이유요. 대체 무슨 속셈인데요?"

제이슨이 씨익 웃었다. 긴장을 감추려는 웃음이었다. 그가 독립 쪽으로 몸을 기울이는 통에 세 개 정도 단추를 풀어놓은 회색 셔츠를 통해 목덜미의 맨살이 드러났다. 순간 독립이 움찔하며 뒤로 한 발자국 물러나는 모습이 눈에 들어왔다.

그럼 그렇지.

그녀는 아직 잊지 못하고 있어.

"속셈은 무슨, 한국에 너 말고 아는 사람이 없어서지. 난 너 때문에 한국에 왔으니까."

독립이 꿋꿋하게 버티고 서서 앙칼진 목소리로 대꾸했다.

"당신은 혼자 지내는 게 더 편한 사람 아니었어요?"

"취향은 언제든 변해."

"그건 취향이 아니라 성격이야. 그것도 아주 더러운 성격."

그가 어깨를 으쓱했다.

그녀를 안고 싶은 마음은 이제 괴로울 지경이었다. 저 작은 몸으로 그녀는 몸속에 들어간 것을 매일 게워낼 정도로 힘들어했다. 그의 잘못이었다. 그가 그녀를 그렇게 괴로운 상황 속으로 내팽개쳐 버렸다. 모든 게 그의 잘못이었다.

그녀가 뭐라고 하든 감수해야 할 사람은 자신이었다.

"그럼 성격이 변한 모양이지. 어쨌거나 들어와."

"싫어, 안 들어가. 무슨 속셈인지 말하라니까?"

"그렇게 듣고 싶어?"

독립이 단단하게 굳은 턱을 끄덕였다.

"아니, 듣고 싶진 않지만 들어야겠어. 또 그 닥터 뚱땡이의 처방전 어쩌구 들먹이면 난 그냥 가버릴 거야."

또다시 으쓱하는 어깨.

"정 그렇다면."

말을 마치기도 전에, 제이슨이 독립의 팔을 붙들어 그녀를 획 안으로 잡아당겼다. 독립이 반항할 사이도 없이 제이슨이 그녀의 팔을 움켜쥔 채 몸을 빙글 돌려 등으로 반쯤 열린 문을 쾅 닫아버렸다. 그리고 아차, 하는 사이 다시 독립을 품 안으로 획 끌어당겨 한 손으로 턱을 움켜쥐고 입술을 부딪쳐 왔다.

이 년 만에 겪는 그의 키스는 한층 더 노련해진 느낌이었다. 부드럽게 입술을 적신 혀가, 독립이 잠시 당황하는 틈을 타서 빠르게 입 안으로 미끄러지듯 들어왔다.

이와 비슷한 키스는 이전에도 경험한 적이 있었다. 독립이 키친에서 칼을 들고 〈용의 혈통〉의 한 장을 줄줄 읊었을 때였다. 그때 제이슨은 가볍게 독립의 손에 들린 칼을 빼앗아 들고 키스로 그녀의 입을 막아버렸다.

이 년의 시간이 순식간에 사라졌다. 지금은 마치, 그 노스 캐롤라이나의 작은 시골 도시 한구석에 자리 잡고 있는 제이슨의 이층집으로 돌아간 듯했다. 그들이 아무런 의심 없이 서로를 원하던 그때로.

제이슨의 키스가 한층 더 깊어졌다. 원하는 만큼 독립의 입술을 벌려놓은 그가 그 안을 매끄럽게 탐했다. 이 년 만에 안아보는 독립은 죽을 만큼 황홀했다. 아니, 그 이상이었다. 그는 지금 이 순간 이렇게 독립을 안고 키스하기 위해서 태어난 존재처럼 여겨졌다. 이대로 그녀를 안고, 그리고…….

꾹!

그러나 독립의 생각은 조금 다른 모양이었다.

"윽!"

그녀가 냅다 발을 들어 제이슨의 발등을 꾹 밟았던 것이다. 제이슨이 인상을 쓰는 동안 독립이 재빨리 그의 품 안을 벗어났다.

"지금 뭐 하는 거야?"

씩씩대는 그녀의 얼굴은 이전하고 똑같았다. 수없이 봐온 그
익숙한 표정에 제이슨이 저도 모르게 찡그린 얼굴로 미소를 지
었다.

"뭐 하긴, 무슨 속셈인지 알려달라며."

"그래서, 무슨 속셈인데?"

"수작 걸 속셈."

"뭐?"

그제야 아픔이 대충 가신 그가 이번에는 제대로 된 미소를 지
어 보였다.

"다시 꼬시려고. 그럴듯한 핑계를 대고 옆에 붙들어둔 다음
마음껏 꼬시려고. 그게 내 속셈이야."

다시 사랑하려고. 어떻게 해서든 옆에 붙들어둔 다음 마음껏
사랑하려고. 그게 내 마음이야.

독립은 기가 막힌지 입을 딱 벌리고 그대로 서 있기만 했다.
제이슨은 그 입속에 그대로 막대 사탕을 찔러 넣어주고 싶었다.

"우리 다시 애인 하자. 그러니까."

독립이 가까스로 입을 다물고는 몸을 홱 돌렸다.

"돌아갈래. 당신, 진짜 정신병자야."

그러나 제이슨이 재빨리 그녀를 붙들었다.

"정말 이대로 가려고?"

독립이 빽 소리를 질렀다.

"이런 정신 나간 성 도착증 환자랑 어떻게 한방에 같이 있으란 말이야!"

"하지만 사람이 필요한 것도 사실인데?"

"어떤 사람? 수작 걸 사람? 꼬실 사람? 웃기지 말라구요!"

제이슨이 빙긋 웃었다. 그가 바지 주머니에 손을 넣어 공항에서 렌트한 휴대전화를 꺼내 들었다.

"이비우 씨한테 충분한 설명 못 들었어? 저런, 전화라도 걸어서 다시 말해 줘야 되나."

독립이 빤히 그를 올려다보았다. 수작 부리지 마, 라고 하는 의도가 너무 뚜렷해서 웃음이 나올 지경이었다. 제이슨이 입가에서 웃음을 지우고는 독립의 눈을 진지하게 들여다보았다.

"거짓말이 아냐. 내 눈 보이지?"

독립이 귀찮다는 듯 고개를 끄덕였다.

"한쪽 눈이 더 색이 옅을 거야. 시력이 거의 없어. 그래서 혼자 돌아다니려면 피곤해. 사각 지역도 남들보다 넓고, 스트레스도 엄청나. 시력을 잃고는 운전도 못해. 사고 나기 딱이거든. 사람이 필요하단 건 진짜야."

독립이 그에게서 시선을 돌렸다. 그의 한쪽 눈이 어떤 이유로 그렇게 된 것인지 알고 있는 그녀로서는, 마치 이런 말을 하면서 도무지 그를 쳐다볼 수 없다는 듯이.

"그럼 호텔방에만 처박혀 있으면 될 거 아니에요."

제이슨이 희미하게 웃었다.

"모처럼 고국 땅을 밟았는데 그러면 억울하잖아."

독립이 삐딱하게 고개를 들어 올렸다.

"왜요? 먼 이국 땅에서 죽은 사랑하는 그녀의 눈을 대신해 모국의 구석구석을 돌아봐 준다는 약속이라도 한 거예요? 그거 눈물 나겠네."

맹세코 지금 이 표정은 독립과 어울리지 않았다. 마치 가시 같은 얼굴이었다. 제이슨이 저도 모르게 손을 뻗어 독립의 머리 위에 올려놓았다.

"이해 못하겠군. 준영에 대한 얘긴 너한테 다 했잖아. 그렇게 말할 것까진 없어."

독립이 그의 손을 탁, 소리나게 밀어냈다.

"안 믿어. 당신이 한 말 같은 거 하나도 안 믿어. 당신이 무슨 거짓말을 했는지 내가 알 게 뭐야. 나 당신이라는 사람 하나도 안 믿어. 그러니까 친한 척하지 말아요. 역겨워."

그녀의 얼굴이 발갛게 달아올랐다. 그리고 다시금 전혀 어울리지 않은 심술궂은 미소를 지어 보였다.

"이렇게 친하게 굴다가 나중에 또 딴소리하면 어떡해? 왜요, 지금은 신작 쓰는 시기가 아니라서? 그래서 나랑 같이 있어도 안전하다고 판단한 거야? 내가 훔쳐가 봐야 소용없는 원고니까? 그때보다 더 똑똑해진 모양이네, 당신."

저 심술궂은 표정이 마음 아팠다. 저 표정은 그가 독립에게 만들어준 것이다. 다른 사람도 아닌, 바로 그가. 귀를 틀어막고 싶은 것을 간신히 참았다.

"독립아."

삐딱한 눈빛. 삐딱한 표정. 삐딱한 목소리. 삐딱한 독립에게 맞춰 세상이 전부 기울고 있는 듯한 느낌이었다.

"왜 그렇게 다정하게 불러? 하나도 안 어울려. 나중에 사람 뒤통수치지 말고 할 말 있으면 솔직하게 말해요."

가슴이 아팠다.

"……사랑해."

사랑한다. 한순간도 잊은 적이 없어. 괴롭고 힘들었지만 단 한 순간도 네가 내 안에서 사라진 적은 없어.

말해 봐, 독립아. 너는? 너는……?

독립의 눈이 크게 떠졌다. 그러나 그것은 아주 순간의 일이었다. 찰나의 혼란이 지나고, 독립은 여전히 방어적인 눈빛으로 그를 삐딱하게 바라보고 있었다.

"안 믿어."

그녀는 그를 믿지 않았다.

"절대 안 믿어. 뭐라고 해도 난 당신 안 믿어."

제이슨이 독립으로부터 고개를 돌렸다. 이 정도면 독립으로부터 지금의 표정을 감출 수 있을 것이다. 그가 깔깔해진 목소리로 입을 열었다.

"들어와. 네가 할 일 말해 줄 테니까."

하마터면 비명을 지를 뻔했다.

"……뭐라고?"

그러나 제이슨은 어디까지나 태연한 얼굴이었다.

"절대 어렵지 않다고 생각하는데? 다시 말해 줘?"

독립이 주먹을 꽉 움켜쥐었다.

"그러니까 지금…… 지금 그런 일을 시키려고 나를 불렀단 말이야?"

이어지는 태연한 대꾸.

"응."

독립이 두리번 두리번 주위를 살폈다. 뭔가 폭력죄로 유치장에 끌려가지 않을 정도로 안전하게 이 인간을 두드려 팰 물건이 없나 찾는 것이었다. 이를테면, 성능 좋은 깃털 베개 같은 것을.

독립이 잽싸게 호텔 객실 안을 이리저리 둘러보는 사이, 제이슨이 창가 쪽 테이블에 놓아둔 노트북을 향해 다가갔다. 벌써 키보드를 연결해 놓은 것으로 보아 그는 쭉 이곳에서 작업을 할 작정인 모양이었다.

"그럼 이제 일 시작하자. 거기 앉아."

독립이 이를 뿌드득 갈면서 그를 돌아보았다.

"당신, 제정신이야?"

제이슨이 여유있게 턱짓을 했다.

"내가 미친 인간이라는 건 네가 더 잘 알잖아."

"아유, 진짜!"

독립이 발을 동동 굴렀다. 약이 올라 이러지도 저러지도 못할 지경이었다.

"미쳐도 곱게 미칠 것이지 나는 왜 끌어들이느냐 말이야!"

타다닥, 탁탁.

벌써 자판을 두드리기 시작한 제이슨이 빙글대는 웃음을 흘날렸다.

"너 때문에 미쳤으니까. 어서 앉아. 일 시작했잖아. 이비우 씨한테 전화할까? 너 근무 태도 불량하다고?"

한동안 씨근덕대던 독립이 결국은 제이슨을 정면으로 마주보는 방향으로 놓아둔 의자에 털썩 주저앉았다. 폭신한 쿠션이 잔뜩 놓인 이 안락의자는 발판까지 놓여 있어 잠을 자도 편안히 잘 수 있을 정도였다.

그 옆에 제이슨은 책과 잡지, 과일을 잔뜩 놓아두기까지 했다. 그중 하나는 얄밉게도 독립이 어제 쓰레기통 속에 던져 넣어버린 〈셔벗랜드의 백야〉 초판본이었다. 그것을 공수해 온 제이슨도 제이슨이지만, 책이랑 출판사 내부에 제이슨이 심어놓은 첩자가 있다는 빼도 박도 못하는 증거인 탓에 독립은 기절할 정도로 화가 나버렸다.

씩씩대며 어쩔 줄 모르는 독립을 바라보며 제이슨이 지시한 일은, 자신이 작업하는 동안 이 의자에 앉아서 꼼짝없이 그를 바라보라는 것이었다. 그가 시선을 들면 언제든 눈이 마주칠 수 있도록. 산더미같이 쌓인 원고를 뒤로한 채, 어디까지나 '외근을 나온' 독립으로서는 어이가 6,000cc급 스포츠카인 코르벳을 탄 채 시속 300km/h로 달아났다고 생각할 수밖에 없는 근무 사항인 셈이었다.

타다닥, 탁탁.

자판을 두들기는 규칙적인 소리와 함께 제이슨의 낮은 목소리가 들려왔다.

"네가 그 자리에 앉아 있지 않으면, 나도 작업 중지야. 그리고 네 외근 기간은 내 작업이 무사히 마무리될 때까지고. 일이 빨리 끝나기를 바란다면 그 자리에 성실히 앉아서 내 지시 사항을 준수할 수밖에 없는 거지."

독립이 이 가는 소리로 대꾸했다.

"엉덩이에 욕창이 생길 때까지 앉아 있어주죠. 행여라도 치질이라는 불명예스러운 병이 생길 때는 당신과 비우 언니 모두 고소해 버릴 테니까 각오하라구요."

들려오는 제이슨의 대답은, 그야말로 가관이었다.

"비싼 의자라서 그런 일 없을 거야."

말이나 못하면!

독립이 손을 들어 바구니에 놓여 있는 사과를 하나 집어 들었다.

아삭!

'이게 당신 머리통이었으면 좋았을 걸!' 이라는 눈빛을 한 독

립이 사과 한 개를 씨까지 통째로, 아주 깨끗하게 씹어먹기 시
작했다.

타닥, 탁!

키보드 소리가 마지막으로 울린 시간은 밤 열 시 십 분이 넘
어서였다. 제이슨은 무시무시한 집중력을 발휘해 몸이 배배 꼬
인 독립이 옆에서 뭐라고 시비를 걸든 무슨 짓을 하든 대꾸 한
마디 없이 작업을 계속했다. 결국은 포기한 독립이 지루함과 심
심함에 지쳐 잠에 빠져들 때까지.

제이슨이 이제까지 앉아 있던 딱딱한 나무 의자에서 몸을 일
으켰다. 발자국 소리를 내지 않도록 충분히 주의를 기울여 독립
에게로 다가간 제이슨이 무릎을 굽히고 앉아 그녀의 얼굴 위로
흘러내린 머리카락을 쓸어 넘겨주었다.

"독립아……."

그 기다랗던 생머리가 지금은 목덜미 근처에서 싹둑 잘려 있
었다. 독립의 싱싱한 얼굴은 그대로였지만, 그가 죽을 듯이 그
리워하던 작은 코도, 사탕 맛이 나던 입술도 그대로였지만 그녀
의 표정은 하나하나 모두 변해 있었다. 말투도, 그를 바라보는
눈빛도, 그리고 태도도 모두 변해 있었다.

마음이 아팠다. 아마도 그녀를 변하게 한 가장 큰 이유는 바
로 그였을 테니까.

"내가 잘못했어……."

"으응……."

귓가에 와 닿는 그의 숨결이 귀찮은 듯, 독립이 웅얼대며 몸을 뒤척였다. 제이슨의 입술이 한숨처럼 조용히 그녀의 감은 눈가에 닿았다.

"용서해 줘. 아니, 용서하지 않아도 좋아. 그래도 괜찮아. 대신……."

대신…….

그녀의 눈처럼 그의 눈도 감겼다. 감긴 눈꼬리를 타고 눈물 한줄기가 소리없이 흘러내렸다.

"대신 떠나지만 마……."

그때처럼 말도 없이 떠나지만 마…….

그때처럼 나만 혼자 남겨놓지만 마…….

"사랑해."

다음 순간, 그가 몸을 일으켜 잠든 독립을 침대로 옮겨갔다.

"아우우우우……."

커튼 사이를 뚫고 얼굴을 간질이는 아침 햇살에 독립이 눈가를 부비적대며 몸을 일으켰다. 자신이 어디 있는지 생각할 겨를도 없이 습관적으로 이불을 들추고 한껏 기지개를 켜던 그녀가 잠시 후 옆에 누워 있는 제이슨을 발견하고는 화들짝 놀란 표정을 지었다.

"……이씨!"

깊이 감긴 제이슨의 얼굴을 들여다보던 독립의 표정이 시시각각 변했다. 그리워하는 표정, 원망하는 표정, 괴로워하는 표정, 추억하는 표정, 사랑하는 표정, 미워하는 표정…… 그런 표정들만큼이나 그녀의 마음도 오르락내리락하기 시작했다. 결국 그녀의 동그란 입술 사이로 한숨이 비져 나왔다.

"……에휴."

또다시 그들을 둘러싼 공간이 이 년의 시간을 뛰어넘어 버렸다. 이곳은 서울 한복판의 호텔이 아니라 노스 캐롤라이나 한구석에 처박혀 있는 제이슨의 이층집이 되었다.

습관처럼 독립은 눈을 뜨자마자 제이슨의 호흡을 살폈다. 바르고, 골랐다. 다행이다. 그 다음 그녀가 살피는 것은 제이슨의 맨피부였다. 저도 모르게 만들어낸 상처가 없는지, 핏자국이 없는지 확인하고는 또다시 마음을 놓았다. 다행이다. 어젯밤은 편하게 잘 잤구나.

그리고 그녀의 손은 제이슨의 매끄러운 검은 머리카락을 쓰다듬었다. 아아, 이 느낌. 죽을 만큼 근사하구나. 어쩜 이 인간은 잘생긴 것도 모자라 머릿결까지 황홀한 걸까.

그의 머릿결까지 충분히 음미하고 나면, 다음 순서로 그의 코끝으로 바싹 얼굴을 들이밀 차례였다. 그렇게 간질간질한 숨결이 뒤섞이는 순간, 그가 눈을 뜨고 양치질도 하기 전인 입술을 열어 뜨겁게 퍼붓는 모닝키스를 즐기는 시간이 되는 것이다.

"그러면, 좋겠지?"

독립이 혼잣말을 중얼거렸다. 노스 캐롤라이나의 한구석에 처박힌 제이슨 애딩턴의 이층집이 아니라 서울 시내 한복판의 호텔 객실에서.

"예전처럼…… 그렇게만 지낼 수 있으면, 그러면 좋겠지?"

그러면서 그녀는 고개를 저었다. 아주 단순한 동작이었지만 어딘지 모르게 무겁게 느껴지는 느낌이었다.

"하지만 안 돼. 그럴 수는 없어. 난 당신 용서 못해."

그녀의 손가락에 제이슨의 머리카락이 몇 가닥이 조심스럽게 감겼다.

"당신이 너무 늦었어. 너무 늦어서…… 그래서 돌이킬 수 없는 일이 일어났어. 난 당신 때문에 너무 많은 걸 잃었고…… 또 그게 너무 끔찍하고, 그게 너무 가엾어서…… 그래서 안 돼."

꽉 잠긴 목소리. 금방이라도, 히스테릭하게 목소리를 높이며 눈물을 쏟아내야 할 듯한 그런 목소리.

그 순간 제이슨이 눈을 뜨고는 독립의 손을 홱 낚아챘다.

"뭐가 안 되는데?"

"엄마야!"

당연한 말이지만, 독립이 화들짝 놀라 그에게 붙들린 손을 잡아 뺐다. 물론 제이슨이 호락호락 놓아주지 않았지만.

"뭐가, 대체 왜 안 되는 건데?"

지금 이 순간 독립은 도저히 알 수 없는 표정을 짓고 있었다. 답답해서 속이 터질 지경이었다. 저 속에 자신이 아닌 대체 무엇이 들어 있는지, 제이슨은 무언가가 안에서 확 끓어오르는 것을 느꼈다.

"그 남자? 너랑 같이 산다는 그 남자? 그 사람이 가여워서 안 되겠다고?"

제이슨의 말에 독립이 눈을 크게 뜨더니 다시 아래로 내리깔았다.

"아니, 그런 얘기가 아냐."

아니, 꼭 들어야겠다. 대체 그 예쁘장한 남자와 독립이 무슨 관계인지 확실히 밝히고 넘어가야겠다.

그가 독립의 턱을 잡아채 억지로 그녀의 고개를 들어 올렸다.

"얼렁뚱땅 넘어갈 생각 말고 말해. 그 남자, 사랑해? 그래서 그런 거야?"

독립이 그의 손을 거칠게 뿌리쳤다.

"그런 거 아니라니깐!"

"그럼 대체 뭔데!"

제이슨의 눈은 끔찍하게 흔들리고 있었다. 스스로도 제어하지 못하는, 감정의 늪에 휩싸여서. 독립에게 헤일리의 이야기를 해줄 때도 그의 눈은 저렇게 엉망이지 않았다. 십대 시절을 보내는 내내 자신의 반쪽이라고 믿었던 사람을 죽일 수밖에 없었던, 끔찍한 이야기를 할 때도 그라는 사람은 지금처럼 흔들리지 않았다.

증폭된 감정을 제어하지 못하는 그의 눈은, 그래서 아주 끔찍해 보였다.

"말해! 어서 말하라고!"

독립이 그를 찬찬히 올려다보았다. 그의 눈이 소용돌이치고 있다면, 그녀의 눈은 아주 깊이 가라앉아 있었다. 다시는 수면 위로 솟구치지 않을 것처럼. 마치 이 년 전 두 사람의 눈빛이 고스란히 바뀐 듯했다.

"말 못해."

독립이 시트를 걷어 올렸다.

"아직…… 아직 내 입으로는 말 못해. 당신이 아니라 그 누구한테도 말 못해. 입 밖으로 낼 수가 없어. 그렇다면 너무 끔찍하니까. 너무 가여우니까."

돌아서는 독립의 등은 아주 작아 보였다. 제이슨이 다시 입을 벌려 무어라 말을 꺼내기도 전에, 독립이 고개를 삐딱하게 옆으로 돌렸다. 눈가에 언뜻, 반짝이는 무언가가 매달려 있는 것 같았지만 그것은 찰나의 순간에 흔적없이 사라지고 말았다.

그녀가 말했다.

"나 이제 그만 퇴근할……."

그때였다.

따랑, 하는 경쾌한 벨소리가 문에서 들려왔다. 독립과 제이슨의 시선이 문으로 향했고, 독립보다 앞서 제이슨이 문으로 다가갔다. 그가 문을 열자 보인 것은 사람이 아니라 거대한 종이 상자였다.

"제이슨? 그게 다 뭐……."

등 뒤에서 들려오는 독립의 목소리는 아랑곳없이, 제이슨이 문을 활짝 열고는 거대한 상자들에게 말했다.

"시간을 잘 맞추셨군요. 안으로 들여놓아 주세요."

"네."

상자들에 발이 달려 걸을 리는 없고, 당연히 상자를 들고 온 사람이 대꾸를 하며 그것들을 문 안쪽으로 죽 밀어 넣었다. 상자들은 대충 스무 개가 넘었다. 바퀴가 달린 캐리어에 차곡차곡 쌓아왔기 때문에 거대한 상자 하나로 보였던 모양이다.

"제이슨? 이게 다 뭐야?"

여전히 독립의 말을 무시하며, 제이슨이 포터에게 두둑한 팁을 건넸다. 포터가 예의 바른 눈웃음 인사와 함께 사라지자 어느샌가 등 뒤로 다가온 독립의 그의 옆구리를 세게 잡아 뜯었다.

"아!"

"우이씨! 이게 다 뭐냐니깐!"

이 년 전처럼 여전히 독립은 스윗치가 빨랐다. 좀 전까지만 해도 깊게깊게 가라앉은 눈으로 그를 꽁꽁 얼려 버리던 그녀는 순식간에 그를 녹여 버렸던 이 년 전의 모습으로 돌아가 있었다.

있는 힘껏 끌어안고 싶어 스스로를 주체 못할 정도로.

"궁금하면 직접 봐. 다 네 거니까."

"에?"

더 이상 대답은 무의미하다는 표시로, 제이슨이 양손을 들어 올려 보였다. 그를 한참 묘한 눈길로 응시하던 독립이 결국 포기한 듯 제일 위에 쌓여져 있던 상자 하나를 뜯어 포장을 풀었다.

찌익.

종이를 잡아 찢는 소리가 들리더니 곧이어 독립의 비명 소리가 터져 나왔다.

"엑! 이게 다 뭐야!"

상자 속의 물건은 꽤나 짓궂었다. 꽤나 익숙한 모양의, 산들산들한 원피스. 이 년 전 제이슨이 그녀에게 사주었던 Lozcoii의 옷들이었다.

독립이 홱 고개를 돌렸다.

"이거⋯⋯."

그녀는 모를 것이다. 그가 이걸 다시 구하기 위해서 Lozcoii의 한국 매장에 무슨 아쉬운 소리를 했는지. 그 옷들은 제이슨에게 있어서 꽤나 중요한 의미를 지니는 것들이었다. 그가 독립에게, 정말 순수하게 무언가를 해주고 싶다고 마음먹었던 첫 선물이었고, 그렇기에 그들 관계의 시작을 의미하는 선물이었기 때문이다.

나머지 박스들도 대부분 독립의 물건들이었다. 이 호텔 객실이 그대로 신혼방이 되어도 무방할 정도로 엄청난 가짓수의.

"생필품."

제이슨이 빙긋 웃으며 대꾸했다.

"뭐?"

"작가에게 마감은 전쟁이야. 그러니까 지금은 전쟁 중인 거고, 여기는 일종의 방공호인 셈이지."

"방공호?"

"응."

제이슨이 태연한 걸음으로 컴퓨터를 향해 걸어갔다. 독립이 그의 등 뒤에 대고 다급히 외쳤다.

"그러니까 그 말은……."

"그 말은 내가 내보내 줄 때까지는 절대 네 멋대로 밖에 나갈 수 없다는 소리지."

독립의 얼굴이 새빨갛게 달아올랐다.

"당신 진짜 미쳤지!"

"새삼."

그녀가 한걸음에 그의 옆으로 다가왔다.

저 전투적인 눈빛. 마음에 들었다. 역시 그의 독립은 이런 눈빛을 하고 있어야 했다.

"이봐요, 제이슨 씨. 당신 나를 너무 물로 보는 모양인데 어림없다구요. 내가 바보인 줄 알아요? 경찰이라도 불러야 제정신 차릴래요?"

아마도 독립은 웬 정신병자가 작가를 사칭, 출판사 직원인 자신을 호텔방에 감금했다는 식의 거짓 신고를 태연히 하고도 남을 것이다. 그러나 그는 알아주길 바랐다. 그가 그녀를 얼마나 절실하게 원하고 있는지.

다음 순간 그가 재빨리 손을 뻗어 독립의 턱을 움켜쥐었다.

"알아, 내가 무슨 짓을 하고 있는지 정도는 나도 알아. 누군가가 옆에서 말해 주지 않아도 그 정도는 안다고."

독립이 그의 손 안에 갇힌 턱을 애써 비틀었다.

"우이씨…… 그럼 하지 마!"

"그래도 해야겠다면?"

그의 목소리가 위협적으로 가라앉았다.

"내가 무슨 짓을 하는지, 너무 똑똑히 알고 있는데도. 그렇게 하지 않으면 미치겠다고. 눈앞에 네가 있는데, 이렇게 손 내밀면 만져지는 거리에 네가 있는데, 네가 해달라면 뭐든지 다 해줄 마음이 날마다 걷잡을 수 없이 솟구치는데, 아무런 시도도 못한 채 이대로 손 놓고 있을 수가 없다고!"

어느샌가 다시 높아진 목소리. 들썩이는 호흡을 따라 금방이라도 심장이 튀어나올 것만 같았다. 그에게 붙들린 독립의 턱도 가늘게 떨려왔다.

"이렇게…… 난 이렇게 널 사랑하는데……."

제이슨의 말은 거기서 멈추었다. 정신을 차릴 새도 없이 그는 독립을 양팔 안에 가둔 채 끈질긴 키스를 퍼붓고 있었다. 고개를 내저으며 그를 밀어내려는 독립을, 제이슨이 억지스럽게 끌어당겼다. 그녀의 작은 입술 사이로 터지려는 마음을 불어넣으며, 그녀가 입을 열어주기를 기다렸다. 아니, 기다리지 않았다. 그 스스로 그녀의 입술을 열었다. 그녀가 달아나려 해도, 그녀가 거부하려 해도 그는 그녀를 붙들었다. 맞닿은 피부를 타고 전해지는 열기는 이 년간의 그리움과 원망을 모조리 실어 탐욕스러웠다.

"하악……."

누구의 것인지 모를, 아주 작은 신음 소리가 새어나왔다. 독립을 단단히 움켜쥔 제이슨의 손가락이 아찔하게 굳어져 갔다. 그의 손가락은, 그의 입술은, 그의 눈빛은, 그의 숨결은 독립의 시계를 거꾸로 되돌려 놓았다. 그와 있을 수 있다면, 그 외의 것은 하나도 필요없다고 생각했던 그 시절로. 그는…….

"하…… 안 돼!"

어느 순간, 독립이 그를 홱 밀쳐 냈다. 마법은 풀렸다. 거꾸로 흐르던 시간은 순식간에 제자리로 돌아왔다.

독립의 눈에 그렁그렁 고인 눈물의 의미를 알 수 없어서, 제이슨이 당혹스러운 눈빛을 보냈다.

"독립아."

왜…… 그러는데?

대체 왜?

독립이 한참 만에 말라붙은 입술을 떼었다.

"내가 말리지 않았다면…… 그럼 당신은 나랑 그대로 잤을 거죠?"

사실 잘 모르겠다. 제이슨이 애매한 표정으로 고개를 끄덕였다.

"……아마도."

독립이 그렁그렁 고인 눈물을 주먹으로 씩씩하게 닦아냈다.

"그래서 말렸어. 난 당신과 같이 잘 생각이 정말로 없으니까."

그녀의 말을 어떤 의미로 해석해야 될지 몰라 그는 한층 더 애매한 표정이 되었다.

"왜?"

의식하지 못하는 사이에 말이 튀어나왔다. 독립이 역시 그에게는 한참 낯선 표정인 단호한 얼굴을 하고 딱딱 끊어지는 대답을 토해냈다.

"당신하고는 안 자. 절대 안 자. 그러니까 우리 나가요. 당신, 한국이 보고 싶어서 안내자가 필요하다며. 그래서 내가 필요했다며. 그러니까 그런데나 써먹어. 이런 데 가둬두고 엉뚱하게 옛날 놀이 할 생각 말구요."

순간 또 울컥 무언가가 치솟아올랐다.

"놀이……?"

어떻게 놀이라는 말을 쓸 수 있을까, 독립은. 그들이 함께 나눴던 시간이 어떻게 그저 놀이일 수가 있는 것일까, 그녀에게는.

그러나 독립의 표정은 가차없었다.

"응, 놀이 맞아. 결코 되돌릴 수 없는 일을, 지금 당신은 되돌
리려고 하는 거잖아. 그럴 수 있다고 믿고 있는 거잖아. 어림없
어. 그러니까, 나가자. 나 이렇게 갇혀 있는 공간에서 당신이랑
둘만 있는 거 싫어, 숨 막혀. 제발 나가자."

제이슨이 고개를 흔들었다.

"어림없어."

아니, 사실 이런 게 아니었다. 그는 독립이 원하는 것이라면
뭐든 들어주고 싶었다. 이렇게, 그를 거부하려는 시도들만 아니
라면.

"나가자고!"

다음 순간, 독립이 양 주먹을 꼭 말아 쥐고는 버럭 소리를 질
렀다. 빨갛게 달아오른 그녀의 얼굴이 숨을 멎게 만들었다.

"제발! 제발 나가자니까! 여긴 숨이 막힌다고! 몇 번을 말해야
알아들어!"

독립의 머리가 거칠게 흔들렸다.

"나가자고! 당신도, 나도! 더 이상 이런 곳에 갇혀 있지 말자
고! 또다시 둘만 있는 곳에 갇혀 있지 말자고! 당신만…… 당신
만 있는, 아무것도 없고 당신만 있는 그런 데는 이제 싫단 말이
야! 이제 정말 싫다고!"

……무엇이 잘못된 것일까.

그는 정확히 그런 곳에 있고 싶은 것인데. 그녀가 말하는, 아

무것도 없고 오로지 두 사람만 있는 그런 곳에 그녀와 함께 있고 싶은 것인데. 그런데 왜 그녀는 안 된다고 하는 것일까. 왜 싫다고 하는 것일까.

독립이 그를 올려다보았다. 그것은 간절히 애원하는 눈빛이었다.

"나가요, 제발……."

결국 그는 이렇게 말할 수밖에 없었다.

"……네가 원한다면."

두 사람이 나온 곳은 종로 한복판이었다. 거리는 때마침 기상청에서 이상 기온이라고 날마다 떠들어댈 만큼 뚝 떨어진 기온 탓에 매서운 칼바람이 휘몰아치고 있었고, 그런 추위에는 눈썹 하나 까닥하지 않는 젊은 데이트족들의 물결 또한 들끓고 있었다.

독립은 일부러 제이슨과 세 발짝쯤 떨어져 걷고 있었다. 속이 울렁거릴 정도로 복잡한 표정을 짓고 있는 그녀는 단호하게 그와의 거리를 유지한 채 있었다.

이건 아니었다. 절대로 아니었다.

그와 있으면, 그녀는 또 그렇게 흔들리고 만다. 그 이 년 전처럼, 그와 함께 있는 것 외에는 아무것도 필요없다는 터무니없는 마음이 되어버리고야 만다.

'……제발!'

제발 그러지 않기를. 제발이지 또다시 허물어지지 않기를.

이제 문제는 그를 용서하느냐 하지 않느냐를 떠나 있었다. 독립은, 다시 그때처럼 속절없이 그에게 흔들리고 무너져 가는 자신을 도무지 용납할 수가 없었다. 그래서 생겨났던 모든 끔찍함들이, 계속해서 자신을 갉아먹는 것을 생각하면 금방이라도 미쳐 버릴 것 같았다.

그 이 년 동안, 자신은 내일이라도 금방 미쳐 버릴 것처럼 살았던 이 년 동안 그는 태연히 자신을 의심할 뿐이었다. 그리고 그 의심이 사라지고 나서야 느긋하게 자신을 찾아왔다. 그 사실이, 죽도록 밉고 죽도록 원망스러운 것도 이제는 지났다. 이제는 그 사실이 무서울 뿐이다. 그가 불러일으킨 악몽들이 두려울 뿐이었다.

나는 당신 같지 않아.

난 그렇게 못해. 난 당신 앞에서 느긋하고 태연할 수가 없어. 당신으로 인해 변질된 내 인생 모두가 악몽 같아서 당신을 태연하게 마주 볼 수가 없어. 그러니까 차라리 돌아설래. 그래야 나도 숨을 쉴 것 같아. 그래야 나도 멀끔히 살 수 있을 것 같……

탁!

"……미안합니다."

순간 귀를 거슬리는 소리에 독립이 반사적으로 고개를 돌렸다. 그리고 얼굴을 찡그렸다.

벌써 세 번째였다. 제이슨은 왼쪽을 제대로 보지 못했다. 미국에서라면 늘상 차를 타고 다니니 사람들과 부딪칠 일이 없겠지만, 지금처럼 사람이 무식할 정도로 바글대는 종로 한복판을 걸어다니면 아무리 주의하고 걸어도 한두 명쯤은 옷깃이 스치고야 만다. 제이슨이 왼쪽을 제대로 보지 못하고 격하게 누군가와 부딪친 게 벌써 세 번째였다.

그가 예의 바르게 고개를 숙여 사과를 했지만, 방금 전 부딪친 상대는 그를 괴상한 눈초리로 노려보고는 그대로 걸어가 버렸다. 분명 제이슨의 잘못이라고 비난하는 눈초리였다.

그래서 화가 났다.

"씨이, 저 나쁜 놈! 자기도 잘 안 보고 걸어놓고!"

저도 모르게 튀어나간 큰 소리에 거리를 걷던 몇몇 사람들이 그녀를 돌아보았다. 독립도 지지 않고 그들을 향해 소리없이 눈을 부라려 주었다.

씨근덕대는 그녀를 바라보며 제이슨이 모호한 표정을 짓고 있었다. 저따위 표정, 이가 갈릴 지경이었다.

그렇게 애처로운 표정 짓지 말란 말이야, 이 자식아.

너 잘난 인간이잖아. 왜 그렇게 환자 같은 표정을 짓냐고.

네가 어디가 불쌍해. 네가 어디가 애처로워.

너보다 더 불쌍한 건 나야. 옆에 있는 게 무서워서 차라리 달아날 생각을 하는 나라고.

"……걷지 말자. 호텔로 돌아가는 게 낫겠어."

제이슨이 말했다. 독립이 애써 그를 쳐다보지 않은 채 말했다.

"왜? 여기 나온 지 이제 삼십 분도 안 됐어. 나오자마자 들어가자고?"

제이슨이 아무렇지도 않은 척, 좀 전에 타인과 부딪쳤던 왼팔을 툭툭 털어냈다. 입을 꾹 다문 채로 무언가 생각하는 표정이었다. 불편한 표정이었다. 그답지 않게 안쓰럽게 다가와 마음을 불편하게 만드는 표정이었다.

"나보다 네가 더 불편하잖아. 돌아가자."

그러지 말라고, 제발!

"억지로 붙드는 게 아닌데…… 잘못한 모양이야. 애초에 제대로 된 인간이 아니니까. 이렇게 불편하고 걸리적거릴 것……."

"그런 말 하지 마!"

제발!

순간 독립이 입을 열어 소리를 빽 지르자 제이슨이 어이없는 표정으로 그녀를 응시했다. 그 표정에 독립이 입을 꾹 다물었다. 그리고 말없이 옆으로 걸음을 옮겨 제이슨의 왼팔을 붙들었다. 매운 것을 잔뜩 먹은 것처럼 속이 뜨끔했다. 뜨끔대며 아팠다.

"내 잘못이야."

그녀의 잘못이었다. 그의 눈에 관해 누구보다도 잘 알고 있는 사람은 바로 그녀였는데. 독립의 눈에는 벌써 그렁그렁 눈물이 고여 있었다.

"진작에 이렇게 했어야 하는데."

독립이 그의 왼팔을 잡은 손에 힘을 주었다.

"저기서 길 건너면 인사동이야. 인사동 알아요? 볼 거 많으니까 저기 들렀다 가요. 한국 사람보다 외국 사람이 더 많은 동네야. 겉은 그냥 관광상품 종합 전시 구역처럼 생겼는데 구석으로 들어가면 괜찮은 데 많아요. 나 저기 되게 좋아해."

독립이 제이슨의 왼팔 소매에 얼굴을 묻었다.

"그러니까아…… 보고 가요. 왼쪽은 내가 볼게. 이젠 안 부딪쳐. 우리 저기 가요."

그러나 저기 가자는 말과는 달리 독립은 그 상태 그대로 꼼짝없이 서 있었다. 제이슨을 붙든 손에 자꾸만 힘이 들어갔다. 고개를 들 수가 없었다. 분명히 엉망진창일 것이 뻔했으니까. 두 눈은 빨개지고 콧물도 나와 있을 것이다.

제이슨이 슬쩍 팔을 비틀어 독립의 얼굴을 떼어냈다.

"내 옷에 콧물 묻었다."

독립이 눈을 질끈 감고는 고개를 흔들어댔다.

"보지 마!"

끔찍했다. 왜 이 인간에겐 항상 이렇게 무방비 상태의 얼굴을 보이게 되는 것일까. 왜 보이고 싶지 않은 얼굴을 이렇게 보아버리는 것일까.

제이슨이 손으로 그녀의 얼굴을 닦아주었다. 눈물을 닦은 그 손이 콧물도 닦았다.

"손수건이 없어."

그의 말에 독립이 고개를 비틀었다.

"그럼 하지 마. 보지 마."

제이슨이 그녀만큼이나 고집스럽게 고개를 흔들었다.

"안 돼. 봐야겠어."

"왜!"

다음 순간 그의 입술이 이마에 내려앉았다. 봄바람처럼 가볍고, 따듯하게.

"세상에서 제일 예뻐서."

이젠 더는 참을 수가 없었다.

독립이 양팔을 뻗어 그를 꼭 끌어안았다. 이번에는 그의 가슴팍에 얼굴을 묻고, 독립이 소리 내어 울기 시작했다.

금요일 정오. 종로에서 종각으로 이어지는 번잡한 거리를 오가는 사람 모두가 한 번쯤은 힐금거리며 펑펑 울고 있는 독립을 돌아보았을 것이다.

*

인사동 구석구석을 헤집고 돌아다닌 두 사람은 내친김에 명동으로 이동해 남산 꼭대기까지 다녀왔다. 지구력이 약한 탓에 헥헥대는 독립을 보는 것은 즐거운 일이었다. 그러게 평소에 운동 좀 하라고 면박을 주었더니, 독립은 기꺼이 그를 팽개쳐 두고는 혼자서 씩씩대며 뛰어갔다. 그런 그녀의 뒷모습을 바라보는 것도, 달려가 다시 그녀의 허리를 낚아채는 것도 두려울 정도의 행복감을 전해주었다.

제이슨은 이제 집착이란 것을 배워가고 있었다. 그는 독립과 함께하는 이 시간에 집착하는 자신을 느꼈다. 독립이라는 여자에게, 독립이라는 여자가 주는 감정의 다발에 집착을 느꼈다. 두 손으로 꽉 움켜쥐고, 씹어 삼켜서라도 두 번 다시 놓치고 싶지 않은 그런 터질 듯한 소유욕을. 이것이 집착이라는 감정 상태라는 것을 그는 처음 배웠다.

"들어갈까?"

낮은 조명이 드리워진 객실 문 앞에서, 제이슨이 독립에게 물었다. 막 걸음을 옮기려는 순간 그의 팔을 움켜잡은 독립의 손에 잠깐, 힘이 들어갔다 사라졌던 것이다. 독립은 여전히 망설이고 있는 표정이었다.

제이슨의 그녀의 얼굴을 부드럽게 감싸 쥐었다.

"들어가자."

그녀의 눈이 스르륵 감겼다. 아직도 후회와 짧은 방황, 그리고 긴 갈등이 미묘하게 교차된 표정이었다. 잠시 후 그녀가 고개를 흔들며 그의 손을 밀어냈다.

"아니. 제이슨, 나 그냥……."

제이슨이 재빨리 독립의 말을 끊었다.

"들어가자. 뭐라고 해도, 난 너 절대 안 보내."

"그게……."

"들어가자니까."

찰칵!

제이슨이 막 그렇게 잠겨 있던 문을 여는 순간이었다.

"안 보내실 거면, 어쩔 건데요?"

고막을 자극하는 누군가의 목소리. 분명 따뜻하고 상냥한 느낌의 아름다운 미성(美聲)이었지만 제이슨은 신경이 바싹 곤두서는 것을 느낄 수 있었다. 분명 미칠 정도로 들끓어 오르는 분노였다.

"더는 못 봐주겠는데요."

고개를 휙 돌리자 어느샌가 다가와 독립의 팔을 붙들고 있는 상혁의 모습이 눈에 들어왔다. 더 생각할 겨를도 없이, 제이슨이 반사적으로 독립의 반대쪽 팔을 붙들어 끌어당겼다.

"으앗, 아파요!"

독립이 뾰족하게 소리를 질렀지만, 그는 도저히 양보할 기분이 아니었다. 더군다나 분명 독립과 동거하고 있는 상태라고 당당히 그 앞에서 떠벌렸던 저 작자에게라면.

"더는 못 봐줄 사람은 나야."

"어째서요?"

제이슨의 낮은 목소리는 위협적이었고, 상혁의 부드러운 목소리는 단호했다. 둘 사이에 오가는 험악한 눈빛을 고스란히 받아내야 할 처지가 된 독립이 고개를 흔들었다.

"이거부터 놔줘요!"

제이슨의 독립을 더욱 힘 주어 끌어당겼다.

"들어가자."

상혁이라고 가만히 있는 것이 아니었다.

"독립이는 저와 함께 집으로 돌아갈 겁니다. 그 손, 놓는 게 좋을 텐데요."

저 작자의 예쁘장한 얼굴을 한 대 치고 싶어 손이 근질거렸다. 어차피 좋아할 수가 없는 작자였다. 그가 모르는 시간을 독립과 함께 지낸 인간이라는 점부터가 마음에 들지 않았다. 아니, 마음에 들지 않는 정도가 아니라 이가 갈릴 정도로 화가 나는 인간이었다.

"가자."

그가 다시 독립에게 말했다.

실컷 지껄여 봐라. 실컷 방해해 봐라. 꿈쩍도 하지 않을 테니까. 한 발자국도 양보하지 않을 테니까.

"그 손, 놓는 게 좋을 거라고 말했습니다."

안 놓으면, 어쩔 건데?

"안 놓으면 한 대 때리려고요."

말이 끝나기가 무서웠다. 제이슨은 순간 턱을 강타하는 주먹을 느낄 수 있었다.

퍽!

"꺄악!"

그리고 그사이를 독립의 비명 소리가 파고들었다.

"오빠! 왜 이래요!"

턱이 얼얼하기 하지만 그렇다고 독립의 등 뒤로 숨을 정도는 아니었다. 제이슨이 팽팽하게 당기는 턱 근육을 무시하고 차갑게 웃었다.

이 치, 정말이지 고루고루 하는군.

"잘됐군. 그렇잖아도 한 대 치고 싶었는데."

앞으로 가로막고 서 있는 독립을 피해, 제이슨이 상혁의 복부에 한 방 먹였다. 상혁이 콜록대며 뒤로 물러나고, 독립이 제이슨의 팔을 붙들고 꽉 매달린 것은 아주 순식간에 벌어진 일이었다.

"어디서 주먹질이야! 누굴 때려, 지금!"

이것은 명백히 독립의 잘못이었다. 왜냐하면 상혁에게는 한 대 얻어맞았다고 해서 이 싸움을 그만둘 마음이 없었기 때문이다. 뒤로 물러나 콜록대던 그가 어느샌가 자세를 잡고 독립에게 붙들려 있는 제이슨을 걷어찼다. 발끝에 차인 제이슨이 허리를 휘청하자 눈곱 절반만큼의 사정도 봐주지 않고 그가 다시 주먹을 날렸다.

퍽!

그중 하나가 제대로 먹혔다. 제이슨의 턱이 휙 돌아가며 찢어진 입가에서 피가 흘렀다. 그제야 제정신을 차린 듯, 독립이 상혁을 힘껏 두 손으로 밀었다.

"그만 해!"

독립의 목소리가 조용한 복도를 찢을 것처럼 울려 퍼졌다. 상혁이 재빨리 손을 뻗어 독립의 팔을 붙들며 말했다.

"이제 건드리지 마세요, 우리 독립이."

개소리였다.

제이슨이 입가를 닦아내며 그를 쳐다보았다.

"그건 내가 할 소리야. 아직 덜 팼으니까 다시 시작하지."

독립이 상혁에게 붙들린 팔을 빼내려고 애쓰며 외쳤다.

"다시 시작하긴 뭘 시작해? 제이슨, 빨리 들어가요. 이게 무슨 짓이야!"

상혁이 어깨를 으쓱했다.

"사양할 마음은 없지만 독립이가 걸리는군요. 그만 들어가 보시죠."

"독립이 핑계 대지 마. 거슬리니까."

"그럼, 진짜 계속하자고요?"

상혁이 빠르게 움직였다. 확실히, 치사할 정도로 빠르게. 그가 치사한 게 아니라면, 그놈의 눈이 문제였다. 그간 제이슨의 동체 시력은 형편없을 정도로 약해져 있었던 것이다. 한밤중에 무리하게 움직이는 일 따위는 그에게 사고라는 전제를 깔아놓은 자해 행위나 마찬가지였다.

제이슨이 미처 자세를 잡기도 전에, 상혁의 주먹이 다시 얼굴 어딘가를 강타했다. 유감스럽게도 그 부분은 왼쪽 눈가였고, 순간적으로 시야가 흐릿해진 제이슨은 균형을 잃고 몸을 비틀거릴 수밖에 없었다. 그를 대신해서 소리를 지른 것은 독립이었다.

"안 돼요!"

생각할 겨를도 없이 독립이 제이슨을 꼭 감싸 안았다.

"안 돼요, 오빠! 이 사람 눈 때리면 안 돼요! 이 사람 눈 정상이 아니란 말이야!"

상혁이 움찔하는 모습이 흐릿하게 보였다. 그러나 그것도 잠시였다. 그가 독립을 억지로 제이슨으로부터 떼어냈다.

"저 사람이 자초한 거야. 그만 돌아가자."

"오빠……."

"오늘 너네 할머니 또 찾아오셨어. 너 어딨냐고, 제발 연락할 방법이 없겠냐고."

"그게……."

"너한테 해줄 게 많대. 그래서 차마 그대로 모른 척할 수가 없대. 너 앞으로의 인생도 생각해야 되잖아. 저 사람 만나서 엉망진창으로 망가진 네 인생, 어떻게 되돌릴지 생각해야 되잖아. 계속 고집 피우고 미워하면, 너만 손해야. 저 사람 때문에 네 가족 버리는 거, 너만 손해라고. 그러니까 저 사람 잊어. 다 잊고 네 인생 살아. 그게 맞는 거잖아."

독립의 안타까운 목소리가 들려왔다.

"아냐! 그런 거 아냐! 그런 거 아니라고 말했잖아요! 그 사람들 애초에 내 가족들이 아니고……."

"그래서? 그래서 거식증도 네 잘못이고 학교에서 제적당한 것도 네 문제고 가족들도 저 사람이랑 눈곱만큼도 상관없는 일이라는 거야? 웃기지 마, 이독립. 그거 다 저 남자 때문에 그러는 게 맞아. 저 남자 때문에 네 인생 망가진 게 맞다고."

"아니…… 아니라니까!"

"아니긴 뭐가 아냐. 그럼 비우가 너 데리고 병원 응급실 갔던 건. 그리고 너 죽다가 살아난 건. 그건 대체 뭐야?"

"아니야!"

상혁의 목소리는 잔인할 정도로 매섭게 이어졌다.

"모르는 척하지 마. 너 그때 임신 사 개월이었어. 네 아기 유산되고 그리고 너도 죽을 뻔했어. 다들 모르는 척 아무 말 안 해도, 그 사실이 어디 가진 않아. 너 저 사람 끔찍하고 싫다고 한 거, 그 때문 아니었어?"

"아악!"

결국 독립이 비명을 지르며 얼굴을 감싸 쥐었다. 독립의 비명 소리를 들으며 제이슨은 터질 듯한 압박감을 느꼈다.

그리고, 숨이 멎었다.

아기? 유산?

지금…… 뭐라고?

제이슨이 비명을 지르듯 독립을 불렀다.

"독립아!"

독립이 제이슨을 바라보았다. 흐릿해진 시야가 이렇게 빌어먹게 느껴진 적은 처음인 것 같았다. 어둑한 조명에 가려져 독립의 표정이 똑똑히 보이지 않았다. 답답했다. 답답한 심장은 그대로 폭탄이 되어버렸다. 금방이라도 굉음을 내며 터질 것 같은.

독립이 그에게서 시선을 돌려 상혁을 바라보았다. 독립의 음성에는 흐느낌이 묻어 있었다.

"나 이 사람한테 안 돌아가. 오빠한테 했던 말, 거짓말 아니었어요. 나 이 사람 끔찍하고, 싫어. 내 인생이 어떻게 된 거랑은 상관없이 나 이 사람 싫어요."

붙들어야 하는데. 왜 한마디도 나오지 않는 걸까.

"그리고 무서워."

입 안이 바짝 말랐다. 그리고 입술이 서로 달라붙어 버렸다.

"독립아……."

제이슨이 흔들리는 시야를 애써 더듬어 독립의 손을 움켜잡았다. 그러나 독립은 그 손을 벌레라도 된 것처럼 뿌리쳤다.

"제이슨도 헤일리 때문에 아팠잖아. 지금 그 사람이 다시 나타나서 사랑해 달라고 하면 할 수 있어요? 무서워서 그 사람 사랑할 수 있어요? 난 못해, 제이슨. 당신 나한테 악몽 같아. 당신 지금 나한테 헤일리 같아. 당신이 다시 사랑해 달라고 해도, 난 무서워서 못해요. 당신 얼굴 볼 때마다, 죽은 아기가 생각나서 난 소름이 끼쳐. 소름이 끼치고 경기가 일어날 만큼 무서워."

"……."

스스륵.

그렇게 제이슨의 손에서 힘이 풀렸다. 그 혼자만 다른 존재에서 격리되어 무중력의 공간 속에 처박혀진 것 같았다. 몸에서 심장이 소멸해 버린 것 같았다. 호흡도, 맥박도. 늘 두근두근 뛰어야 하는 것들이 하나도 느껴지지 않았다.

죄 거짓말일 것이다.

아니, 거짓이 아니다. 거짓이 아니니까 독립이 저렇게 새된 반응을 보이는 거다.

그는 살인자였다. 그가 독립의 아이를 죽였다. 독립과 그의 아이를. 마치 헤일리를 죽였던 것처럼. 그가 사랑하는 것들은, 왜 그렇게 죽어 없어지는 것일까. 왜 그렇게 죽어서 그의 곁을 떠나는 것일까.

"당신이 의심했던 대로 상혁이 오빠가 좋아서 당신한테 갈 수 없다는 게 아냐. 상혁 오빠 사랑한 적 없어. 앞으로도 그럴 거고. 하지만 그렇다고 당신을 사랑하는 것도 아냐. 사랑할 수가 없어. 당신, 그냥 나한테는 끔찍한 과거야. 당신이 헤일리를 잊었듯이 나도 당신 잊고 싶어. 당신을 잊어야지 내가 잘살 수 있을 것 같애. 당신이, 당신이 날 망쳤어. 지금도 날 망치고 있어."

스르륵.

이번에는 그의 존재 자체가 그렇게 허물어져 버렸다.

"날 사랑한다면, 날 그냥 잊어줘요. 그냥 잘살게 내버려 둬. 당신 옆에서 난 절대 행복하지 않아. 너무 끔찍하고 무서워서 이 년 전 당신처럼 그렇게 미쳐 갈 거야."

스르륵, 스르르륵.

"그러니까, 우리 제발 이제 서로 보지 마요."

스르르륵.

발끝이 꺼지고, 시야가 사라지고, 주변의 공기마저 사라졌다.

"난 당신 다 잊을 거야."

스르륵.

그리고 독립이 사라졌다.

"나한테 화났니?"

집으로 돌아가는 택시 안에서 상혁이 낮은 목소리로 물었다.

"……."

독립은 별다른 대꾸를 달지 않고 있었다.

"그래도 했어야 하는 이야기였다고 생각해. 너 병원 갔을 때 얘기는 그 사람도 알아야지. 그래야 너한테 더 미안해하지."

"……."

"비우 녀석, 나한테 화내겠다. 너랑 그 사람이랑 잘되길 바라고 있었는데 내가 다 망쳐 놔서."

"……."

계속되는 침묵에 상혁이 어깨를 으쓱했다.

"난 잘 모르지만, 그 사람보다는 너네 가족이 너한테 더 나을 것 같아. 독립이 네가 참견하지 말라고 하면 할 말 없지만."

"……."

"……그렇게 생각 안 해?"

끝도 없이 대답을 회피하던 독립이 느닷없이 상혁을 향해 고개를 돌렸다.

"오빠, 나 진짜 좋아해요?"

언제나 적당히 거리감있는 예의 바른 미소를 덮어쓰고 있는 상혁의 얼굴은 아무런 당혹감도 없었다.

"좋아해, 꽤나 복잡한 의미지만."

"왜 복잡한데요?"

"널 보면 생각나는 사람이 있거든. 그러니 널 좋아한다는 것도 사실이고, 그 사람을 좋아한다는 것도 사실이야."

"그 사람이 누군데요?"

상혁이 빙긋 웃었다.

"묻지 마. 바닥까지 파헤쳐지기는 싫으니까."

"그럼 나 좋아하는 거 아니네. 그 사람 좋아하는 거네."

"아냐, 너 좋아하는 거 맞아. 그 사람 좋아하는 것과 구분이 없어서 문제지만. 둘 다 똑같아. 잘 울고, 잘 웃고, 둘 다 제멋대로고, 둘 다 어리고, 그리고 둘 다 내 동생이고."

"동생?"

"응."

상혁의 표정이 묘해졌다.

"나 동생 있거든. 여동생. 지금은 자기 아빠랑 같이 살지만. 널 보면 걔가 생각나고 걔 생각 하면 꼭 너 같다. 그래서 마음쓰는 거야. 그래서 질투도 하고, 그래서 심통도 부렸어."

말을 끝마칠 무렵에는, 작게 웃고 있었다.

"사실 걔한테 하고 싶었던 건지도 모르지만."

전혀 도움이 안 되는 애매한 답. 누구를 어떻게 하겠다는 건지 도통 알 수 없는 그의 애매한 표정. 그래도 독립은 순순히 고개를 끄덕였다.

"응, 다행이네. 난 오빠 안 좋아하거든요."

상혁도 순순히 고개를 끄덕였다.

"그래."

"그리고 그 사람도 안 좋아해."

독립이 눈을 질끈 감고 이렇게 말했다.

"안 좋아해, 절대. 절대, 절대로."

"……."

이번에는 상혁이 아무런 말 없이 그녀를 바라보기만 했다. 상혁이 무슨 말인가를 토해낸 것은, 결국은 참지 못한 독립이 큰 소리로 울음을 터뜨린 순간이었다.

"……어흐흑! 어억……."

상혁의 따뜻한 손바닥이 독립의 등을 다정하게 어르듯 쓰다듬었다.

"괜찮아, 독립아."

"어으……."

다정하게, 마치 울고 있는 어린 여동생을 달래듯이.

"금방 잊을 거야. 괜찮아."

히치하이킹 일 년 십 개월 하고도 한 달 후

: 인생이 여행과 다르다는 것은 무척 고마운 일이다

왜냐하면 인생에 지쳤을 때 당신은 인생과 전혀 다른 곳으로

여행을 떠날 수 있기 때문이다

여행할 돈이 없다고? 무얼 고민하는가

당신에겐 언제 어디서라도 써먹을 수 있는 히치하이킹이 있는데

그리고 한 달 뒤.

쿵쿵.

닫혀 있는 편집부의 문을 누군가가 두들겼다. 한창 일에 지쳐 끈적하게 늘어져 있던 독립의 눈꺼풀이 위로 들렸다. 이 시간쯤 되면 다들 비슷한 얼굴들을 하고 있으니 전혀 부끄럽지 않다는 듯, 독립이 여유있게 하품까지 해댔다.

"네, 누구세요?"

다시, 쿵쿵.

"이독립, 문 좀 열어."

어딘가 막힌 듯한, 누군가의 목소리. 독립이 발딱 일어나 문 가로 쪼르륵 달려갔다.

"우잉, 누구세…… 으잉?"

문을 여는 순간 독립의 눈이 커졌다. 문을 두드린 것은, 어마어마한 양의 상자들이었다. 한 달 전 제이슨이 묵고 있던 호텔 객실에서 본 것과 대충 엇비슷한 크기들이었다. 사람 키만큼이나 높이 쌓여져 있던 상자 뒤에서 목소리가 들려왔다.

"이거 빨리 처리해, 이 기집애야."

오늘의 포터는 요새 늘 바쁜 탓에 제대로 얼굴 보기도 힘든 이비우 사장이었다.

"비우 언니, 이거 다 뭐예요?"

멍청히 되묻는 독립의 말에 상자 더미 뒤에서 비우가 고개를 불쑥 내밀었다.

"나도 몰라. 난 그냥 심부름하는 거야."

"심부름?

"뭘 시침떼. 나 통해서 너한테 오는 거라면 당연히 제이슨 씨가 보낸 거지 뭐 다른 거 있어?"

제이슨. 근 한 달 만에 듣는 이름이다. 한 달 동안, 독립은 제이슨을 아예 모르는 사람처럼 지냈다. 한 달 내내 신경을 칼같이 곤두세워 그에 대한 기억 한 조각도 떠올리지 않고 지냈다. 그것으로 그녀의 악몽은 모두 끝났을 거라고 생각했다.

그런데 아직 아닌 모양이었다.

"미쳤어, 그 인간."

얼굴 근육이 제멋대로 실룩였다.

왜일까. 제이슨은 대체 무슨 이유로 이런 것들을 보냈을까.

그런 생각들 위로 비우의 목소리가 뚝 떨어졌다.

"그래? 내가 볼 땐 말짱해 보이더만. 제이슨 씨 말이, 그거 생 필품이래. 전쟁 나도 끄떡없을 거라더라."

젠장. 역시 그것들이네.

비우의 표정은 그닥 곱지 못했다. 사실 한 달 전부터 비우는 저 표정이었다. 그녀의 말에 따르면 독립은 세상에 다시없을 바 보였으니까.

"아, 그리고 이건 수고스럽겠지만 네가 여는 것까지 직접 봐 달라고 했어. 안 보고 처박아두면 곤란하니까."

그 말과 함께 비우가 내민 것은 작은 상자였다. 대체 이게 다 뭔지 잔뜩 궁금해하는 표정을 짓고 있는 편집부 식구들이 독립 의 주위로 우르르 몰려들었다.

"그 사람이 왜 독립이한테 생필품을 보내? 둘이 무슨 일 있었 어?"

누군가가 이렇게 말했다.

무슨 일…… 있나? 있었나? 제이슨과 내가 그랬나?

"글쎄요."

독립이 멍청하게 중얼거렸다. 비우의 표정도 표정이지만, 그 녀가 직접 건네준 이 네모 반듯한 상자는 충분히 의심이 갈 만

큰 익숙한 사이즈였던 것이다. 그래, 저 사이즈는…….

"책이야."

딱 책 한 권이 들어갈 정도의 크기였다.

"책이오?"

"응, 열어봐."

독립이 아무런 포장도 되어 있지 않은 상자를 열었다. 어쩐일인지 손이 말을 듣지 않았다. 몇 번 헛손질을 하고 나서야 겨우 상자 뚜껑이 열렸다. 그러자 눈앞에 드러난 것은 〈눈 뜨는 시간의 비례〉.

독립의 표정을 보며 비우가 딱딱한 목소리로 말해 주었다.

"책 나왔어. 오늘 배본이야. 광고 봤지?"

그랬던가? 벌써 그렇게 되었던가?

독립이 떨떠름한 얼굴로 대꾸했다.

"저기…… 언니, 너무 빠른데요."

비우가 큼, 하는 콧소리를 냈다.

"제이슨 씨 작업 속도가 빨랐어. 하긴 호텔방에 처박혀 일만 했으니 빠를 수밖에 없지. 이게 마지막이래."

"에? 마지막이라는 게 무슨 소리예요?"

"그렇게 말하면 알 거래. 몰라, 나도. 다른 얘기 안 해줬단 말이야. 그리고 통장 확인해 봤어?"

"통장?"

독립이 한층 더 어리둥절한 표정이 되었다.

"오늘 월급날 아닌데요?"

"큿, 네 월급날이 아니라 그 사람 월급날이야. 인세 몽땅 네 계좌로 넣으라고 해서 오늘 넣었거든. 나중에 확인해 봐. 이독립, 너 재벌 됐어."

그리고 비우가 냉큼 돌아서서 가려는 것을 독립이 가까스로 붙들었다.

"언니! 그게 무슨 소리야! 그 사람 돈을 왜 나한테 줘요! 주랬다고 그냥 막 줘요?"

비우가 샐쭉한 표정으로 독립에게 붙들린 팔을 잡아 뺐다.

"낸들. 난 하라는 대로 한 거란 말이야. 그 사람 말이, 한국에서 있었던 일은 자기도 잊겠대. 대신 너한테 할 수 있는 건 다 하겠다고 하더라. 그래서 '보상'이 될 수 있다면."

아무래도 순순히 말해 줄 것 같지 않았다. 독립이 황급히 책을 펼쳤다. 책이 어떻게 생겼는지는 머리 속에 들어오지도 않았다. 독립의 시야를 가득 메꾼 것은, 책 겉표지를 한 장 넘기자 바로 드러나는 새하얀 속지에 쓰여진 단 한 줄의 글이었다.

『나의 독립을 위해.』

독립이 발악하듯 머리를 흔들었다.

"이 인간 왜 이래! 미친 거 아냐! 대체 왜 이래!"

마음을 누가 맷돌 사이에 넣고 열심히 갈고 있는 것 같았다.

제발, 제발 이러지 마. 나한테 이러지 마. 나 무섭단 말이야. 죽을 듯이 무서워서 죽을 듯이 아프단 말이야.

비우가 그러는 독립을, 아주아주 한심한 얼굴로 바라보았다.

"직접 물어봐. 하긴 지금은 직접 묻지도 못하겠지만."

독립이 다시 비우를 냉큼 붙들었다.

"왜요, 언니? 왜 직접 못 물어봐요?"

"왜긴. 책 나온 거 보고도 몰라? 한국에서 볼일 끝난 거잖아. 호텔은 벌써 체크아웃 했어. 오늘 중으로 돌아간대."

"언니!"

독립이 빽 소리를 질렀다.

"왜 말 안 해줬어요? 그런 걸 왜 말 안 해줬어요!"

비우가 아주 당연하다는 듯한 얼굴을 했다.

"네가 그간 관심이나 있었어? 네 앞에서는 그 사람 얘기 꺼내지도 말라면서. 공연히 생사람 잡지 마, 이것아. 여튼, 할 말 다 했으니 난 간다."

"언니이!"

비우가 표정을 바꿨다. 이번에는 엄한 얼굴이었다. 어리광 부리지 마, 라고 얘기하는 것처럼.

"이독립, 너 지금 진짜 웃기는 거 아니? 그 사람 내친 건 너야. 그 사람이 한국에 책 내려고 왔어? 그거 아니잖아. 너 보려고 온 거잖아. 그런데 네가 싫다며. 도무지 용서가 안 되어서 받아들일 수가 없었다며. 그럼 그걸로 끝이지. 그 사람이 평생 너한테 매달려 살길 바랐던 거야? 그 사람도 할 만큼 했다. 우리 남편도 그렇게는 안 해줬구만. 너 한 달 내내 그 사람 무시하는 동안, 그 사람도 할 만큼 했어. 이제 손 털고 미련 털고 돌아가 겠다는데 네가 왜 난리야? 너야말로 개운해해야 되는 거 아냐? 사람 그만 웃기고, 자리로 돌아가서 일해."

가슴이 아팠다.

비우의 냉정한 말이 아니라, 지금 제이슨이 어디 있는지 모른 다는 말에 가슴이 아팠다. 그가 떠나가고 있다는 말에 가슴이 아팠다.

아니, 가슴이 아픈 정도가 아니었다. 가슴의 통증 때문에 숨 이 막혔다. 어질할 정도로 숨이 막혔다. 산소가 부족했다. 눈앞 이 뱅글뱅글 돌기 시작했다.

"아니…… 아니, 아니야. 그게 아니야!"

그게 아니었다.

그래, 독립이 원하던 것은 이런 게 아니었다. 그를 다시 보지 않으면, 그가 준 상처들을 모두 잊을 수 있을 줄 알았다. 그라는 존재로부터 비롯된 끔찍한 악몽들을 모두 떨궈낼 수 있을 줄 알 았다. 하지만 그로 인한 상처보다 훨씬 더 끔찍한 것은, 더 이상 그를 볼 수 없음으로 인해 새로이 생기는 통증이었다.

그녀가 나빴다. 대상이 틀린 것이다. 제이슨 역시 그 이 년 동 안 괴롭고, 힘들었다. 자신은 그를 볼 수 없어서 힘들었지만, 제 이슨은 그녀에 의심까지 더해져 한층 더 괴로웠을 것이다. 자신을 정말로 사랑했는지 의심할 수밖에 없는 사람을 사랑하고 그리워하느라 한층 더 힘들었을 것이다.

독립이 잘못한 것이었다. 그녀를 사랑만 했던 것은 제이슨이었다. 그를 의심하고, 그의 사랑을 의심하고, 그의 과거를 질투했던 것은 자신이었다. 그를 사랑할까 봐 무서웠다? 천만의 말씀이었다. 그가 자신을 사랑하지 않게 될까 봐 무서웠다. 바로 오늘 같은 날이 있을까 봐 무서워했던 것이다.

"아니야!"

독립이 그대로 비우를 밀치고 뛰쳐나갔다.

찾아야 했다. 잡아야 했다. 어떻게 해서든 그를 붙들고…….

쾅!

뭐가 어딘가에 부딪친 모양이었다. 이마 한쪽이 얼얼했다. 그래도 독립은, 행여라도 비우가 자신을 붙들까 봐, 그를 잡지 못하게 될까 봐 마구 달려나갔다. 문을 열고 계단을 내려와 횡단보도를 건너 마구 달려갔다. 가슴에는 그의 새 책을 꼭 안은 채였다.

"아우, 저 고집쟁이."

독립이 뛰쳐나간 사무실에서 비우가 싱긋 웃으며 바닥에 떨어진 상자를 집어 들었다. 비우의 등 뒤에서 독립의 모습을 계속 지켜보고 있던 편집부장 이경희 씨가 물었다.

"비우 사장, 일부러 그런 거지?"

비우가 생글거리며 이경희 씨를 돌아보았다. 벌써 삼 년째 같이 일하고 있는 그들은 호흡이 꽤나 잘 맞는 관계였다.

"쟤는 아직 어려서 뭐가 우선순위인지 잘 모른다니까. 한번 당해보라고 해요. 저렇게 고생 좀 해봐야 지가 무슨 짓을 했는지 알지. 결국 투정 부린 거잖아. 그간 연락 안 됐을 때 자기가 얼마나 고생했는지 지도 좀 알아보라는 심보였잖아. 말 안 해도 뻔하지 뭐."

"아, 독립 씨가 되게 미움 샀나 보다. 왜 그렇게 미워해?"

비우가 입가를 실룩였다.

"경희 언니도 괜히 누명 써봐요. 기집애, 나더러 왜 문 열어줬냐고 생난리 피우더니, 흥. 나중에 제이슨 씨한테 물어보니까 독립이 걔가 문 열어준 거라잖아. 아우, 진짜 그걸."

경희씨가 고개를 갸우뚱했다.

"문을 열어줘? 그게 무슨 소리야?"

"에이, 뭐 그런 일이 있었어요. 아무튼 기집애 저 성격 때문에 괜히 제이슨 씨만 고생한 거 아냐. 우리 천재 작가께서."

경희 씨가 깔깔대고 웃었다.

"어째 독립이보다 제이슨 씨를 더 아끼는 사람 같아, 비우 사장?"

비우가 바닥에 떨어진 통에 먼지가 묻은 상자를 탁탁 털었다. 만족스러운 미소가 가득 걸린 비우의 얼굴은 천연덕스럽게 빛나고 있었다.

"어마, 저만한 작가라면 당연히 출판사 재산 목록 1호지. 경희 언니는 뭘 그렇게 당연한 걸 물어요?"

"오라, 진짜? 그 말 독립 씨한테 일러줘도 돼?"

비우가 고개를 절레절레 저었다.

"아니, 그건 아니죠. 왜냐하면 저만한 작가를 다룰 수 있는 유일한 사람이라는 점에서 우리 출판사 재산 목록 1호는 당연히 독립이거든."

*

끼익!

차가 멈췄다. 독립이 재빨리 문을 열고 밖으로 뛰쳐나갔다. 방금 전까지 독립이 타고 온 택시의 운전기사 역시 놀란 얼굴로 밖으로 튀어나왔다.

"아가씨! 아, 아가씨! 돈 줘야 될 거 아냐!"

가슴에 여전히 제이슨의 신작 소설을 안은 채로 독립이 마구 달려갔다. 인천 국제공항의 입구는 언제나 그렇듯 각양각색의 사람들로 혼잡한 상태였다. 앞, 뒤, 옆으로 빵빵거리는 차들을 무시한 채 택시기사가 택시를 버리고 독립의 뒤를 쫓아갈 수는 없었다.

"아저씨, 양재동이요."

게다가 다행스럽게도 예쁘장한 아가씨 둘이 재빨리 택시의 뒷문을 열고 빈자리에 앉아버렸다.

"아니, 저, 이런……! 저, 저 아가씨가……!"

어쩔 줄 모르고 발을 동동 구르던 택시기사가 결국 주변에서 빵빵대는 다른 차들의 압박을 견디지 못하고는 쓰디쓴 표정으로 다시 택시에 올랐다.

"아저씨, 왜 그러세요?"

뒷자리에 새로 올라탄 손님 중 하나가 물었다. 택시기사가 마침 기다리고 있었다는 듯, 부운 얼굴을 씩씩대며 다다다다 말을 쏟아내기 시작했다.

"아니! 반쯤 미친 꼴로 급하게 가달라기에 막 밟으면서 왔더니 그냥 내리지 뭡니까! 내참, 젊은 아가씨가 대체 왜 그렇게 사는지, 원……."

"어머, 세상에. 그럼 택시비 안 내고 그냥 내린 거예요?"

"아, 그랬다니까요."

"와, 진짜 황당하다."

택시기사가 반쯤 벗겨지기 시작한 머리를 벅벅 긁어대며 한숨을 토해냈다.

"아, 탈 때만 해도 비행기를 놓치면 안 된다고 사정사정해서 내가 엄청 빨리 달려왔다고요. 아, 진짜. 신호 위반도 몇 개 해 준 거 같은데. 사람이 저러면 못쓰지. 아무리 급해도 그렇지, 쯧쯧!"

그러자 방금 말을 걸었던 손님이 빙긋 웃었다.

"뭐, 그 정도로 급했나 보죠. 살다 보면 그런 일이 있을 수도 있잖아요."

그러자 옆에 있는, 좀 더 예쁜 아가씨가 고개를 끄덕였다.

"맞아요, 아저씨. 혹시 알아요. 지금 막 출발하려는 비행기에 지금 아니면 다신 못 볼 사람이 타고 있을지도 모르잖아요."

그녀들의 말에 택시기사가 벌겋게 달아오른 얼굴로 어물쩍게 웃었다.

"하, 그런가. 그럼 이왕 이렇게 됐으니, 그 아가씨 꼭 찾는 사람 만나기나 바라야겠네."

택시에서 뛰어내린 독립은 공항 안을 마구 달려가고 있었다. 고개를 길게 빼고 오가는 사람들을 살피는 그녀의 눈은 필사적이었다. 소리 질러가며 그를 부르고픈 마음을 억지로 참고 있는 독립은 미칠 지경이었다.

그날, 미국에서 강제 출국 당하는 날에도 이랬다. 독립은 필사적으로 발버둥을 치고, 그녀를 끌고 가는 사람들은 한 치의 양보없이 그녀를 한국행 비행기 안에 밀어 넣었다. 열네 시간이 넘는 긴 비행 시간 내내 독립은 구토를 했다. 만약 독립을 태우고 가는 그것이 비행기가 아니라 기차나 자동차였다면 기꺼이 뛰어내렸을 것이다.

그때의 공포가 한꺼번에 되살아났다. 그가 찾아오지 않는 한, 두 번 다시 그를 볼 수 없는 그런 상황에 대한 공포. 손 마디

마디가 저려왔다. 호흡이 가빠오고 현기증이 일었다. 독립은 지금 비행기 안에 있었다. 워싱턴에서 한국으로 돌아오는 이 년 전의 그 비행기 안에. 두 번 다시 그를 볼 수 없는 그 비행기 안에.

"안 돼요…… 안 돼……."

독립이 닥치는 대로 옮기던 발걸음을 멈추고 숨을 한껏 들이켰다. 잠시라도 방심을 하면 걷잡을 수 없이 흘러내릴 눈물을 알기 때문에 조금도 긴장을 늦출 수 없었다.

"안 돼요, 제이슨. 나, 난……."

긴장, 공포. 추락하는 듯한 아찔함.

독립이 다시 발을 움직였다. 몇 사람과 부딪쳤는지 모르겠다. 몇 사람을 밀어버렸는지 모르겠다. 몇 사람에게서 욕을 들어먹었는지 모르겠다.

"제이슨!"

일층, 이층. 그리고 탑승 게이트 앞까지. 화장실과 면세점도 지나쳐 왔다. 또다시 몇 사람과 부딪치고 욕을 얻어먹고, 또다시 몇 사람을 밀어버리고 욕을 얻어먹었다.

"제이슨!"

그래도 그는 보이지 않았다. 독립의 울음 섞인 목소리가 한없이 높아졌다.

"제이슨!"

지나가던 사람들이 그녀를 돌아보았다. 그래도 그는 없었다.

그는 이곳에 없었다.

"제이슨!"

결국 독립이 울음을 터뜨리고야 말았다.

벌써 너무 늦은 모양이었다. 몰아닥치는 현기증 속에 구토가 일었다. 독립은 지금 워싱턴에서 출발하는 한국행 비행기를 타고 있었다. 이 비행기를 타고 있으면, 두 번 다시 제이슨을 볼 수 없음에도 불구하고.

✱

끼익.

"……되겠습니다."

차가 멈췄다. 전신이 물에 젖은 스펀지처럼 축 늘어진 독립은 손가락에 힘이 들어가지 않아 문을 열지 못하고 있었다. 독립이 끼낑대며 애만 쓰고 있자 인천 공항에서 이곳 대방동의 아파트까지 독립을 태워다 준 택시기사가 결국 운전석에서 내려와 독립이 타고 있던 뒷자석의 문을 열어주었다.

"아, 감사합니다."

독립이 어기적, 발을 뻗으며 작게 중얼거렸다. 어쨌거나 발이 땅에 닿았다. 이상한 일이었다. 그녀는 지금 워싱턴에서 한국으로 가는 비행기 안에 타고 있었는데. 제이슨을 두 번 다시 보지 못하는 비행기 안에 타고 있었는데.

"아가씨, 괜찮아?"

나이가 지긋하게 든 택시기사가 친절하게 물었다. 독립이 고
개를 끄덕였다.

"네, 괜찮아요."

그럼요, 괜찮고말고요.

난 사실 그때 억지로 끌려서 한국행 비행기를 탔을 때 죽어버
리는 줄 알았거든요. 그런데 괜찮았어요. 멀쩡했어요. 아직도
잘살아 있으니까 그래도 괜찮은가 봐요.

하지만 괜찮지 않았다.

"아가씨, 돈 줘야지. 오만 원이야."

그제야 독립이 당황한 얼굴로 택시기사를 올려다보았다.

"……네?"

깜박 잊고 있었다. 자신이 지금 어떤 몰골인지. 사무실에서
그대로 뛰쳐나오느라 겉옷도 걸치지 않은 상태였다. 신발은 사
무실에서 신는 플라스틱 슬리퍼였고 가지고 있는 것이라고는
가슴팍에 꼭 끌어안고 있는 제이슨의 책이 달랑이었다.

"그게……."

택시기사의 주름진 얼굴이 황당하게 말려 올라갔다.

"아가씨, 돈 달라니까."

독립의 머리 속이 허둥지둥 돌아가기 시작했다.

"아니, 저 그게…… 제가 지금……."

어쩌지? 집 안에 상혁이 있을까? 그에게 전화해서 택시비를

가지고 나오라고 해도 되는 걸까?

"엥? 아가씨 지금 뭐 하는 거야?"

가만, 낮엔 내가 어떻게 했더라? 그때도 택시는 탔었는데?

"아, 아가씨! 이쪽도 바쁜 사람이야! 빨리 돈을 줘야 내가 갈 거 아냐!"

그래요, 물론 드려야죠.

"아, 저기, 아저씨. 핸드폰 좀 빌려주세요. 돈 가지고 나오라고 시켜야 되거…….."

가만, 그런데 내가 상혁 오빠 전화번호를 알고 있나? 아니다. 비우 언니한테 전화해서 물어보면…….

독립이 고개를 흔들었다. 외우고 있을 리가 없었다. 분명 핸드폰에 저장시켜 놓았을 테니.

"아…….."

이걸 어째!

머리칼이라도 쥐어뜯고 싶은 그때,

"차비, 꿔줄까?"

누군가의 목소리가 들려왔다. 독립이 반사적으로 휙 고개를 돌렸다. 눈앞에 검은색 반 코트를 입은 남자가 서 있었다.

독특한 빛깔의 회색 진즈가 눈에 들어왔다. 이마 위로 흘러내린 머리카락이 마치 그려놓은 듯한 사람이었다. 색이 다른 양쪽 눈동자가 가늘게 휘어진 채로 그녀를 바라보고 있었다.

눈을 깜박이고 싶었다. 그러나 독립은 눈물이 흐를 것 같은

빡빡한 눈을 애써 크게 뜬 채로 있었다. 잠깐이라도 눈을 감으면, 그러면 그가 당장이라도 사라져 버릴지 모를 테니.

이게…… 진짤까?

믿어도 되는 걸까?

"왜…… 왜 여기 있어요? 제이슨이 어떻게 여기 있어요?"

제이슨이야말로 의아한 목소리였다.

"비우 씨가 얘기 안 했나? 오늘 퇴근 시간 맞춰서 집 앞에서 기다린다고 전해달랬는데. 출국하기 전에 한 번은 봐야 할 것 같아서. 안 만나줄 것 같긴 했지만."

독립이 속으로 작게 이를 갈았다.

망할 비우 언니. 다음에 두고 보자.

그러나 우선은 제이슨이 먼저였다. 제이슨을 붙잡는 게 먼저였다. 생각보다 앞서서 말이 튀어나갔다.

"저기요, 나 또 부탁이 있어요."

맥락적으로 전혀 이해가 안 되는 독립의 말에 제이슨이 잠시 의아한 표정을 짓더니 이어서 순순히 고개를 끄덕였다.

"그래, 뭔데?"

"나 돌아갈 차비가 필요해요. 돈 좀 꿔주세요."

그가 입을 약간 벌렸다. 거절의 말이 튀어나오기 전에, 독립이 먼저 선수를 쳤다. 그가 제발 알아듣기를 바라면서.

"많이 꿔야 될지도 몰라요. 대신 확실히 갚을게요. 그러니까 꼭 꿔주세요. 대가가 필요하다고 하면 또 같이…… 그러니까 같이 자도 돼요. 그러니까 꿔주세요. 부탁이에요."

한 걸음.

그가 그녀의 앞으로 다가왔다. 그리고, 그의 표정.

독립이 한 말을 완벽히 이해하고 있는 표정이었다. 그들이 하룻밤을 함께 보낸 그 다음날, 그녀가 무릎 위에 양 주먹을 꼭 말아쥔 채 울먹이며 한 그 말을.

사르륵. 그의 손가락 사이에서 그녀의 머리카락이 흘러내렸다.

"아니, 싫어."

그가 대답했고, 그녀는 울었다.

"왜요?"

그녀가 물었고, 그는 웃었다.

"가고 싶은 곳이 있다면 내가 태워다 줄게. 평생."

그녀가 울면서 웃었다.

"정말? 어디라도?"

"응, 어디가 가고 싶은데?"

"미국. 노스 캐롤라이나."

그가 빙긋대며 어깨를 으쓱했다.

"저런, 미국까지 밟으려면 한참 걸리겠는데."

그녀가 펄쩍 뛰어 그의 목을 끌어안았다.

"그럼 어때. 평생이라며."

제이슨이 독립을 번쩍 안아 들었다. 숨넘어가게 터져 나오는

두 사람의 웃음소리를 비집고 빵빵대는 날카로운 경적 소리가
울렸다.

    "아, 아가씨! 일단 돈부터 먼저 주고 하든지!"

일 년 뒤, 미국.

"제이슨, 제이슨! 저 사람! 로버트 드 니로잖아!"

독립이 바쁘게 주위를 돌아보며 감탄사를 연발했다.

"저 사람! 저 사람 콜린 퍼스야! 어쩜 좋아. 그 옆에는 라이언 필립이잖아!"

제이슨이 수선스러운 독립을 돌아보며 눈치를 주었다.

"야, 야. 네가 제일 시끄러워. 좀 조용히 감상해라. 그렇게 손짓 발짓하면 다들 쳐다보잖아."

새하얀 프릴이 잔뜩 들어간 프라다의 이브닝드레스를 입은 독립은 제이슨의 면박에도 아랑곳없이 주위를 두리번거리는 것을 멈추지 않았다. 길게 땋아 하나로 틀어 올린 머리가 그녀를 인형처럼 보이게 했다. 귀에 매달린 작은 물방울 모양의 다이아몬드가 화려한 조명에 반사되어 눈물처럼 빛나고 있었다.

"제이슨, 제이슨, 여기 그 사람도 왔어요? 응?"

"누구?"

"누구긴. 주인공, 주인공."

"케이라 나이틀리?"

"아니, 여자 주인공 말고 남자 주인공."

"올랜드 블룸?"

"응! 응!"

제이슨이 작게 어딘가를 손짓했다.

"저기. 제임스 카메론이랑 같이 있잖아."

"우와아."

흥분한 독립이 목을 길게 빼고는 옆에 앉은 제이슨의 무릎을 탁탁 쳐댔다.

"눈 돌아가겠네. 진짜진짜 잘생겼다."

제이슨이 그 손을 홱 움켜쥐었다.

"수선 피우긴."

"헤에, 질투해?"

"흥. 내가 왜?"

오늘 이곳, 〈셔벗랜드의 백야〉 시사회에는 출연 배우와 제작 스텝뿐만이 아니라 각종 영화계 거물들이 대거 참석해 할리우드에서도 쉽게 볼 수 없었던 장관을 이루어냈다. 오늘 시사회는 20세기 폭스사가 최근 십 년 동안 진행해 온 행사 중 가장 크고 화려한 행사가 될 것이라는 게 업계 전문가들의 평이었다. 보통 공식적인 자리에 얼굴을 내밀기 꺼려하는 제이슨은 노스 캐롤라이나까지 날아온 시사회 초대장을 가볍게 숨겨두었지만 결국은 독립에게 들켜 새로 연미복을 마련하는 일련의 소동을 겪게 되었다.

"나 저 사람한테 사인 받아다 주면 안 될까? 비우 언니한테 자랑하게. 비우 언니 라이언 필립이랑 올랜드 블룸 되게 좋아하거든. 아, 생각해 보니까 할머니도 좋아하신다. 할머니한테도 자랑할 수 있겠다."

제이슨이 시큰둥한 얼굴로 독립을 돌아보았다.

"심보 하고는. 부끄러움을 감수할 수 있거든 다녀오든지."

"아니, 부끄럽단 말야! 그리고 안 해주면 어떡해. 그러니까 제이슨이 원작자라는 걸 내세워서 받아와요."

"싫어."

"왜!"

"그럼 그 치는 내 책을 내밀걸. 사인 맞교환하자고."

"좀 해주면 어때."

"절대 싫어."

독립이 그를 노려보았다.

"심술쟁이!"

제이슨이 독립의 입에 손가락을 갖다 댔다.

"쉿! 시작한다."

화려하던 조명이 한꺼번에 꺼졌다. 순식간에 어둠에 휩싸인 실내의 모든 시선은 전방의 대형 스크린을 향했다. 고막을 쨍쨍 울릴 정도로 현란한 입체음향이 주위를 가득 메우고, 20세기 폭스사의 오프닝 화면이 흘러갔다. 그 뒤로 잠시 화면이 블랭크 처리가 되었다. 본격적으로 영화가 시작될 것이라는 사인이었다.

"……!"

그리고 독립의 눈이 크게 떠졌다.

〈셔벗랜드의 백야〉라는 타이틀이 떠오르고, 그 아래로 새하얀 글자 한 줄이 화면을 가득 메웠기 때문이다.

『For my independence.』

나의 독립을 위해.

독립이 눈물이 반짝하는 눈으로 제이슨을 돌아보았다.

"누가 보면 저 작가가 악질 독재정권 치하에서 고군분투하는 반정부 체제 테러 집단의 두목일 거라고 생각할 거야."

귓가를 낮게 자극하는 독립의 속삭임에 제이슨이 약간 쑥스러운 웃음을 흘렸다.

"상관없어. 첫 영화니까 너한테 주는 거야. 내가 할 수 있는 일은 이게 최선이니까."

끝내 눈물이 주르륵 흘러내렸다. 독립이 몸을 돌려 제이슨을 꼭 끌어안고는 말했다.

"당신이 여기 있는 사람들 중에서 제일 멋져."

"올랜드 블룸보다?"

"당연하지! 백배는 더 잘생겼다."

스크린의 불빛에 반사된 제이슨의 근사한 얼굴은 한가득 미소를 떠올리고 있었다. 그것을 보며 독립이 다시 한 번 더 그의 귓가에 대고 속삭였다.

"……그러니까 여보, 나 사인 한 장만."

작가 후기

    삼 년쯤 전에 노스 캐롤라이나 주의 윈스턴 셀럼이라는 도시를 다녀온 적이 있었습니다. 1월 한겨울이었음에도 반팔을 입어도 될 정도의 따뜻한 햇살과 물감을 풀어놓은 듯한 새파란 하늘이 광장히 인상적인 곳이었지요. 그곳에서 만났던 사람들 모두 무척이나 친절하신 분들이어서 꽤나 즐거운 여행이 되었습니다.

    물론 그때만 해도 제가 이곳을 배경으로 소설을 쓰게 될 줄은 생각도 못했습니다. 그러나 이 년 뒤 한국에서, 문득 한밤중에 히치하이커에 대한 구성이 떠오르자 제 마음은 단박에 그 도시로 달려갔습니다. 아마도 마음이 미리 알고 있었던 것이 아닐까 합니다. 정신 나간 히치하이킹을 하기에 그곳만한 하이웨이가 없다는 것을요. 길은 엄청나게 길고 넓은데 막상 그 위를 달리는 차는 얼마 없거든요(웃음).

    책으로는 벌써 네 번째의 사랑 이야기입니다. 이 모자라는 녀석에게 여전히 사랑이라는 주제는 난해하고 오묘합니다. 제이슨과 독립이는 글 속에서 최대한 열심히 서로를 사랑한 것 같지만, 제가 그것을 잘 표현해 줬는지는 저로서도 의문입니다. 글을 마치는 순간까지 저는 그들을 써내려 간 게 아니라 그저 바라봤다는 느낌이었습니다. 어쩌면 미지의 히치하이커를 만난 것은 저였을

지도 모르겠습니다. 독립이와 제이슨이라는 미지의 두 사람이 제게 와서 쾅! 하고 충돌한 것이지요. 들어봐, 우리 얘기를… 이라고 제게 말했던 건지도 모르고요. 여하간에 무척 시끄러웠던 두 사람인 것만은 확실했습니다.

　그런 의미에서 독립이와 제이슨 씨. 두 사람 모두 고생 많았습니다. 제 소설 중에서는 패트릭 군에 이어서 가장 고생한 등장인물이 될 것 같아요. 특히 제이슨 씨는 괴상한 병까지 걸렸더랬죠. 뭐, 지금은 말짱하다니 다행입니다만 그래도 시력은 작가에게 무척 소중한 것입니다. 좀 더 몸을 아끼세요. 독립일 생각해서라도요.

　결혼 삼 년차의 원숙한 주부 이비우 씨에게는 수고했다는 말 안 할랍니다. 가뜩이나 독립이랑 제이슨이 닭털 날려서 독신 작가는 마음 아팠는데 비우 씨 결혼 생활 보고는 아예 속 뒤집어졌습니다. 쳇, 애나 빨리 낳으십시오. 꼭 비우 씨가 아닌 경진 씨 닮은 아이로 낳으세요.

　그리고 상혁 군. 이번에도 당신은 참 외로운 캐릭터가 되었네요. 사실 그건 제가 당신을 미워해서라기보다는 사랑하기 때문입니다. 너무 사랑해서 아무한테도 주기 싫은 거지요(일단 우겨본다). 전작 [처녀가 처녀성을 버리는 몇 가지 이유]가 좀 잘 팔렸으면 당신 얘기로 후속작을 써보려고 했는데, 아무래도 그건 아닌 모양입니다. 당신은 그냥 저와 함께 독신 캐릭터로 남을 운명인 거죠. 어쨌거나 수고 많으셨습니다.

닥터 해밀튼. 제가 당신을 무척 좋아했던 것 아십니까? 그 굉장한 사모님께 안부 전해주세요. 당신을 보고 있노라면 왜 독립이와 제이슨의 결혼 생활이 떠오르는지 모르겠습니다. 아마도 크게 다른 모습은 아닐 거라는 생각입니다. 독립이는 사고치고 제이슨은 수습하러 쫓아다니고… 그렇게 행복하게 살겠지요. 그 두 사람도.

그리고 책이랑 출판사 식구분들도 모두 수고 많으셨습니다. 가끔 저는 이년 전 봄이 그리워집니다. 그때 제가 새파란 신인작가로 얼굴을 들이밀던 출판사가—지금은 없어졌지만—꼭 책이랑 같았다고 당분간 우겨댈 생각입니다. 조만간 다른 소설 속에서 또 튀어나오겠지요.

사랑하는 나의 엄마. 이 글을 마무리 지을 무렵, 그 버겁던 상황에서 가장 큰 힘이 되어주신 건 당신이셨습니다. 앞으로도 제 글을 사랑해 주세요. 저 역시 평생 당신을 사랑할 테니까요.

내가 쓴 글에는 별 관심 없지만 나라는 인간에게는 꽤 많은 관심을 보여주고 계신 노재윤 씨에게도 감사를. 당신을 만나고 작업 속도가 엄청 느려진 건 사실이지만 영감적인 면에서는 참으로 많은 도움이 있었습니다(과연). 혹자는 트리플 에이급 선수라고 가차없이 혹평하는 당신이지만 뭐, 내게는 둘도 없이 사랑스러운 존재예요.

한없이 고맙고 고마운 팬 카페 로애식구님들께도 감사. 당신들의 코멘트 한 줄이 저를 지탱해 주고 있습니다.

끝으로 이 글이 책으로 만들어지기까지 가장 수고 많으셨던 도서출판 청어람의 규진 언니와 종민 씨에게도 감사의 말을 전합니다. 규진 언니야, 세상 모든 일이 그렇듯 작가와 편집자의 사랑도 '오고가는' 법이지요(메롱).

이 책을 읽으시는 모든 분들께 사랑이 가득하길 기원합니다.

_이윤아.

이영채

몽상가 기질이 다분한 여자

아직은 완결작보다 완결할 작품이 더 많다고 믿는 여자

가슴이 훈훈해지는 글을 쓰고 싶은 여자

완결작 〈우리 이제 연인인가요〉

현재 〈여우별이 뜨다〉 연재 중

유피의 해피걸

http://cafe.e-novelist.com/happygirl

『해피걸』

명랑만화 같은 여자와 순정만화 같은 남자가 만났다.

그 남자? 내 로설에 나오는 남주처럼 생겼어.

처음 봤을 때는 내 책 속에서 주인공이 걸어나오는 줄 알았다니까?

어우, 역시 싸가지도 없더라. 킥킥. 이상형이냐고? Oh, No!

그 여자? 처음 봤을 땐 스토커인 줄 알았지. 로맨스 소설 작가라나?

어리어리하면서도 말은 잘하더군. 이상형이냐고? 절대 아니지!

● 이영채 지음 값9,000원

도서출판 **청어람** chungeoram@chungeoram.com

☎ 032-656-4452 FAX 032-656-4453

C hungeoram romance novel

연두

77년에 물고기처럼 파닥거리며 동면에서 깨어난 뱀

경칩 즈음 세상 밖으로 나오는 바람에

먹을 거 찾아 바삐 돌아다니고

그러면서도 동면에서 덜 깬 탓에 약간 흐리멍덩한 뱀

http://yaundoo.g3.cc

『그의 모든 것, 또는…』

그녀에게 사랑한다며 결혼하자고 한 남자는, 그 사람이 아니다.

"사랑하는 사람이 있었어요. 그 사람에게 그 말을 듣고 싶어했어요.

바보같이…… 난 계속 기다렸어요."

너는 나의 모든 것, 또는 아무것도 아닌 것.

나는 너의 모든 것, 또는 아무것도 아닌 것.

하지만 우리는 사랑이란 걸 했네.

● 연두 지음 값9,000원

이승연

1979년 생
2002년부터 로맨스 소설을 쓰기 시작함
역사물 발해 무왕시대를 배경으로 한
〈서언〉과 〈게토레이〉를 쓰고 있는 중
완결작 『내가 그대를』, 『미워도 다시 한 번』,
『그대에게 가기까지』

www.romancetree.com

『적과의 동침』

주한전자로 인해 아버지 회사 삼진테크가 1차 부도가 났다고 생각한 주영은
주한전자 박현재 사장과 타결을 보기 위해 그를 찾아간다.
하지만 어이없게도 교통사고로 인해 박현재 사장의현 상황은 기억상실증.
그것도 모자라 퇴행성이라는 멋진 수식어까지 붙어 그의 자각 나이 열두 살!!
홍, 그렇다고 천하의 김주영이 물러날쏘냐!!
하지만 박현재 사장의 기억이 돌아오면서 주영은 예기치 못한 상황에 닥치게 되는데……

● 이승연 지음 값9,000원

도서출판 청어람   chungeoram@chungeoram.com
☎ 032-656-4452   FAX 032-656-4453

hungeoram romance novel

현지원

떡볶이 집을 그냥 지나치고는 잠이 안 오며
김치 마니아이기도 하다. 다정하게 거니는 연인
사이를 헤집고 지나가는 심술을 부리기도 하지만
슬픈 결말은 마음 아파 못 보는 이중성을 보이기도.
즐겁고 유쾌한 이야기에는 박수를,
감동적인 사연에는 눈물 흘릴 줄 아는 인간적인
사람이 되고 싶고 그런 이야기를 쓰고 싶어한다

연인(戀人) http://yeonin.new21.net

『재회』

다섯 살의 첫 만남, 여섯 살의 서투른 뽀뽀,
열아홉 살의 이별…… 그리고 재회.

"잊으라는 말 따위 하지 마. 사랑하지 말라는 말도.
내 마음이 널 원해. 내 심장이 너만을 위해 뛰어."
사랑의 표현이 다소 거칠고 무모하고 때론 유치하지만,
이 모든 것은 다 그녀 때문이다.

● 현지원 지음 값 9,000원

도서출판 **청어람** chungeoram@chungeoram.com
☎ 032-656-4452 FAX 032-656-4453